Yoshitaka Sakaida
境田吉孝

Illustration:umiko
U35

青春絶対つぶすマンな俺に救いはいらない。

2

「……たぶん？」
Kaoru Onodera
小野寺 薫

「仲悪いってか、むしろ良いほう、じゃんね？」
Anna Nakasato
仲里杏奈

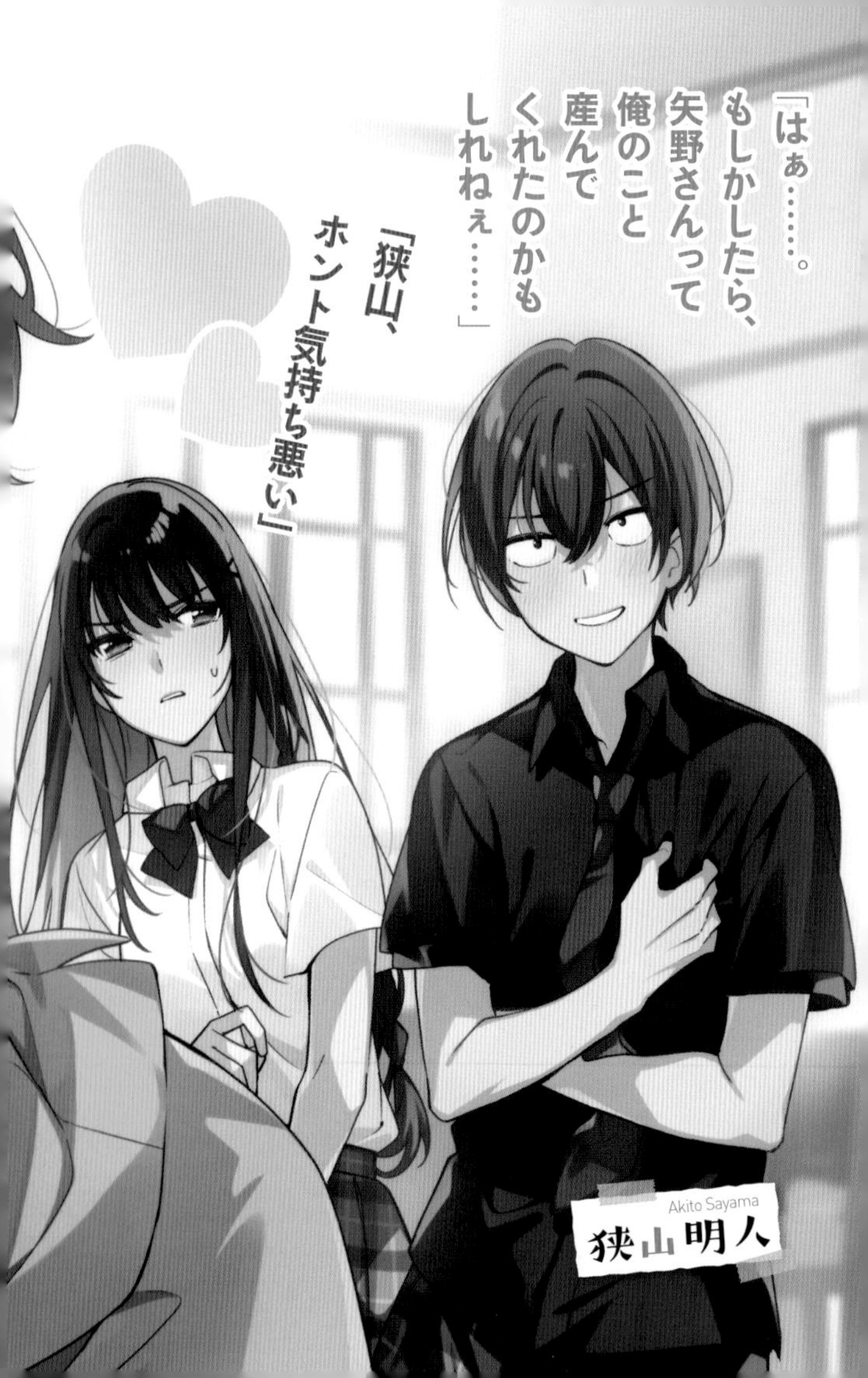

『はぁ……。もしかしたら、矢野さんって俺のこと産んでくれたのかもしれねぇ……』
「狭山、ホント気持ち悪い」
Akito Sayama
狭山明人

「最終兵器先輩やお——」
Masumi Yano
矢野真澄

「狭山君。
そろそろ
私と仲直りなど、
おひとついかが？」
Serina Nakasato
仲里芹奈

CONTENTS

Design・たにごめかぶと（ムシカゴグラフィクス）

青春絶対つぶすマンな俺に救いはいらない。②

Yoshitaka Sakaida
境田吉孝
Illustration:umiko
U35

狭《さ》山《やま》明《あき》人《と》
とにかくクズ。高校二年生。

小《お》野《の》寺《でら》薫《かおる》
無気力系女子。高校二年生。

藤《ふじ》崎《さき》小《さ》夜《よ》子《こ》
電波少女。中等部の生徒。

相《あい》田《だ》怜《れい》治《じ》
メンヘラハンサム。高校三年生。

古《こ》賀《が》拓《たく》斗《と》
元・引きこもりユーチューバー。留年して高二。

矢《や》野《の》真《ま》澄《すみ》
女神系アルバイター。高校三年生。

仲《なか》里《さと》杏《あん》奈《な》
最強のビリギャル。高校二年生。

仲《なか》里《さと》芹《せり》奈《な》
杏奈の双子の姉。パーフェクト副会長様。

「フラミンゴなんだよね」

彼女は言った。

「そのフラミンゴの赤ちゃんは、たぶん飛び方を知る前に死んじゃったんだよね」

それは、この世界の誰にも聞こえないような幽《かす》かな声だった。


「だから――」


だから、この悲しみを世界はきっと聞き逃した。

だから、この物語を世界はきっと知らない。

だから、きっと世界は彼女を置き去りに、今日もゆっくりと回り続ける。

――それは、この世界の誰にも聞こえないような幽かな声だった。

プロローグ

特別生徒相談室・救済活動報告書

四月から開始した救済活動は非常に順調に進行している。

創設からわずか一か月程度の期間であるが、その間に私がもたらした救済の成果は目を瞠《みは》るものがあり、ますます我が『特別生徒相談室』の存在意義が強固なものへとなっていくのを感じずにはいられない（具体的な成果については、ここで記すには膨大《ぼうだい》であるため別紙レポートに譲る）。

そして、斯様《かよう》に救済が強く求められる現代社会は、もはや救いがたいほどに末期なのであるという認識を、私はより一層強めるのである。

現代社会は病んでいるのである。

もうダメダメなのである。どげんかせんといかんのである。

年々、景気は悪化の一途をたどり、自殺する若者の増加、待機児童問題、違法な労働環境の黙認など、到底看過し得ぬ問題は山積みであり、故《ゆえ》にこそ私のような救世主を人々が求めるのは、いわば時代の必然といえるだろう。

救わねばならない、この病める社会を。遍《あまね》く苦痛を癒やすことが、私、ひいてはこの『特別生徒相談室』の使命なのである。

差し当たって、私が救済せねばならぬ対象が一人いる。

『狭山明人《さやまあきと》』

彼は、実に哀れな存在である。人としての美点を些《いささ》かも見出《みいだ》せない、真の意味でのダメダメ野郎なのである。

或《あ》いは、彼は己が卑小さ、その劣等ぶりを自覚していないかもしれない。

なぜなら、その惨憺《さんたん》ぶりたるや、自覚してしまったが最後、自ら命を絶つ他ないほどのものであり、正常な自意識を有しているならば到底生存に耐えうるものではないからだ。

現に、私が再三に亘《わた》って救済の必要性を説いたところで彼は一顧だにせず、それどころか私を指して「はやく逮捕されろ電波娘」「平成が産み落としたサイコパスを令和に残してはいけない（戒め）」などと理解しがたい暴言を吐き散らすのである。

実にふてぶてしいのである。生意気なのである。もっと私を敬《うやま》うべきなのである。たまに頬《ほ》っぺを抓《つね》ってくるのもやめて欲しいのである。痛いのである。跡になったら大変なのである。

彼のような人間未満の男を、真っ当な、真の意味での人間に成長させることは容易ではないだろう。

しかし、私は挫《くじ》けるわけにはいかない。

なぜなら、彼を、そしてこの世界を救うことこそが、我が人生の命題なのだから。

特別生徒相談室室長・藤崎小夜子《ふじさきさよこ》

◇　◇　◇

放課後、クソ暑い日が差し込む校舎のとある一室——部屋の主《あるじ》が称するところの特別生徒相談室にて。

「……んーすか、これ？」

なんて、紙面から顔を上げた俺は尋ねていた。尋ねずにはいられなかった。

そりゃそうだ、こんなイカれた内容の怪文書が作成されたのは、きっと有史じゃネクロノミコン以来だもの。

「……ん。なにそれ」

テーブル挟んで向かいのソファに座る小野寺《おのでら》が、こちらの手元を覗《のぞ》き込んでくる。

俺は答えるのも物憂く無言で手中のプリントを手渡して、次いでそのイカれテキストを書したと思われる張本人に目を向けた。

「あのー、藤崎さん？　ちーっとばっかし、お尋ねしたいことがあんだけどもぉ……」

「んむぅ〜?」

俺の声に、キィーッとオフィスチェアを回転させて振り返る張本人こと藤崎。

午後の日差しを受けて白金色に輝く髪を揺らしながら、やつはその愛玩動物を思わせる顔に、どやっとした表情を浮かべて答えた。

「構わんのですー。なんなりとお答えしてやるゆえー」

「はぁ。なんでんーなエラッそうなのかはともかく、んじゃキホン的なとっからお伺いしますけどぉー。……んーすか、これ?」

んーすか、この誇大妄想爆発テキスト《こ　　　　　　れ》?

記述されてる文章と事実が乖離《かいり》し過ぎてませんか、これ?

頻出する救済ってワードがサイコ過ぎて怖くないすか、これ?

ぶっちゃけニュースで晒《さら》される重罪犯の卒業文集的な匂《にお》いしてませんか、これ?

などといった諸々《もろもろ》の疑問点への一括確認《ツッコミ》です、これ。

「やれやれ。明人《あきと》には呆《あき》れたのです」

そして、そんな俺の常識的見地からの問いかけは藤崎を呆れさせてしまったようです。

「いっそ哀れを催《もよお》したといっても過言ではないのです」

どころか哀れまれるほどだったようです。

やつは急にポケットからスマホを取り出しかと思うと素早くフリックし始め、

「よいです、明人《あきと》？　これは、『ほーこくしょ』というもので、『報告書《ほーこくしょ》』とはつまり報告する事柄を記した文書のことである、とこのデジタル大辞泉にも……」

「んなこた聞いてねンだよ、日本人一年生か俺は。幼児にムツカシイこと教える体《てい》で話すのやめろ」

あとネット辞典で正しく言葉の意味するところを調べんのもやめろスマホしまえ。

「つかな？　そういうこっちゃなくてな？　このイカれた……コレはなんだって聞いてんだよ」

報告書、という言葉すらこの文書には用いたくない為、指示語でボカした俺の皮肉をどうかご理解頂きたい。

「また異な事を尋ねるのです。なんだと問われても見ての通り、我が特別生徒相談室の活動を克明に記録した報告書であるからして」

「いやいやいや、あんな、藤崎《ふじさき》？　これ、超基本的なことだから教えてやっけどな？　報告書ってのは事実を記すもんで、お前の妄想《もうそう》をしたためたチラ裏のこっちゃねぇんだぞ？」

「妄、想……？」

こやつ、いったいなにを言っとるのかのー？　とでも言わんばかりに、こてんこてんと首を傾《かし》げに傾げる電波娘さま。

「はて、ここには事実しか書かれておらぬはずでは？　妄想など皆無なのでは？」

「………………………………」

唖然《あぜん》。このクソガキと出会って早一か月と少し、それまであったこいつのアレやコレやの大暴走の数々はどうも忘却の彼方《かなた》へと追いやられているようである。

最早《もはや》、唖然とするしかない。妄想と現実の区別がつかなくなると精神の病もいよいよである。

「明人、いったいどうしたというのです？　もしや、ついに虚実の別もつかぬほど追い詰められてしまったというのです？」

「いえ、もういいです……」

もう反論するのも疲れてきたんで。

見れば折よく、小野寺《おのでら》も例の報告書とやらを読み終えたらしいし、細かいツッコミはやつに任せちまおう、そうしよう。

などと、悟りの境地でもって小野寺を見守っていたけれど、やつは読み終えたはずの藁半紙《わらばんし》をテーブルに放ったまま無言。そのままスマホなど取り出してすいすいスワイプし始めてしまった。ちらと見えた画面では音楽にあわせて愛らしく跳ね回る子犬のＴｉｋＴｏｋ動画などにいいいね！　していて実にゆったりされている様子ですけど、いやそうじゃなくて。

「……なに？」

「や、なに？　じゃなくて。あのー、読んだんすよね、それ？」

「まぁ」

「じゃ、なんか言うことないすかね？」

具体的には藤崎《ふじさき》が泣き出しかねない氷のツッコミとか期待してるんですけど。

ついでに、俺のゴミクズっぷりを指して、『普通なら自殺もん』だと揶揄《やゆ》するのは流石《さすが》に可《か》哀想《わいそう》だと優しくフォローして頂いても構わない。むしろフォローしろ。あの一文に俺の心はいたく傷ついているから。

「めんどいからイヤ」

しかし、そんな希望は冷たく一蹴《いっしゅう》されちゃいました的な。

「お前さぁ……」

や、半ばわかってたけどね、こんな淡泊リアクションが返ってくるだろうことくらい。

俺にとっては同中の顔見知りである小野寺《おのでら》さん家の薫《かおる》ちゃんといえば、年中無気力がウリのスカしたスパイクガールでお馴染《なじ》みである。

その無気力さは最近とみに磨きがかかってきていて、先日もコンビニで『Tポイントカードお持ちですか？』って聞かれる度《たび》に『持ってないです』って答えるのがめんどくさいという理由で店員のおっさんを死ぬほど睨《にら》んだとかいうイカれエピソードを聞かされてガチで引いた。

つまり、そんな自己中女がわざわざ斯様《かよう》な些末事《さまつじ》に首を突っ込むわけもなく。

「ねぇ、狭山《さやま》。いい加減学べば？　こういう頭のネジ外れちゃってる系の子に今更なに言っても無駄でしょ」

「頭のネジが……外れて……？」

横で聞いていた藤崎もその仮借なき物言いにわなわなと震えていたけれど、言われてみれば、それはたしかにその通りだった。

目を閉じれば、ここ一か月ほどのアレコレが脳裏に蘇《よみがえ》ってくる。

まぁ、つまりこのクソガキがいかに厄介な存在だったかという記憶なんだが。


――特別生徒相談室。それは、自称・我らが救世主様こと藤崎小夜子《さよこ》によって設立された謎《なぞ》の校内機関である。

その主な活動方針は『困窮する人々を遍《あまね》く救済する』たらいうよくわからんもので、まぁ平たく言っちまえば困ってる人をお助けましょー的なボランティア団体といった風情《ふぜい》だが、正確なところはよくわからん。

目的の為ならば手段を選ばず法倫理さえ犯すそのヤバさたるや、日本社会におけるちょっとした闇《やみ》。

いったいなにを目的として、藤崎はこんなことをしているのか？　いや、その前に大前提としてこの藤崎小夜子ってのは何者なのか？

それら諸々《もろもろ》の疑問についても、現状なにひとつよくわからん状態なのであって、総合的に判断してとにもかくにもよくわからん。

この特別生徒相談室とやらの活動に付き合わされて幾星霜《いくせいそう》。いまは不在の相田《あいだ》パイセンやら、古賀《こが》さんを含め、俺たちはさんざこの小娘に振り回されてきた。

果たして、藤崎《ふじさき》の終わりなき暴走はどこへ向かうのか。いつになったら、俺はこのクソガキから解放されるのか。差し当たって今日は、いつになったら家に帰って今季アニメの消化作業に移れるのか。

そんなことは杳《よう》として知れず、本日も限りなく無駄な時間は流れてゆくのだった。


「それより明人《あきと》、いったいこれはどういうことなのです？」

ビシィ！　と不意に藤崎から指を突きつけられて、俺は脳内での回想を打ち切った。

「あ？　んーだよ、急に」

尋ね返せば、ふっと遠い目をした藤崎が、どことなくしみじみとした口調で言う。

「明人。思えば我らが出会って、もう一か月になるのです……」

「はー。まーそうな。大体そんくらいかね」

「その間、とても一言では表わせぬほどのことがあったのです……」

「はー。まーそうな。たしかにお前への苦情はとてもひとことでは表わせねぇレベルだしな」

「だというのにー！」

ビシィ！　と再び突きつけた人差し指を、俺の顎《あご》へとぐいぐいと押しつけ宣《のたま》う藤崎。

「だというのに、どうして明人にはこれっぽ――――っちも成長が見られぬのです？　どうして、明人はいつまで――――もダメ人間のままなのです？」

ふにふに、ふにふに。顎を指で突きながら問い詰めてくるけれど、やめろ、なんか年下のJCにそれやられてると謎《なぞ》の辱《はずかし》められてる感あるから。というか。

「お前、またもや急になにを仰《おっしゃ》ってるんで……？」

まぁそりゃね？　俺こと狭山《さやま》明人くんといえば、あらゆる意味で完全無欠のダメ人間で通っている、人間界最下位ランナーではあるけれど。

勉強もダメ、スポーツもダメ、人望もなけりゃ彼女もいない、そのあまりの将来性のなさには親の目にも涙が浮かび、老後の資金を貯蓄し始めるレベルのクズ野郎ではあるけれど。

どうしていつまでもダメ人間のままなのかと問われても、俺クラスのゴミクズがそう一朝一夕に変われるわけがないわけで。

「よいです、明人？　人とは互いに影響しあうものなのです。朱に交われば赤くなるのです。水は器に従うものなのです」

「いや最初の慣用句、あんま良い意味で使わねぇからな」

「つまり！　人の規範となるような素晴らしい人物と長くともにいる明人は、自ずから己を奮い立たせ、真人間への道を目指しはじめるのが道理というわけなのです。これぞ、一分の隙《すき》もないロジックなのです」

「はぁ、一分の隙もないロジックね……」

つまりアレだ、すげー勤勉な秀才とか見てると、自分も勉強しなきゃなーとか思っちまうアレだ。腐ったミカンの方程式の反対版みたいなアレだ。

「で？　そりゃわかったけど、じゃあその肝心の素晴らしい人物とやらはどこにいらっしゃるんで？」

オチはわかりきってたけど聞いてやったさ。会話のキャッチボールはこういう地道な気遣いの積み重ねさ。

「ここにおるのです」

そして藤崎《ふじさき》はピン！　と、授業で張り切りすぎて逆に痛いやつになってる優等生みたいに手を高らかに挙げたさ。なんならもう片方の手も挙げて万歳みたいになってたさ。

「はぁぁぁ……」

そりゃ深めの溜息《ためいき》も出る。一気に疲労感に襲われた俺の様子など少しも斟酌《しんしゃく》せず、藤崎は悠々と続ける。

「皆まで言わずとも、わかっておるのです。私という規範を見つけた明人《あきと》の胸には、きっといまも向上心という炎が燻《くすぶ》って……」

「いや燻ってねぇけど」

「と、口では言いつつ、真っ当な人間になりたいという希望が燻って……」

「だから燻ってねぇけど」

「と、思ってはいるものの、実は本人も気づけぬ無意識領域下では己の劣等ぶりに焦る気持ちが燻って……」

「とうとう他人の無意識まで繙《ひもと》いてんじゃねぇよ、どんだけ俺を燻らせてぇんだお前は！」

燻るって言葉、ここまで連発したの産まれて初めてだわ。人生においてそこまで口にするワードでもねぇだろ燻るって。

「いや、つかお前その実体なき自信はどこから生まれてくんの？　そこだけはホント、尊敬に値するわ」

自信が欠乏しがちな現代の若者は少しこいつを見習うべきなのかもしれない。まぁ、こいつの場合、実情が伴ってないんで実際はただのアイタタタな人に終始してっけど。

「むー、なにを言うのです？」と、ひどく不満げに頬《ほお》をぷーっと膨《ふく》らませた藤崎は続ける。「実情なら伴っておるのです。私に救われた人間ならば、ほれここにもー！」

なんて、勢いよく指差した先にいたのは、いまも俺らの会話に一切の興味を示さずソファでくつろいでいる小野寺《おのでら》だった。

なるほど、たしかにこいつは藤崎と関わって大きくその立場や状況を変えた人間の一人だ。

将来を約束された陸上選手であった小野寺の失墜とその決着を、俺たちはすぐ近くで見ていた。いまからほんの少し前のことだ。

そこらへんのアレコレについては、いまは深く掘り下げるまい。

ついでに俺が色々あって小野寺《おのでら》の元部活メイトにぶん殴られたことや、あれから廊下を歩いていると、時折あの場にいた誰かからの鋭い視線に出会うことにも触れるまい。考え出すとチクチクと心が痛むから。

「さぁ、明人《あきと》。思い出すのです、あの辛《つら》い挫折《ざせつ》を味わった薫《かおる》の日々を。そして見るのです、新たな夢に向かって邁進《まいしん》する薫の姿を……」

「夢に向かって邁進する姿って、アレが？」

促されるまでもなく小野寺を改めて見てみれば、ソファに全身を預け虚《うつ》ろな目でスマホをいじっていて、その姿は正に怠惰《たいだ》そのもの。

てか、いま君の話してますよ、ちったぁ興味持ってこっち向けや。とか思っていると、不意に小野寺の小さくて形のいい口からこんな呟《つぶや》きが。

「はぁ、呼吸だる……」

いやもうそのレベルの生理行動すらだるいって脊椎《せきつい》動物としてどうよ、とは申しますまい、小野寺って基本こういうやつなんで。あとあんま悪口言うと百倍になって返ってきそうなんで。

「んーで？　誰が誰に救われたって？」

「むむー……」

答えに窮《きゅう》したのか、藤崎《ふじさき》は眉《まゆ》を顰《ひそ》めて腕を組み数秒黙考。そして。

「……ふむ。それはさておき」

「さておいてんじゃねぇよ、答えろや」

「さぁ明人、無駄話はここまでなのです。本日も我が特別生徒相談室の使命を果たすのです。救いを求める人々が我らをいまかいまかと待っておるのです」

「おーてめ、都合の悪いとこ無視してんじゃねぇよ、答えろや！　結局、お前はなにがしてぇんだよ!?　つか、いつになったら俺はお前から解放されんだよ!?」

なんていう俺の根源的な問いの答えが得られるはずもなく。

相変わらずの放課後。相変わらずの場所にて。

相変わらずなにひとつ救われないまま、俺たちは本日も絶賛敗北中。

第一話　俺たちは勉強が出来ない

「マジで留年あるよ、コレ」

放課後、副担任のゆとりちゃん先生（あだ名）は、真剣な瞳をしてそう言った。

「は？　……え、ガチすか？」

「いやガチで」

平素よりノリの軽さとユルさで生徒から『ゆとりちゃん』と親しみを込めて呼ばれている副担任（平成生まれ、二十二歳の新人教師）は、少しも笑わず続ける。

「バカが理由で留年とか、ここ十年くらいウチでもないらしいからキホン大丈夫だろうけど。……でも、ホント、次の期末頑張んないとピンチかも」

「えっ、そんなに……？」

「うん。いや補習ちゃんと受けてれば留年とかはないはずなんだけどさ？　ウチら教師的にも、留年する生徒出すとかダルいし」

「えっ、そんな教育現場の本音を、そんな雑に生徒に……？」

「けど、リアルにギリッギリ、一ミリくらいの確率で留年あるよ、このままだと。だって狭山《さやま》君、マジ衝撃的なレベルで成績悪いじゃん。教師なりたての私もビビったもん。ぶっちゃけ文科省の産み落とした陰の部分じゃん、狭山君の偏差値って」

「えっ、俺の成績の悪さって行政の不手際なんすか……？」

「とにかく狭山君さ？」

そこでゆとりちゃん先生は言葉を切って、眼鏡の奥の瞳をすっと細めて。

「……そろそろちゃんと勉強しないと、やっばいよ？」


うわ――――――――――――――ッ！！！　と、叫び出したい気分だったのだ、いっそのこと。

厳重注意を受けるべく、職員室に呼び出されてしまっている我が身を思えばそんなこと出来るはずもないけれど。

しかして、それほどに。

それほどまでに、『留年』という二文字は俺にとって重かった。

「まぁ、狭山君、ガッコさぼりがちだし？　あと提出物も半分以上出してないでしょ？　ウチの普通科って、相当やらかさない限り留年も退学もないけど、ちょっとヤバいよ。リーチとまではいかなくてもイーシャンテンくらいだよ」

という、ゆとりちゃん先生の言葉も重かった。

いくら万年劣等生の負け犬といえど、留年は流石《さすが》にまず過ぎる。

ことに、身近に実際留年してしまっている人がいるのだから、その悲惨さを俺はリアルに知ってしまっている。

改革せねばならない。己を。邁進《まいしん》せねばならない。勉学に。

固く、俺は決意した。テスト勉強をしよう、と。

幸い、ゆとりちゃん先生の言った期末テストまでは優に一か月以上ある。テスト範囲を勉強するには充分な時間と言っていい。

大急ぎで家に帰った俺は、猛然と机に向かい教科書とノートを広げた。

これまでのツケもあって、問題テキストに書かれてあることの半分も理解はできなかったが、なに、ゆっくり地道にやっていけばいい。そう思ってペンをとった。

「……ん？」

しかし、なんということだろう。

気づくと俺はペンをスマホに持ち替え、ツイッターに流れてきたプリコネのエロ絵にいいね！　していた。窓の外を見ると真っ暗だった。時計を見れば深夜一時だった。

「え、なに怖……。怪奇現象？　怖……」

不思議なこともあるものだと思った。

だが、慌てることはない。今日がダメでも明日から頑張ればいいのだ。とりあえず、深夜アニメを見てから寝ることにした。

　更に翌日。

「……ん？」

　家に帰って勉強に取り掛かった俺は、ふと気づけばアニメ系まとめサイトのコメ欄でアンチと壮絶なレスバに終始していた。時計を見るとやっぱりド深夜だった。相手も流石に疲れてしまったのかレスポンスはなくなっていた。

「ふっ。勝利はいつも虚《むな》しい……」

　ちなみに俺は最後にレスつけたやつがレスバ勝者という哲学を掲げているタイプだった。

　勉強はやっぱりしなかったけれど、白熱の議論もとい揚げ足の取り合いに頭は使った。四捨五入すれば実質勉強したみたいなもん。読解力のないアンチを相手にしたので国語の成績も上がった気がする。とりあえず、深夜アニメだけ見て寝た。

　更に翌日。遊んで寝た。

　更に更に翌日も、その更に翌日も遊んで遊んで遊び尽くして寝た。最後のほうは教科書を開くことさえしなかった。

　そうして時は流れ、あっという間に一週間が経《た》ち――。

「はぁ⁉　一週間経《た》ってんだが⁉」

——ドカンと爆発したみたいに急激に熱くなってきた六月頭。

生ぬるい風と、遠く聞こえる蝉《せみ》の声。エアコンなどという文明の利器がないにも拘わらず、不思議と涼しい相談室で俺は叫んでいた。

「一週間！　経って！　るんだが⁉　小野寺《おのでら》、お前マジふざけんなよ⁉」

「は？　なに、うるっさ……。なんなの？」

「なんなの？　じゃねぇんすわ。一週間経っちまったよ、やべぇよ時の流れ。マジで全然勉強してねぇのに、期末テストまであと一か月じゃん。なんで？」

なにやら野暮用《やぼよう》だとかで主《あるじ》不在の相談室。

来月に迫る期末テストを意識してか、教科書を広げ自習していた小野寺は「はぁ」と、これ見よがしにため息ひとつ。絡《から》むとめんどくさくなると察知したのか、そのままガンスルーして勉強再開していた。いや再開させせんが？

「ちょっと小野寺さん……、あなた困ってる人をガン無視て、それはよくないんじゃないかしら？　てか普段『呼吸だるーい、歩くのだるーい』みたいなこと言ってるくせして真面目《まじめ》に勉強してるとかキャラにあってないいんじゃないかしら？　やめない？　やめようよ。即刻やめろ」

「………………」

問答無用で無視だった。まるで俺の存在など、小虫ほどにも気にかけてはいないと言わんばかりのスルーっぷりだった。腹が立ったので机に広げられた参考書をパタンと閉じてやると、ギロリと音が出そうな瞳で睨《にら》まれた。

「……ねぇ。いまのって新しめの自殺？」

ブチ殺すぞのテクニカルな婉曲《えんきょく》表現だった。

「あ、うん。……ごめんて。流石《さすが》に、いまのはよくなかったっす」

「いいけど、なんなの？　なんで今日はそんなダル絡みしてくんの？」

「いえ、それが実はですね……」

ほら、次の期末テストがヤバかったら留年の危機じゃないですか俺って？　だっていうのに、この一週間、全然勉強が上手《うま》くいかなくてですね――などと、縷々《るる》として説明してみれば。

「しょ――――もな……」

返ってきたのはバッサリそんな冷たいお言葉だった。

「そもそもウチの学校で留年危機ってなんなの？　チンパンジーでも余裕で卒業できるレベルだと思うんだけど」

「おい、俺を貶《おとし》めることだけを目的とした風説の流布やめろ」

流石にチンパンと勝負したら俺のがギリＩＱ高いわ。野生で生きるアイツらは中卒ですらないけど、こっちは義務教育を修了している。あまりホモサピエンスを舐《な》めないほうがいい。

「チンパン相手にマウントとり始めたら、いよいよって感じ。人として」

「ううう、うっせうっせ。とにかく、流石《さすが》に勉強しねぇとやべぇってハナシなんだよ。このまま古賀《こが》さんのところまで堕ちることになっちまう」

我らが特別生徒相談室の誇る不登校……もとい、ネットの掃き溜《だ》めに彗星のごとく現れた新進気鋭のＹｏｕＴｕｂｅｒ・古賀拓斗《たくと》さん。彼の惨状とかが目に浮かび、軽く戦慄《せんりつ》してしまう俺だった。

ホント、あんな風にだけはなってはいけない。

「じゃ、勉強すれば？」

「うん、いや、まぁそっすね。そりゃ俺もこんな状況になったらね、勉強くらいしますよっていうか、しないはずがないっていうか……」

「じゃあ、してるの？」

「……もし仮に、勉学意欲を掻《か》き立てるためにドラゴン桜（ドラマ版）を一気見することを『勉強している』と定義するならば……」

「しない」

「じゃあしてないです」

「あ、そ……」

さらさらさらさら。

偏差値低めな会話の傍《かたわ》ら、参考書の問題を解いていく小野寺《おのでら》の手は淀《よど》みない。

それもそのはず、俺と同じバカ学校（と言ってもバカなのは俺の在籍する普通科の話で、併設されている特進科は県内でも有数のエリート様が集っているんだとか）に通っているものの、中学時代の小野寺といえば成績のほうもかなりよかったはずである。実際、高校は部活重視で選んだのだろうが、コイツの頭ならもっといい学校にも行けただろう。

は？　顔もよくて成績までいいってなんなの？　明日くらいに不幸な事故で死ぬとかしないと辻褄《つじつま》があわないだろ。マジで許せない。

「小野寺。お前は本当に憎たらしい女だよ……」

「急になに？」

「つか、お前ももう充分頑張ったろ？　そろそろ休めよ。ジュースとか買ってこようか？」

「まだ始めて三十分経《た》ってないんだけど。ていうか、だから急になんなの？」

いや、別に。ただ、俺一人で留年するのとかマジ怖いし、せめて道連れがひとりくらい欲しいなって思っただけですけど。

ついでに、俺にわからない問題を余裕綽々《しゃくしゃく》に解いていく光景とかもはやグロ映像の領域だし、見てると網膜に深刻なダメージを負いそうなのでそろそろやめて欲しいだけですけど。

「なぁ、小野寺、楽になろうぜ？　俺と一緒にダメになっちまおうぜ？　な？　俺を置いていくな。頼む。俺を一人にしないでくれ」

などという俺の情けなさが臨界を迎えた台詞《せりふ》に、「このクズ、ホントに……」小野寺は舌打ち交じりに再びため息を吐《つ》いて。

「いいから、早く勉強すれば？」

「はい……」

まぁね、流石《さすが》にそろそろ勉強しなきゃって思ってたところだしね。流石に留年はしたくないしね……と、大人しく教科書を引っ張りだす俺だった。

◇　◇　◇

《緊急告知！　期末テスト対策講習会受付！》

期末テスト必勝法教えます！

優秀な講師による完全完璧《かんぺき》サポート！

偏差値三十アップ！　平均点越え確約!!

（※一教科でも平均点に満たなかった場合、その場で全額返金致します！）


「……なにコレ？」

テスト勉強開始から数十分後、紙面から顔を上げた俺の第一声はそれだった。

「え、なにコレ。怖い。なんなの？　この俺の求める需要をピンポイントに供給する死ぬほど怪しい甘言の数々。あ、もうダメ。俺、騙《だま》されちゃっても、いいかな……？」

「……言うと思った」

あまりにも現実離れした都合のいい文字の羅列に幻惑された俺を見て取って、小野寺《おのでら》は呆《あき》れたようにそう漏らす。

ちなみにコレ、テスト勉強に身が入らず、ひとり唸《うな》っていた俺に見かねて小野寺が渡してきた謎《なぞ》のチラシ（presented by特別生徒相談室）でして。

「いや、なんだよコレ。あの電波娘、俺の知らぬ間になに新しい商売始めてんだよ。つか、お前これどっから持ってきたんだよ？」

「廊下の掲示板に堂々と貼ってあって。流石にヤバいと思って回収しといたんだけど」

「つじかよ、あのクソガキ、人の心の脆《もろ》い部分を狙ってえげつねぇ悪質広告を……。ＹｏｕＴｕｂｅだったら規約違反でＢＡＮされてんぜ」

「……怪しすぎて逆に無害だと思うんだけど、こんなの」

なんて言葉を交わしつつ、なんとなく二人して、いまは空席になっている藤崎《ふじさき》のデスクを見やる。

ちなみに、今日も相談室で顔を合わせるなり「野暮用《やぼよう》がある」とかぬかしたあのクソガキは、

『――ふっふっふ。ここに来て、救済は新たなる段階《フェイズ》へと移行したのです。では』

などと不吉なことを言い残して出て行ったきり戻ってこない。

なにやらその『野暮用《やぼよう》』の中身に察しがついた気もするが。

「あ、あいつ、なに考えてんだよマジで。ってか、返金しますってなに？　金とんの？」

「さぁ。なんかそれっぽい惹句《フレーズ》だけパクって使ってるんじゃないの」

「ありそー……」

いかにあいつがイカれていたとしても、相談者から金を取るようなことはしなさそうだし。

まぁ、もっと言うと、だからこそあいつはより一層イカれてるんだが。

あの奇行の数々がすべて金目当てだった、ってほうがまだ人間の理解の範疇《はんちゅう》ですよね、みたいな。

「それよか藤崎《ふじさき》のやつ、なんで急にこんな……」

と、そのビラに躍る怪しげセンテンスを指差して。

「こんなことし始めてんの？」

突拍子がない上に無謀すぎるだろ、色々と。

いや、アイツが救済たらいうわけのわからん活動に身を投じているのは知ってるし、正にこのテスト前の時期、この手のことで悩んでるやつなんざ学校中にはうじゃうじゃいるだろう。

需要があるなら供給を、というのはマーケティングの大原則だろうが、だからってなんでこんなことを急に？

そう言うと、なぜか小野寺《おのでら》は目を丸くして言った。

「急にもなにも、コレ、狭山《さやま》発信の企画でしょ？」

目を丸くするのは今度はこっちのほうだった。

「急になにを言うてますのん？　小野寺さん、因数の分解し過ぎで脳みそバグっちゃったのかな？」

「——ハ？」

その瞬間、再びギロリと俺を睨《にら》んだ小野寺の眼光、正に日本刀のごとく。「あっ、すんません」と頭を下げるのにコンマ二秒かからなかった。

「……え。それで、これが俺発信ってどういう？」

「だから、たしか先週——」

——先週。放課後の相談室にて。

「ひっ」

両手を上へ上げて、右手首で左手首を摑《つか》む。

「んま〜」

そのまま摑んだ左手首を引っ張るように。

「なのです〜」

　ぐぐ〜っ！　っと、身体《からだ》を右へ傾ける。

　暇を持て余し、そんな謎《なぞ》のストレッチに勤《いそ》しんでいた藤崎《ふじさき》が、もはや辛抱たまらんとばかりの調子でこう言った。

「暇なのです。明人《あきと》、私はおびただしく暇なのであるからして」

「へぇ、そー」

「へぇ、そー……ではないのであるからして。これは実に由々しき事態なのであるからして！」

「うんうん。わかる。それなー」

「それなー……でもないのであるからして！　世界を救う使命を帯びた我らが特別生徒相談室に、なにゆえこれっぽ――――っちも相談者が現れぬのです？　なにゆえこんなに――――っも暇なのです？」

「ほんとそれ、わかる。わかりみが深み。わかる〜」

「言葉が……言葉が、届いておらん、のです……！」

　わなわな震える藤崎だったが、こいつの話など今更聞く気もないに決まってる。

　そもそも『特別生徒相談室』なんて怪しげな団体に自分から関わろうなんて奇特な人間がそうそういるはずもないので、ここ最近の藤崎は毎日が暇。エブリデイ、オールウェイズ閑古鳥鳴きまくり。要するに、いつものこと。今更、そんなこと言われてもって話である。

というか。

「いまお前の相手してる余裕ねぇんだよ、俺……」

切羽《せっぱ》詰まった声音でそう言ったのは、まさしく副担任からの厳重注意を受けた直後だったが故《ゆえ》だ。迫るテストへの焦燥《しょうそう》は、俺から藤崎の相手をする余裕さえ根こそぎ奪っていた。

「なんと……」

そんな俺の様子に、さしもの藤崎も察するものがあったのか、くわっと瞠目《どうもく》、大袈裟《おおげさ》に驚いて見せて。

「なにやら……。なにやら事件の香りがするのでして……」

その顔には、新たな獲物をみつけた野生動物のような原始的な悦《よろこ》びが浮かんでいた、とは小《お》野寺《のでら》の談だけれど、この時の俺がそんなことに気づく由もない。

「いや、終わった。マジで。マジで終わった。いままで、なんとなく事なきを得てきたけど、今回ばかりはマジで詰んだ。詰みました。終わりです終わり」

「ほー」

「クッソ、留年とかマジやべぇだろ。いくらゴミクズ人間でも、まだ人生のレールから外れたくねぇ……」

「ふむふむ」

「あーもー、マジでなんか奇跡起これ。明日、目が覚めたら特に理由なく雑にＩＱ２００くらい上がれ。なんかそういう、クソラノベ的なチート授かれ……」

「なるほど。なるなるなる。なるほど……」

んむんむ。んむ？　んむんむんむ。

頻《しき》りに頷《うなず》きなにをかに納得したらしい藤崎《ふじさき》は腕を組んで、考え中のポーズ。

耳を澄ませば、ぶつぶつと。

「……期末テスト……留年……これは、いよいよ私の出番やもしれんのです……」

そんな不吉な呟《つぶや》きを漏らしていたという。


「あ──────……」

一通りの説明を聞き終えて。

「……りましったけ？　そんなこと」

斯様《かよう》に俺がすっとぼけてみれば。

「あった」

小野寺《おのでら》は、じとっとした目をして首肯する。

「いや、そうか？　あったか？　なくない？　てかもうこの際、なかったってことでよくない？」

「よくない」

「青春の煌《きら》めきが見せたひと夏の幻だったとか、そういうオチない？」

「ない」

「はい」

あえなく失敗した怒濤《どとう》のすっとぼけ作戦に、俺は歯噛《はが》みした。

なるほど。たしかに、言われてみればそんなやりとりもあった気がする。俺の惰弱なる海馬《かいば》にも、そんな記憶はうすらぼんやりながらアーカイブされている。

が、一方で俺の本能が、そして理性が叫んでいた。

それを決して認めてはならないと。だって、それじゃあまるで――。

「――なんか、微妙に俺のせいみたくなってね？　コレ」

「微妙に、っていうかモロに？」

あっさり肯定されて、俺は例の『学力向上！』なる文言の躍るチラシからさっと目を逸《そ》らした。

次いで想起されるのは、これから藤崎が巻き起こすだろう、厄介事の数々。

その発端《ほったん》がまさか俺だったなんて、誰が予想出来ようか？　いいや出来ない。

即《すなわ》ち、藤崎が今後なんらかのトラブルを起こしたとして、本件における刑事責任は俺に一切発生しないということで弁護士は俺を弁護すべき。

「すでに裁判沙汰《ざた》前提なの、敗訴濃厚って感じ」

「ううう、うっせうっせ！　つかこんな怪しげなチラシに釣られるバカとか、ウチのガッコにだって流石《さすが》にいねぇわ！　チンパンジーだって余裕でスルーするわこんなもん！」

あまりにも図星を突かれ、咄嗟《とっさ》に被害者がいなければセーフ理論を振りかざしてしまう俺だった。

いや、しかし真面目《まじめ》な話、こんな怪しさ大爆発の広告に引っ掛かるやつがいるわけがない。

ＹｏｕＴｕｂｅでよく見る投資講座の怪しい広告動画以下だろこんなもん。

つまり、本件が事件化しないことは確定的に明らか。俺に違法性がないのはもはや一片の曇りもない事実だった。

「推定無罪です。疑わしきは被告人の利益なんだよなぁ」

「絶対やってるヤツしか言わない台詞《せりふ》でしょそれ」

いや〜、よかったよかった。法的にクリーンな身分って素晴らしいなぁ。

法的決着がついたところで、俺はようやく再び机に広げたノートに向かった。

斯様《かよう》な会話の直前にやりかけていた英語の和訳問題は、相変わらずわけがわからず、『は？お前なにいってんの？』状態だったが、心だけはどこまでも清々《すがすが》しい。

法的に潔白というコンセンサスを得たいま、俺の心はどこまでも自由だった。

しかし、ふとこうも思った。

そういえば、あんなチラシをばら撒《ま》いている藤崎《ふじさき》だが、しかしあいつはどうやって例の『学力向上』とやらを成し遂げるつもりだろうか。まさか、あのクソガキ本人が指導するわけではあるまい。

……と、そんな余計な好奇心が首をもたげてしまったのが、或《あ》るいは悪い兆候だったのかもしれない。

「なぁ、小野寺《おのでら》。学力向上っつっても藤崎のやつ……」

──コンコン。

そこまで言いかけた俺の声を、控えめなノックの音が遮った。

「……へ？」

ちなみに、俺含むいつもの面子《メンツ》に、わざわざ扉をノックするようなやつはいない。

それが意味するところは即《すなわ》ち。

「え、マジで？」

相談者か？

尋ねようとすると、小野寺は「しっ」と口に指を当て静かにしろのジェスチャー。

「別に、相手しなくていいでしょ。あの子もいないんだし」

「お、おう。たしかに……」

互いに小声で密談。藤崎不在というこの状況で、こんな場所を（恐らく）無断で占拠しているなんて、相手が誰であれあまり知られたくもない。

そもそも、仮に相談者が来ていたとしたって、俺らが対応しなきゃいけないルールもなし。

ここは穏当に居留守させてもらおう。それがひいては相手の為にもなる。

というわけで、ここは無視一択。頼むから早く帰ってくれ、と俺たちは息を殺した。

しかし、肝心なことがひとつ。

居留守するのはいいんだが、別に扉に鍵なんざかけちゃいない、ということ。つまり、応答しなくとも、向こうが気まぐれに扉を開けようとすれば一発で俺らの存在が露呈してしまう。

「や、やべっ」

慌ててロックを掛けに扉へと小走りに駆け寄ったのと、ガラッと目の間で扉がスライドしたのは、ほぼ同時。

「失礼しまー……って」

探るような声とともに現れたそのお客人は、目の前に丁度突っ立ってた俺の顔を見て。

「……え、明人《あきと》クン?」「は、仲里《なかさと》？」

そいつは、とても見覚えのあるギャル女子《ギャル》だった。

◇　◇　◇

——自称・最強の落ちこぼれ《ビリギャル》、らしい。

『あンねェ〜、明人クン？　ゆっとくけど、ウチってレベチのバカだから』

苗字《みようじ》ではなく下の名前。あきとクン、ではなくてあきとクン、なる平板アクセント。

そんな馴《な》れ馴れしい呼称でもってして俺を呼ぶのは、そのギャル——仲里杏奈《あんな》をおいて他にいない。

猫を思わせるどこか小生意気そうな顔立ち。派手なメイク。耳にはピアス。校則ぶっちぎりの短いスカート。明るく染め上げたツインテールがなによりも目を惹《ひ》く。

いつか、彼女は秘密を打ち明けるようにこんなことを言った。

『実はウチ、バチクソ受験落ちてンだよね。ウケね？』

正直言ってお宅のお子さんの場合、どの高校も厳しいですね——そんなことを当時の担任教師が告げたのは、中三の夏。母親を交えての三者面談でのことだったらしい。

曰《いわ》く、遊び呆けていた中学時代。その当然のツケとして学年一の落ちこぼれとなった彼女は、そのあまりの成績の悪さにあろうことか親の面前で教師に匙《さじ》を投げられた。

いやいや名前を書くだけで受かるなんて言われてる高校もザラにあるというのに、どの高校も厳しいってなに？　彼女は思った。

しかして、更なる二の矢が彼女を襲う。

そうですよね当然ですよねやっぱり厳しいですよねウチの子の成績じゃどこの高校も——教師とともに怒濤《どとう》の勢いで匙《さじ》を投げたのは、誰あろう腹を痛めて自分を産んだ母だった。

いやいや血の繋《つな》がった実の母親が『当然ですよね』ってソレどうなん？　彼女は思った。

更に始末が悪いことに、彼女には大層頭のよろしい真面目《まじめ》な姉がいた。その姉というのは県下でも有数のエリート様が通う高校……つまりは、ウチの特進科に現在も通っている、文字通り『レベチの優等生』さま。

その姉を引き合いに担任教師——お姉さんのほうは全くもって非の打ち所のない成績なんですが。

更に母親——そうですね上の子は昔から手がかからなくてどうしてわたしみたいな母親からあんな子が産まれたんだって親戚中でも評判でオホホ。

俺には兄弟姉妹がいないのでその微妙なる機微はトンと理解出来ないが、平素よりその姉に対して多少のコンプレックスを持っているらしい仲里《なかさと》。だからだろう。

カチンと来た、らしいのだ。そして、勢いそのまま言ってしまったらしいのだ。

——っけェ。わかった。ンじゃウチの本気、見せっから。いまからバチクソ勉強してお姉とおんなじガッコ行く。……ハァ？　滑《すべ》り止め？　いらんから。絶対受かるし。ガチで死ぬ気でやるし。見とって。

……で、落ちた。我が校の特進科を、本人曰《いわ》く『たぶん史上ワーストの点数』で。

バカか？　バカなんですか？　そう問われれば、俺はこう答えよう。

そうです、この人、バカなんです。

そして、その特進科よりも遥か下――つまり偏差値低空飛行の俺らが通う普通科へと、補欠で入学してきた。

仲里は言う。

『明人《あきと》クンらはなんだかんだゆって受験にはちゃんと受かってガッコ入ってンじゃん？　でもウチの場合、その受験すら受かってないかンね』

故《ゆえ》に、最強《ビリギャル》の落ちこぼれ、らしい。

世の中にこんなに悲しい自虐《じぎゃく》ギャグってあるんだ……と思った、当時――たぶん半年くらい前――の俺だった。

実際問題として、仲里は俺が知る限りでは最強クラスの劣等生と言っていい。

チンパンジーの知能指数上の仮想好敵手《ライバル》。文科省の政治的ミスと名高い落ちこぼれである俺が言うのだから間違いない。

というのも、定期テスト後、赤点をとった落ちこぼれたちが集められる補習授業があるだろう。その補習を受ける度《たび》、必ずと言っていいほど彼女と遭遇する。それほどに、仲里は（ついでに俺も）赤点をとりまくってるということで。

現代文で赤点をとれば――『おーやっぱ明人《あきと》クンも来たーおつおつおー』

古文で赤点をとれば――『あ、また明人クンじゃん。マージでこの時期はよく会うよねェ～』

英語で赤点をとれば――『アッハ！　ウケる。こんな毎日会うとか、完全にマイメンじゃん』

世界史で赤点をとれば、日本史で赤点をとれば、公民で赤点をとれば――。

赤点とって補習を受ける度《たび》、そこにいる仲里仲里仲里《ギャルギャルギャル》。

お前、何個赤点とったらそんな初期のドラクエみたいなエンカウント率誇れるの？　ってくらいに顔を合わせた高校一年目。いつの間にやら顔見知りみたいになっていた。

『これはもうアレじゃん？　バカとバカが繋《つな》ぐ絆……バカ友達《メン》、みたいなことじゃん？』

などと、仲里《なかさと》は意気揚々と言ったことがある。マジでやめて欲しい。絆とかいうクソポジティヴワードを俺への認識に介在させるの、ほとんど強姦だと思う。

元来、俺は陰キャなので陽キャが嫌いだし苦手だしＷＡＮＩ◯Ａとか聞いたら舌打ちしつつ

も『ハ？　でもメロディライン、くそかっけぇかよ。聞くっしょ……』ってYouTubeでMVとか見てしまうタイプ。

ここでハッキリさせておくが、市井《しせい》にまことしやかに流れる『オタクに優しいギャル』などという概念はすべて夢幻《ゆめまぼろし》なのである。

そもそも、陰キャオタクなんかに優しい人間というのは基本的に誰に対しても優しく人当たりがいい。それを自意識過剰な陰キャオタクの歪《ゆが》んだ認知が『誰にでも優しいギャル』を『オタク（＝俺）に優しいギャル』などという自分に都合のいい解釈へとすり替え、やけにありがたがったりするのである。

よって、ギャルである仲里《なかさと》のことも死ぬほど苦手。つーか普通に怖い。生意気なこと言ったら、レゲェとかギャンギャン爆音で鳴らしたワンボックス乗ってるヤンキー彼氏とか出てきて血尿出るまで殴られそう……とか思ってる。怖い。いやそんな彼氏がホントにいるかどうかは知らんけど。

補習の時にだけ話す顔見知り──と俺と仲里の関係性をまとめればそういうことになる。

つまり、めちゃくちゃ赤の他人。実際、ＬＩＮＥも交換してないし、補習以外の機会で喋《しゃべ》ったこともない。赤の他人、と言って悪けりゃ補習仲間といったところか。赤点をとって重たい足取りで補習授業へ向かい、そこで仲里に出会う度《たび》、やつは言うのである。

『っぱ明人《あきと》クンだわ。流石《さすが》だわ。期待を裏切らん。ウチに付いてこれるバカとかリアルに明人クンくらいじゃん。もう明人クンしか勝たん』

と。

『明人クン、安心して？　ウチも明人クンを裏切ったりしないから。明人クンが赤点をとってるときは、ウチも一緒だかンね』

と。

『だから明人クン、約束しよ？　ウチらは絶対、お互い裏切らないって。絶対絶対ずぇ～～～～ったい、卒業するまで一緒に赤点とるって。バカとバカで固く結ばれる友情、イエスじゃん？』


問．これは友情ですか？

答．いいえ、ただの足の引っ張り合いです

◇　◇　◇

十分後。相談室内にて。

「――なんかさァ～。今回ばかりはヤバいらしいんだよね、リアルに」

こんな場所までやってきた理由を、仲里《なかさと》はそう説明した。

「やー、そらウチの成績がヤバくないときとかガチでないんだけど、今回はマジやべーだろ、とかゆって？　担任に呼び出されたわけ、先週」

「はぁ、なるほど」

「したら、おこだよ、おこ。担任の梶《かじ》っちゃん激おこ。『お前、マジワンチャン留年あんぞ〜』とかゆわれちゃって？　わーもー危うしウチじゃん、どんだけだよしょんどー……ってなんじゃん」

「ふむふむ」

「で、まぁ流石《さすが》に勉強すっかァーってとりま家で教科書開いてみたんだけど、なーんもわからんくて。気づいたらスマホで一生つべ見とったし。ウケね？」

「うんうん。ウケるウケる」

「マジでウチ終わったわ、うひゃー、留年確定じゃん。もう一年遊べるドンじゃん。ぴえん。ってなってたんだけど、今日——」

デスクを挟んだ対面で、べらべらとべしゃりまくった仲里はそこでポケットに手を入れた。

そのままガサゴソとなかをまさぐり、取り出したのは。

「——こんなン見つけちゃったんだよね」

取り出したのは、とても見覚えのある一枚のチラシだった。

その紙面にデカデカと躍る文字に目をやる。

『偏差値三十アップ!!』『期末テスト平均点越え確約!!』

「ね～？　こんなピンポイントなお助けある？　ウチ絶対前世で善行バリ積んだでしょ。軽く亀とか億助けてね？　みたいな。マジかたじけ～……って、あれ。明人《あきと》クンどしたん。なんかバチボコ苦い顔してる？」

「いえ、別に……」

「え～、そお？　体調悪いならウチと保健室行く？　肩とか貸すし全然。なんならおぶるし。ウチこう見えて力つおいからいけるいける」

「や、ホント大丈夫なんで」

「あっ、そーお？」

「……ちなみにこのチラシはどこで？」

「ふぇ？　コレ？　や、なんか知らんけど、廊下の掲示板に貼ってあったよ？　明人クンらも、コレ見てここ来たんじゃないの？」

なるほど。こんな場所で予想外に俺らと遭遇したことを、仲里はそういう風に理解していたらしい。状況的にはそうとしか思えない光景だろうが。

「いや……。てか、すんません。ちょっとテクニカルタイムアウト頂いても？」

「え、いんじゃね？」

かたじけない、と俺は中国拳法の礼節に則《のっと》って拳と掌《てのひら》を合わせ感謝のポーズをした（ちなみに、これが正しく中国拳法における礼節かはちょっと知りません）。

次いで、部屋の隅で趨勢《すうせい》を見守っていた小野寺《おのでら》に声を掛け、しばし相談室を離れると第一声。

「いや騙《だま》されるやついますぅ⁉⁉⁉」

そんな俺の悲鳴にも似た声が、人気《ひとけ》のない廊下に木霊《こだま》した。

「声でか……。うるさ……」

小野寺は即座に顔を顰《しか》めたがそんなことに配慮している場合ではないのだ。

「いやいやいや、あんなクソ広告に釣られるやつが地球にいるとかビビるわ！　母なる地球の広さハンパねぇ！　そしてそんなやつが身近にいる世間の狭さもハンパねぇ！」

あまりにもダイナミックな二つの矛盾《むじゅん》に引き裂かれそうな俺だった。

あんなヤバい惹句《じゃっく》しか書いてない広告になんの疑問も持たずに釣られるやつがいるとか、そらダイエットサプリのクソ広告もネットから消えねぇわ。『息を吸うだけで脂肪燃焼！』じゃねぇんだわ。ああいう層が明日の詐欺業界を支えている。

「ま、たしかに。あんなのに騙されるの、狭山《さやま》くらいだと思ってたけど」

などと、さしもの小野寺も困惑顔である。

なんにせよ、コレで理解できた。特別生徒相談室という、校内における奇っ怪さナンバーワンのスポットに、悩みからは最も縁遠そうなあんなパリピ女が迷い込んでしまった理由は。

「とにかくやべぇだろ、コレは……」

思わず切迫した声が出る。

藤崎《ふじさき》の広告に躍る美辞麗句。アレがどのような手段によって実現されるものかはわからない。が、どうせロクな手段じゃないのだ。絶対に。

ここ最近、暇を持て余しまくっている藤崎のことだ。

もし新たな相談者が来たと知れれば、これ以上なく徹底的に『救済』しようとするだろう。その時、いかなる被害が発生するかは想像もつかない。そして、本件の発端《ほったん》疑惑のある俺にまで、その累は及ぶかもしれない。及ぶ気がする。及ぶだろう。

「断固、追い返すしかねぇ。藤崎が戻ってくる前に……」

俺は固く固く決意した。俺は保身のためなら、なりふりかまわない小心な男だった。

「ん。頑張って」

そして小野寺はとても他人事《ひとごと》風だった。

「あのさァ～、小野寺さん。君ってばこの期に及んで他人事スタンスなの、ヤバくないすか？

お前も手伝えや」

「めんどいから嫌」

「おっ前……」

「え、どうしたん二人？　なんか揉《も》めてる中？」

と、そこで流石《さすが》に騒がしさが気になったのか、いつの間にやら扉から顔を出して、こっちの様子を窺《うかが》っていたらしい仲里《なかさと》がそう尋ねてきた。不安げな表情を浮かべるその顔に「大丈夫なんで」と手を振る。

「……とにかく、わかってんな？　藤崎《ふじさき》が帰ってくるまでに追い返すしかねぇ。俺たちの、引いては俺の保身のために……ッ」

「着地点がそこだからあんまやる気にならないんだけど」

小野寺《おのでら》は未《いま》だ不満顔だったが、さりとて相談室へゴー。

テーブル挟んで仲里の対面のソファに、俺たちは並んで座った。

「お待たせ致しました」

「え～、全然いいよ。てか、ウチも急《せ》かしたみたくなってごめ～ん」

と、最前までいじっていたのであろうスマホをポケットにしまって、会話モードに入る仲里。話し相手が目の前にいるときはスマホをしまうとは、パリピのくせに意外に礼儀の行き届いているやつだった。そんな仲里に対してしゃにむに、俺は告げた。

「とりあえず帰ったほうがいいっすよ」

「……は？　どゆこと？」

「いやもう、どゆこともこゆこともないんで。マジで早いとこ帰らないと大変なことになっちゃうんで」

「いやいやいや！　なんで？　だってココってアレでしょ？　生徒相談室みたいな？　なんかそういうノリのアレなんでしょ？」

「違います」

とても違います。というか、ふわっとした認識過ぎるだろそれは。さては、スマホアプリの利用規約とか読まずに承諾ボタン押しちゃうタイプだな？

まぁ、そういう事実誤認を狙ってるからこその、ふわっとした名称なんでしょうけどね、この『特別生徒相談室』って。

「とにかく、いま帰んないと後悔するんで絶対。アブナイやつの巣窟《そうくつ》なんでここ。一般の生徒さん来たら、リアルに逮捕リスクとかあるんで」

この場所の危険性、ことにこの相談室の主《あるじ》たる藤崎について、詳《つまび》らかに話すわけにもいかない。しかして、とにかくここは危険な場所なので二度と近づかせないようにせねば。

「や、って言うわり明人《あきと》クンらは、じゃあなんでこんなとこ来てんの？　おかしくない？」

「ぐっ」

こ、こいつ、落ちこぼれのくせに意外に鋭い指摘を。だが言えるはずもない。

『実は僕たち謎《なぞ》の中学生の言いなりになってて、毎日、この特別生徒相談室に顔を出すようにしてるんですよ～。あっ！　ちなみに特別相談室っていうのはですね……』などと。

「とにかく本当にテストがやべぇんなら、はよ家帰って自分で勉強すんのが一番でしょ」

はそんな二文字だった。

危険性を強調する方向は断念し、正論で攻めてみる作戦に切り替えてみれば、返ってきたの

「無理」

「やー、ぶっちゃけ、ウチ最後に勉強したのとか受験のときとかだしさ。もうずーっと勉強してないのに、今更ジタバタしたって間に合うわけないじゃん」

いや、それはなんというか、とても身に覚えのある話だけれど。

「あんね、ウサギとカメで言ったらウチらってカメなの。頭良いウサギさんらに今更走って追いつけるわけないじゃん。無理だよ、無理。スタート地点がまず違うんじゃん。無理無理無理」

それもよくわかる話ではあるんですけれども。

「つか、その喩《たと》えでいくとカメはコツコツ頑張って最後は勝つんだし、この場合、ウサギのほうでしょ俺らは。しかも本気出しても大して速くないどころかカメより遅いタイプの」

「あ、うん。うわ、改めて言われるとすげぇ凹《へこ》む……」

途端、しゅんとなってしまう仲里《なかさと》だったが、気持ちはわからないでもない。

とかく、競争社会において引き合いに出されがちな『ウサギとカメ』の寓話《ぐうわ》だけれど、実際はウサギにもカメにもなれない動物だっている。たとえば、俺らみたいな。

「だ～～～ッからこそじゃん！」

うがーっ！　と勢いよく立ち上がった仲里は、そこで叫んだ。

「だからこそ！　ココで秒で『偏差値アップ！』してもらおうってハナシなんじゃん！　足遅いンなら車乗っちゃえばよくね？　ってハナシ！」

いるよなぁ、ウサギとカメの寓話に車の概念持ち出すヤツ……。

「え、つかヤバい。そんな速さで頭よくなるんなら、ワンチャン東大行けんじゃね？　ウチ」

「あの～、パリピだからって、そんなポジティヴ許されます？」

そのWANI◯Aの歌詞性を感じさせる力強いメンタル、やめて欲しい。

俺のなかのWANI◯Aのボーカル＆ベースの人が『オタクくんさぁ～？』って騒ぎ始めてしまう。

「あっ、てかわかった。明人《あきと》クンてばアレでしょ？　ウチのこと追い返したあと、自分だけ講習受けて成績上げようとか考えてんしょ！　うーわキレた。ウチ、そうゆうの許さんぞ！」

「いや穿《うが》ち過ぎでしょ、それは……。つか、小野寺《おのでら》。お前も、黙ってないでなんか言ってくれよ」

どうも一人じゃ分が悪いぞコレ。と、先ほどから貝になって一向に喋《しゃべ》ろうとしない小野寺に助け船を乞《こ》えば、「めんどくさ……」仲里には聞こえないような小声でそう言って俺を一睨《ひとにら》み。

しかし、一応発言する気にはなってくれたらしい。言葉を選ぶようにしばし沈黙、やたら歯切れ悪く、小野寺は言った。

「……まぁ、帰ったら？」

「やー、っていう小野寺《おのでら》さんは帰らないんじゃん。アレ？　でも、小野寺さんて成績悪いんだっけ？」

なんか頭いいイメージ、と意外そうな顔をする仲里《なかさと》だったが、はて？　なにやら、いまのやりとり軽く知り合い風じゃなかった？

「……って。あぁ、そういや二人ともC組だっけ？」

「そだよー。同クラ同クラ」

そういえば仲里が相談室に入ってきたとき、お互いに顔を見合わせて「あー……」みたいな表情で会釈交わしてたけど、アレはつまり同じクラスのやつと外で会ったときの『あー、どうも……』みたいなそういう意思疎通だったんだ。へぇ～。

って割りには小野寺のやつ、頑《かたく》なに話に入ってこようとしなかったな。なんなら、クラスメイトの危機にマジで興味なさげだな。

「えっと、一応確認しますけど、もしかしてお二人すげぇ仲悪かったり？　俺いつの間にかすごい修羅場の只中《ただなか》にいたりします？」

そう問えば、

「へ？」と、仲里。

「は？」と、小野寺。両者、無言で見つめあう。

どう答えたものか、ってな難しい顔をして、仲里が重たい口を開いた。

「仲悪いってか、むしろ良いほう、じゃんね？」

「……たぶん？」

「ほーん」

ってわり、歯切れの悪さノンストップですね。お二人。

というか、めちゃくちゃ空気悪くなりましたね、いま。

「じゃあ、一緒に遊んだりしたことあんの？」

「あ――――――……」

俺の問いに、仲里はしばし間延びした声を漏らし、「あぁ！」思い出したように手を打った。

「あるある！　遊んだことある。なんか前に由美の誕生日《ハピバ》会あって、そんとき皆でカラオケに……。ほれ、ケイちゃまと一緒に顔出してたっしょ、小野寺さんも」

「……そういえば。一瞬だけ」

「そそそ！　一瞬だけ！　で、すぐ帰ってった！」

「ほーん」

パリピ文化圏の人ってそれを『一緒に遊んだ』にカウントしちゃうんだ～。へぇ～。

でも、どっちかっていうとそれ、たまたま人付き合いで行った会合でたまたまお互い顔合わせただけっすよね。

ていうか、フツーに仲良くも友達でもねぇわコレ。なんならちょっと気まずい距離感のクラスメイトだわ。

「あっ、ところで今日めちゃくちゃ晴れてるくないすか？　晴れすぎでしょ、空。どんだけ晴れてんだよ。空の青さ、ハンパねぇ」

「は？　明人《あきと》クン、なんで急に天気のハナシぶっかま？」

「いや、なんかあんま触れちゃいけないこと聞いちゃったみたいなんで」

誰々さんと仲良いの？　なんて、本人目の前にして尋ねるとか、冷静に考えればコミュニケーション下手くそなやつがやることですよね。

ンも〜、嫌だ嫌だ。女の子はいつだって仲良くしていて欲しいですよ。夜空に燦然《さんぜん》と輝く〇ら漫画のように、きららな美少女たちがきららトークで「きらら〜っ！☆」ってなっていて欲しいですよ僕ぁ。

「じゃあ、とりあえず早く家帰って勉強したほうがいいっすよって話に戻すんすけど」

「いやいや待って待って！　そんな露骨に話逸《そ》らそうとすんのやめてって！　ウチらほんとに仲悪くないからガチで！」

「やー、もうそういう女子同士の微妙なバランス保とうとするの大丈夫なんで。ちょっと胃が痛くなっちゃうんで」

まぁ、女子同士って言いつつも、男子同士だって大体そんなもんすけどね。派閥違いで微妙な距離感のクラスメイトとの関係性なんて。

「ま、たしかに、小野寺《おのでら》っつったら感じ悪いし、そら付き合いづらいこと鬼の如《ごと》しですわな」

「え、小野寺さんて感じ悪いの？」

なぜか仲里《なかさと》は不可解そうに首を傾《かし》げて言うが。

「いや、悪いってか最悪でしょ。コイツと喋《しゃべ》ってたら、常人は三秒で心が痛ででででッ！」

――そのとき、走る激痛。

見れば、小野寺の細い指が俺の脇腹を激烈に抓《つね》っていた。かつてないほど冷たい表情を浮かべるその顔が、超小声＋早口で囁《ささや》く。

「やめて私クラスでそういうキャラでやってないから空気読んでほんと黙って」

「ええ、そうなの!?　つかそれどう抓ってんの、マジで痛ってぇ！」

こいつが口じゃなく手を出してくるなんて珍しい。

どうも、小野寺のキャラについて、仲里に開陳するのは結構な御法度《ごはっと》らしかった。ていうか、さしもの小野寺といえどクラスのなかともなれば、一応猫くらいは被《かぶ》るんだ。いや、そもそもクラスでも俺に対するときみたいに毒舌全開だったらそりゃ引かれるだろうし、当然だろうけど。

「……？」

一方、そんな俺らのやりとりに、仲里はとても不思議なものでも見るかのようなポカン顔をしていたけれど。

い、いけない。なんか、オタクのわけのわからん深夜アニメトークを見るヤンキーみたいな瞳をしてらっしゃる！（身内ノリに引いている、の意です）

「あ、いや実は俺とこの人って、同中だから軽く知り合いというかそういうアレでしてね？いえ、だからって仲良いわけでもないんですけども……」

「はー、そーなん？　つかゴメ、これウチの勘違いだったらアレなんだけどさ？」

俺らを二人を順繰りに見やると、仲里《なかさと》はどこか探るようなトーンで言った。

「二人、もしか付き合ってる？」

「よりにもよって勘違いの仕方が極悪過ぎる」

いまの加虐的なやりとりをカップルのイチャイチャと取られるようじゃ、日本からDVはなくならない。

「あの、マジで申し訳ないんですけど、誰がこんなメンタルブスと痛でででででッ！」

「だからやめてホントに支障出るからここでのノリ他所《よそ》で出すのやめて空気読んで」

「ごめんて……」

そんなやりとりを、仲里はやっぱり不思議なものを見るようなポカン顔で見守っていたけれど。

「あの、もっかい聞くけど、二人ガチで付き合ってるわけじゃ……？」

「いや、それは本当にないんで……」

「ほ────ん。なりゅほど？」

と、なにやら意味ありげに頷《うなず》く仲里に、ちょいちょい、と手招きされたので少し顔を近づけてみる。ふわっと可愛《かわい》い系の香水の匂《にお》いがして、軽くドキッとてしてしまう自分の童貞っぷりがキモかった。で、仲里は密《ひそ》やかにこう囁《ささや》いた。

「……いいじゃん」

「は、なにが？」

尋ねる俺に、仲里はにまにま笑ってこう続ける。

「いや二人。なんか、めちゃいいじゃん。ウチ、意外に好きなんよね。格差恋愛っての？　漫画みたいでよきじゃん。めっちゃ可愛い、そういうの。すげぇ応援するし」

「あの、ほっこりしてるとこ申し訳ないですけど、本当に誤解です……」

マジでそういうフラグは先月のアレコレですでに粉砕済みなんですよ。

あと、いまさらりと『格差恋愛（絶対に俺が下の立場想定）』っていう差別表現されたの、軽く流したけど俺は一生忘れないから。ていうか。

「だから、本気で帰ったほうが──」

そこまで言いかけて、なにか嫌な予感がした。

それは、この特別生徒相談室たらいうやべぇ軍団に絡《から》まれ続けて一か月の間に養われた超常的な第六感なのかもしれない。違うかもしれない。どっちでもいいかもしれない。

ぱたぱたぱたぱた〜！　という、廊下を走ってくる足音が近づいてきて、俺は戦慄《せんりつ》した。

「い、いいから、とにかくいまは帰ったほうがいいからマジで！　コレはあなたの健やかなる毎日のために言っています！」

「アッハ！　ウケる。ちょ、恋バナ始まった途端それて、明人《あきと》クンさぁ〜？　そういう子供っぽいのどうなん？」

「うわ、めんどくせ！　もうそういうのマジで今いいんで！　早く帰らないと——」

すぱーん！　轟《とどろ》く快音。開く扉。

タイムリミットは俺の予想より遥かに早くやってきた。

途端、明日の朝刊を騒がす一面記事の幻が——未成年、詐欺、被害者は女子高生、学校に巣くう犯罪集団——走馬灯のように頭を駆け巡る。

アーメン。俺は心のなかで十字を切って神に祈った。この間、コンマ二秒。

そして現れたそいつは、潑剌《はつらつ》と。


「私、参上！　なのです！」

遠く聞こえる蟬《せみ》の声に紛れて、その声はとてもよく響いたと言います。

◇　◇　◇

『う～、どうしよう。次の期末テスト、不安だな～。でも、勉強するのは面倒だし……』

――そんな悩みを抱えるあなたに超朗報！

学生必見！　絶対に失敗しないテスト対策！（藤崎《ふじさき》、ここでパチパチとセルフ拍手）

もう面倒な勉強とはさようなら！　一日、五分暗記するだけで絶対にテストで百点をとれる問題テキストをご紹介！（スマホから流れる『ダダン！』のＳＥ）

面倒な反復や、予備知識も一切必要なし！

こちらの問題テキストの答えを丸暗記するだけ！（藤崎、ここでプリントの束を取り出す）

１００点絶対保証！　感謝の声が全国から続々！

『いままで成績不良でどうしようもない人生だったけど、このテキストと出会ってすべてが変わりました』

と、岐阜在住のＳさんからも大満足の声が！

そして、こちらの問題テキスト、なんと、いまなら無料！

税込み価格０円でお届け致します！

お問い合わせはこちらまで――（読み上げられる特別生徒相談室のＨＰのアドレス）

※ 以上、藤崎小夜子《ふじさきさよこ》による『期末テスト緊急対策講習』企画説明より

「最強じゃん……」

斯様《かよう》な説明を聞き終えた仲里《なかさと》は、わなわなと震えつつそう呟《つぶや》いていた。

「一日五分の暗記で？ 100点？ ヤバじゃん。控え目に言ってヤバヤバのヤバじゃん……。ちょ、明人《あきと》クンヤバい。ウチ、100点とるのとか人生で初かも」

喜びに目を輝かせ興奮気味にシャツの裾をグイグイ引っ張ってくる仲里に、こんなことを言うのは心苦しい。本当に心苦しい、が。

「いや流石《さすが》にちょっとくらい引っ掛かれや！」

無理だった。仲里（＝ギャル）怖いという理由から柔らかめな態度を取りがちな俺をして、語気荒らげてツッコまざるをえなかった。

それほどに。それほどまでに、仲里の口から語られた企画概略は怒濤《どとう》の怪しさ過積載。ネットのクソ広告もかくやとばかりの酷《ひど》さだった。

「え、ていうか、え？ 仲里さん、あなたいまの話聞いとりました？ まさか、ホントに信じてるわけじゃないっすよね？ ねっ!?」

「はー？ なんそれ、ハテナがノンストップなんですけど。いまののどこにウソ臭《くさ》要素あった

ん？」

「いまのがウソ臭くないならネッシー目撃談もウソ臭くねぇわ！　モンゴリアンデスワームだってゴビ砂漠にいるわ！」

「アッハ！　ウケる、なんそのモンゴリアンなんとかって、ちょ待っていま調べるわ。……うわきっしょ、なんこの生き物、バリおもろー」

「………………」

キャハキャハ笑う仲里に、もはや俺は恐怖を憶《おぼ》えた。もとい、パリピ女の低すぎるリテラシーに流石に引いた。

事がここに至るまで、ツッコミどころはいくらでもあった。

どうして中等部のガキが高等部の校舎にいるのか？　更には特別生徒相談室なる謎《なぞ》の組織の室長を名乗っているのか？　そもそも、この藤崎小夜子とは一体何者なのか？　そのどれもを、

『ハァ。よくわからんけどそうゆうもんなんじゃないの？』

そんなひとことで片付けた女のリテラシー、流石に終わってるなんてもんじゃねぇ。

カモだ。詐欺業界垂涎《すいぜん》のカモがここにおる。めちゃくちゃアガるイベ打ってんでちょっと顔出してくださいよ～、とか言ってヤバめのセミナーに叩《たた》き込んだろかマジで。

「んふふ～。杏奈《あんな》に満足頂けたようでなによりなのであるからして～」

一方、説明を終えたばかりの藤崎のほうはというと、実に満足げな顔でニコニコしていた。

その表情は一片の邪気さえ感じられぬ清らかさで、とても愛らしかった。とても詐欺紛《まが》いの大演説かましたあととは思えなかった。

「おーてめコラ、ガキコラ！　こんな無害なギャルを騙《だま》して楽しいンか、おおん!?」

もはや、女子中学生相手にメンチ切る事に対する抵抗感など俺にはない。

「はて？　明人《あきと》、なにを言っておるのです？」

全然効かなかったけど。

「騙すとは人聞きが悪いのであるからして。私はなにひとつ嘘など吐《つ》いておらんのであるからして」

こてんっ。首を傾《かし》げきょとん顔を浮かべつつ言う藤崎《ふじさき》。

「は？　あざとい可愛《かわい》い尊《てえて》え……」

その小動物的愛らしさに、謎《なぞ》の尊みを感じているギャルが約一名。

「やば。つか待ってこの子、本物《ホンモノ》じゃん。めっちゃ2S《ツーシヨ》してほしい。坂道ヲタの血が騒ぐ……」

そういえばいますよね。アイドルとかの可愛い系の女子がめちゃくちゃ好きなギャル。坂道系の握手会通ってるオタクから、もうちょい地下《アングラ》なとこ推してるちょっと自意識こじらせてる系まで色々。意外。仲里《なかさと》もそっちだったとは。

まぁ、たしかに藤崎っつったら中身はともかく外見《ビジユアル》は完璧《かんぺき》に美少女（笑）なわけだし、可愛い女子好き《ドルヲタ》的にはツボなのかもしれんけど。

「まったく、実に嘆かわしいのです」

などと、仲里からの熱視線に少しも気づかず、藤崎はやれやれお手上げポーズで宣《のたま》う。

「明人。人を疑うのはさもしいことなのであるからして。まずは人を、ひいてはこの私を信じることなのです。すべてはそこから始まるのです」

「怒濤《どとう》の詐欺師風ワードぶっ込んでくんのやめない？　昼時の喫茶店行くと、そういうこと言って宗教の勧誘してるおばさんたまに見かけるわ」

あと死ぬほど怪しい株の相談してる人とかも見かける。『実はコレ、〇〇省の人から降りてきた情報なんで〜』みたいな口上聞いたときとか、どうすればいいか本当にわかんなくなる。

いえ、それはどうでもいいんですけど。

「ふっ。この私の慈悲を解するには、明人は魂のステージが些《いささ》か低すぎると言わざるを得んのです」

「アッハ！　バリダメ出しされてて笑う！　つか、このおチビ、明人クンにまでバチボコ偉そうなのオモロ過ぎん？　ウケる」

「…………」

いいですね、仲里さんは。まだこのガキの恐ろしさを知らないんだから。なんでもかんでもウケるその性格、人生楽しそうっすね。かなりしつこい夏風邪でも拾ってしまえばいい。消化のいいものを食べてちゃんと薬飲んで、夜は温かくして眠ればいい。

「や〜、ホントかたじけ！　ウチ、リアルに困ってたからさ〜。正直、助かりまくりで感謝ぶっかま案件。特別生徒相談室、イエスじゃん？　もう藤崎《ふじさき》さんしか勝たん」

「んふふ〜。ようやく私の偉大さを理解する人間が現れたのであるからして。感動なのであるからして〜」

そして、放っておくとどんどん親密度を上げていってしまうお二人です。あぁ、そんな。ガシっと握手までしちゃって。

「さぁ、杏奈《あんな》！　１００点を！　とりたいのです〜〜〜〜〜〜〜ッ!?」

「ｙｅａｈ〜〜〜〜〜〜〜！！！」

「東大へ！　行きたいのです〜〜〜〜〜〜〜〜〜ッ!?」

「ｆｏｏｏｏｏｏ〜〜〜〜〜〜〜〜！！！」

果ては、コール＆レスポンスまでしちゃって。

「うわ、洗脳完了……」

と、そんな二人の様子にそれまで黙って事の趨勢《すうせい》を見守っていた小野寺《おのでら》さえ引き気味にそう呟《つぶや》いていたけども。

パリピと電波、意外に好相性のペアっぽいです。

いや、ていうかコレまずくないか？　まずいでしょ。絶対。

なんかまたぞろ面倒なことになりそうなスメル感じるよ？

「あの〜、仲里《なかさと》さん？　繰り返しますけど、あなた本当にこのガキの話を信じておいでで？」

という問いはもはや諦《あきら》め半分、興味本位半分。ここまで怪しいクソガキの話を、なにゆえそうポンポン信用出来るというのか。気にならないと言えば嘘だ。

が、仲里からすれば、その問いのほうが予想外だったらしい。

「ん？　信じてるけど？」

「な、なんで？」

「えー、なんそれ。なんでもなにもなくない？」

仲里は、至極《しごく》あっけらかんとした調子で言った。

「別に、この子がそうだってンなら、本当にそうなんじゃん？　知らないけど。いちいち疑ったりしンよ」

「あー……」

出た。出ました。出ちゃいましたか。

もう超いいやつなのよ、その台詞《せりふ》は。いい奴の口からしか絶対出んのよ、そういうのは。やめてくれよ。ギャルやパリピはみんな嫌なやつであってくれよ。俺みたいなイキリ陰キャオタクを害虫としか思わない目で「キッモ」とか言っててくれよ。

明るくて人気者で心根までいい奴なんて、そんな陽キャを憎んでしまう自分が悲しいじゃねえか。ＷＡＮＩ◯Ａもあんなヤンキーみたいな見た目なのにめちゃくちゃ良い人エピソードあるのやめてくれよ。あの優しさそうなドラムの人の顔をギター&ベースで殴ったりしててくれよ。じゃなきゃ好きになっちゃうだろ。陽キャは憎くて憎くてしょうがないけど、それはそれとして、いい奴は嫌いにもなりきれないというこの陰キャ的感情、わかれ。

「てかさァ〜？　明人《あきと》クンこそ、そうゆうのあんまよくなくね？　そんな人ンことすぐ嘘つきよばわりしてさ？　可哀想《かわいそう》じゃん」

「……やっぱいい奴かよッ！」

洗われます、心が。綺麗になってしまいます、俺の穢《けが》れきった魂が。

そういえば、普段、親とすらあんま喋《しゃべ》らない俺がちゃんと会話するのって、相談室の連中くらいだもんな。こういうシンプルにいい奴と会話することってマジでなかったもんな。

そうか、これが。心か——。

「やー、まぁ、あとさ？」

久方ぶりに触れた人間の聖性にちょっとジンと来ていると、仲里は続けて言った。

「ほらウチ、今回ばかりは赤点とったらガチでヤバいじゃん？　流石《さすが》にコレ嘘だったらヤバすぎるってかぶっちゃけ終わりだし。そりゃもう信じるしかないよね。立場的に」

「あのー、それめちゃくちゃパチンカス的な思考だって自覚あります……？」

ここで当たり引かなかったら生活終わるから当たるはず、みたいな。

その背景にス〇ゼロと借金のチャンポンが垣間見える思考、共感出来てつれぇわ。

ホント、追い詰められたダメ人間ほど捨てられないんだよな。一発逆転の可能性。そして、そんな一縷《いちる》の望みはいつだって、俺たちのような人間をかえって破滅させてしまうもの。弱者は弱者故《ゆえ》にありもしない希望に縋《すが》り、滅びゆく運命なのである。

結論から言ってしまえば、そんな世の摂理は今回もきっちり働いてくれたようで。

「安心するがよいのです。明人《あきと》たちを救う策ならば、この私がきっちりと用意しているのです。お任せなのです」

そんなオチへの前フリとしか思えぬ台詞《せりふ》を、藤崎《ふじさき》はドヤ顔で言い放っていた。

◇　◇　◇

――そして、案の定だった。

二年一学期　期末テスト＿草稿.doc

藤崎言うところの策というのが、ひとことで言えばそれだった。

藁半紙《わらばんし》へと出力された、テキストファイル。

つまり、いまより一か月後に行われるテスト問題、その草稿。

「なるほど……」

俺は頷《うなず》いていた。

なるほど。なるほどなるほどなるほど、そう来るか。たしかに、たしかに。俺は頻《しき》りに頷く。たしかに、最初から出題される問題がわかってりゃ、誰だってテストで高得点とれますよね偏差値も三十アップしますよね広告に一切の嘘偽りはなかったわけですねなるほどなるほど。うんうんうんうんうんうんうんうんうんうん……頸椎《けいつい》よ折れよ！　とばかりに俺は何度も頷いていた。なにかから必死に目を逸《そ》らすように頷いていた。それ以上、思考を進めることを、脳の重要な部分が押しとどめていた。

「アッハ！　ウケる！」

そして、一方の仲里《なかさと》はというと、その藤崎が用意した紙束をペラペラとめくりつつ、なにやら大いにウケていた。

「えぇ〜すご。マジでリアルにテストっぽい。ほへぇ〜。この一ボケのためにこんなン作ったの？　バチクソ真面目《まじめ》に笑いやってンねぇ〜ウケる」

どうやら、このテスト草稿を藤崎流渾身《こんしん》のギャグと解したらしい。無知とは、時に優しく、そして残酷なんだなぁと思った。

それはさておき、俺と小野寺《おのでら》はといえば、すでに帰りの身支度を始めていた。とにかく全力で関わりたくなかった。早く家に帰って忘れたかった。なにもかも。

「うし。じゃあ帰るか、小野寺《おのでら》」

「ん」

そうして俺たちは家に帰った。

自宅でゴロゴロしながらめちゃくちゃ楽しい時間を楽しんだ。時は過ぎ、十年後――。

「いやいやいや、なんでッ!?」

というのは幻で普通に仲里《なかさと》に扉の前でブロックされ、帰宅を阻まれてしまった。

「ちょ、明人《あきと》クンらなんで急に帰宅宣言ぶっかまなん!?」

「いや、だって僕ら関係ないんで……。マジで金輪際《こんりんざい》未来永劫《えいごう》関係ないし、なにも見てないし、聞いてもないし、なんなら今日この場にいたかどうかさえ記憶にないというか、え？ 今回の件に俺が関わったっていう物的証拠でもあるんですか？」

「なんでそんな急に身のケッパクを主張し出すん!? なんであとでトラブルになるの前提なん!?」

なんでもクソもないです、そんなのあとで絶対トラブルになるから、いまのうちに既成事実《アリバイ》工作しときたい以外にないです。

「私も」

そんな俺に追従するように、小野寺も不自然なほど冷静に言った。

「私もなにも知らないし、なにも見てない。まぁ、仲里さんはガッツリ見てたっぽいけど。

草稿《アレ》の中身」

「いやいやいや、ちょ待ってッ!?　小野寺さんまで、なんでそんな急にトカゲの尻尾《しっぽ》切りの練習し始めてるん!?　おかしくない!?　そんな……」

そこで一旦言葉を切って、手に持つテスト草稿《カンペ》に目を落として。

「そんな、コレがガチでリアルにホンモノ、みたいに……」

「むー。三人とも、いったいなにをこそこそと話し合っておるのです？」

そこで、藤崎《ふじさき》から不満げな声が上がった。

見れば、やつはなにやら酷《ひど》くご満悦な表情で、俺たちに期待するような視線を向けている。

もしも、藤崎に尻尾があったら、褒《ほ》めて褒めてとせがむ子犬のように揺れまくっていたことだろう。

「いったいどうしたというのです？　さぁ、早く私のこの新たなる偉業を、早く褒め称《たた》えるのでして～」

――後に、藤崎はその入手経路について斯《か》く語る。

「コレは職員室から『とてもごーほーてき』に拝借してきたものなのです。『すごくくりーん』な手口だったのでなんの問題もない上に証拠も残してはおらんのです」

とても合法ですごくクリーンなのに証拠を気にするのはとてもシンプルに矛盾《むじゅん》だと思っ

た。事件化したら有罪待ったなしだと思った。

「具体的には予《あらかじ》め作っておいた合鍵で深夜の職員室に侵入し、担当教師のデスクを漁《あさ》った結果、『パスワード一覧』なるメモがPCに貼り付けてあったので、それを使ってデータを抜き取ったのです。とても容易《たやす》い仕事だったのです」

詳しく聞けば全然合法でもないしクリーンでもないけど証拠さえ残さぬ華麗な手口らしかった。事件化しても証拠不十分で起訴されなさそうで、つまりは完全犯罪だった。

というか完全に犯罪《クロ》だった。

そして、事態の深刻さを朧気《おぼろげ》ながらも仲里《なかさと》は理解した。

俺と小野寺《おのでら》の真剣極まりない態度が、冗談ではすまない問題なのだと察させたのだろう。

小さな口から微《かす》かにこんな声が漏れる。

「た……」

両眼いっぱい溜《た》まった涙が、表面張力に負けて流れ出す。

溶けたマスカラが混ざって、黒い涙が零《こぼ》れ出す。

その表情は、もはや恐怖一色で――。

「た、たたた、退学なる~~~~~~~~~~~~~~~~ッ！！！！！！！！！」

◇　◇　◇

——人生は必然の集積だと誰かが言った。
であるならば、この出会いもまた必然の賜物《たまもの》か。
色々言いたいことはあるけれど、なにはともあれ——。
ようこそダメ人間の巣窟《そうくつ》へ。よろしく新顔《ニューフェイス》。

いつか、誰かから聞いた寓話《ぐうわ》　＠　どことも知れぬ地下道

そこは、アフリカのどこぞに広がる遠大な塩田。

かつては湖だったという真っ白く干からびたその塩の砂漠は、極稀《ごくまれ》に発生する大量の豪雨によって、わずかばかりの間かつての姿を取り戻すという。

およそ、十年に一度。

その湖は、フラミンゴたちにとっての楽園になる。

濃い塩水に囲まれたそこには、彼らの外敵さえ寄りつかないからだ。

薄桃色の翼を持つ彼らは、その安住の地にて繁殖を行う。大量のフラミンゴたちの群れで艶《あで》やかに彩《いろど》られ、塩の砂漠に一瞬、薄桃色の絶景が咲く。

そこで生まれる雛《ひな》は優に数千羽以上。

生を受けた彼らは、しかしその瞬間から過酷な世界で淘汰《とうた》というふるいにかけられる。

卵が孵《かえ》るその頃には、照りつける太陽に湖は干上がり、またあの塩田に逆戻りするからだ。

かくして、彼らは淡水を求めて塩の砂漠を走り出す。飛び方を知らない彼らにとっては、途方もない五十キロの大行軍。

当然、生き物は産まれてしまった以上、平等ではあり得ないのだから、群れから遅れてしま

う雛もいる。

たとえば、『彼』がそうだ。

よたよたと息も絶え絶えに『彼』は群れの遥か後方を歩いていた。

その両足には、大量の塩の塊がこびりついている。塩田の泥濘《でいねい》を歩くなか付着した塩分が乾燥し固形化したのだろう。それが錘《おもり》になって、『彼』は上手《うま》く歩けない。

ゆっくりと歩けば歩くほど、『彼』の足には塩が付着していく。雛の筋肉では足が上がらなくなるほどに。

そうして、少しずつ群れに置いて行かれる。弱く愚鈍な『彼』を置き去りに、誰もが先へ進んでいく。

足の重さに負けたのか。はたまた疲れ果てたのか。或《ある》いは、もうどうでもいいとすべてを諦《あきら》めたのか。

いつしか、『彼』は歩くのをやめた。

挿入されるナレーション。自然は斯《か》くも残酷なものなのです——云々《うんぬん》。

カメラが切り替わる。一方、その頃、荒野ではゾウの群れたちが——云々。

『彼』の最期は誰も知らない。

そんな『彼』を指差して、彼女は言った。

「ねぇ、この鳥は――」

それは、いつかどこかの誰かから聞いた寓話《ぐうわ》。

脳の奥底にしまい込まれた、もはや現《うつつ》とも夢ともつかない――。

第二話　陽キャ陰キャ論語りたがりし者、八割陰キャ説（俺調べ）

「ピンクおばさん？」

明けて翌日の午前中。授業サボって逃げ込んだ保健室にて。

「……って、なにそれ？」

そのあまりにも突飛な固有名詞に尋ね返せば。

「さぁ。私もよくは知らない」

同じく授業をサボって隣のベッドでダラけていた小野寺《おのでら》はつまらなげにそう言った。

「なんか、ここら辺に住んでる変なおばさん、みたいな？」

「変な、って具体的には？」

「全身ピンクの服着て、ついでに髪も真っピンクで、ピンクのベスパで街中をぐるぐる回ってる……っていう噂」

「ほーん」

それって、つまりアレだろうか。ご町内にひとりはいる不審者さん、みたいな。

そういえば俺の地元にもその昔、公園で遊んでいる小学生を見かけると、しきりに一緒にラグビーをしたがる通称『ラグビーおじさん』という怪人物がいた。

小野寺《おのでら》が言うところのその『ピンクおばさん』というのも、おそらくはそういう手合いのお方なんだろう。

「で、そのピンクおばさんとかってのと、藤崎《ふじさき》が一緒にいるのを見たやつがいるって？」

「そ」

詳しく話を聞けばこうだ。

それは、つい昨日のこと。時刻は放課後。学校から駅へと向かう道すがら。

ウチの学校のとある女生徒が道路を歩いていると、不意にピンクのベスパが脇を爆走していったのだという。あー、アレが噂の……ってな具合にそれを見送るも、よく見ればそのサイドカーに煌《きら》めく白金色の髪。

『ひゃっはー！』

ついでに、そんなテンション高めな聞き覚えのある声が、ドップラー効果付きで聞こえたのだという。

「怖っ」

そんな目撃談に対する俺の感想はシンプルにそれだった。

怖っ。なにその本当にあった怖い話？　校内の不審者ｆｅａｔ．町内の不審者のコラボ、アツすぎるだろ。

「アイツ、マジでなにやってんだよ。つか、どういう経緯で知り合ったんだよ、その二人……？」

「謎《なぞ》。不審者同士のシンパシー、みたいな？」

「っぽいな」

スタンド使い同士は引かれ合うとも言いますし、たぶんそんなようなアレなんだろう。

ちなみに、この手の藤崎に関する奇行目撃談、俺ら界隈《かいわい》じゃたまに聞く話だったりしまして。

或《あ》いは、俺らの知るあの電波娘の暴走なんてもんは、あくまでも氷山の一角に過ぎないのかもしれない。俺たちが知らないだけで、あいつはどこぞで奇行暴行を繰り返し、そこには隠されたドラマがあったりするのかもしれない。

それを繙《ひもと》いてみたいとは全く思わないけど。

出来れば、そのまま歴史の闇《やみ》に埋もれて欲しいけど。

なんにせよ、そんな感じで謎に東奔西走してるっぽい不審者さんこと藤崎なのだが。

◇　◇　◇

――いくらなんでもカンニングはアウトだろ。

それが、俺以下三名（仲里《なかさと》含む）による心からの総意だった。

藤崎が職員室からパチってきたのだという、例のテスト草稿。あの特級呪物にまつわるアレコレで、その後、俺たちは揉《も》めに揉めた。

なにがなんでも、あのテスト草稿を使わせようとする藤崎《ふじさき》。

退学リスクを切に訴えつつ、「つかマジこの子なんなん!? なんなん!?」涙目で問うてくる仲里《なかさと》。

つか冷静に考えると俺ら関係ねぇな……、と帰宅せんとする俺&小野寺《おのでら》。

三者三様、三《み》つ巴《どもえ》の争いは二時間にも亘《わた》った。で、結局。

『そもそもさ、藤崎。そんな汚い手でいい点とろうなんて、それは違うと思うんだよ俺は。そんなことをしても救われるのはいまこの瞬間だけ。違うじゃないかそれは? これから一生、お前はテストの度《たび》に問題用紙をパチって来てやるのか? 違うだろう? いまの仲里に必要なのはそう、努力。努力なんだよ。地道な積み重ねこそが彼女の未来を拓《ひら》くんだよ。そのための努力の機会を奪うなんて、そりゃあ傲慢《ごうまん》ってもんじゃないんですかい?』

『ぬ、ぬぅ。たしかに……』

将来はこの口先で年寄りどもから大量の金銭を詐取してやろうと思った。心にもないポジティブワード連発に、脳の言語を司る中枢バグってまう。

そんなこんなで俺の詭弁《きべん》に藤崎は渋々納得。あのヤバすぎる文書はシュレッダー処理、データも消去と相成った。

斯《か》くして、俺たちの平和は守られたのだった——などと考えるのは当然のように早計だった。

「ふっふっふ。あれしきのことで諦《あきら》めるなどと、この私も舐《な》められたものなのであるからして」

などと、放課後、いつもの如《ごと》くの相談室で待ち構えていた藤崎は不敵な笑みを浮かべてそう宣《のたま》っていた。

「ハァ。って仰《おつしや》いますけど、じゃあなんか策とかあんすか？」

聞いといてなんだが、あるわけない。なにせ、今回の件はいままでアレやコレやとはワケが違う。なんたって相手は期末テストなのである。

落ちこぼれの俺が言うのもなんだが、勉強というのは日々の積み重ねがものをいう。一朝一夕に『偏差値〇〇アップ！』したいなら、それこそカンニングくらいしか手はない。

そりゃ、阿部《あべ》寛《ひろし》扮《ふん》する東大卒弁護士が脳科学を駆使した東大攻略法を伝授してくれるっていうなら話は別だが、そんな超絶有能指導者がいるなら苦労はない。『リア充からの指導で陰キャが陽キャに大変身!?』なんて、そんなご都合展開はラノベのなかにしか存在し得ないのである。

「指導者ならおるのです」

とか考えていたら、藤崎はそんなことを仰っていた。

「は？　指導者が？　どこに？」

尋ねれば、ふふん、とやつは不敵な笑みを浮かべて、

「ここにおるのです」

ひとこと、そう言った。

はて。ここにいる、と言われても、今日はまだ俺と藤崎《ふじさき》以外、相談室に来てないはずだが。

なんだろう、新手の心霊系ギャグで『実はここに阿部寛《あべひろし》の亡霊が！』とか言い出すんだろうか。

「え、どこ？」

「んっ！　んっ！」

素直にそう問いかけると、藤崎は『ここに！　ここにーッ！』と言わんばかりの勢いで自分の顔を指差していた。

「超絶有能指導者ならば、ほれ！　ここにーっ！」

どころか、堂々とそんなことまで仰《おつしや》っていた。

……いや、そのオチちょっと見えてたけどさぁ。

「あンさ、藤崎さんさ？　言いたかないけど、それが出来ないからテスト草稿をパチるとかいう犯罪に手を染めたんだろ、お前は？」

いやたとえば、こう見えて藤崎がＩＱ２００を超える天才児で実はめちゃくちゃ頭いいです、みたいな漫画ライクな設定を後出しじゃんけんで出してくれるなら話は別だけど、それも望み薄だし。

そもそも、こいつに関しては学力云々《うんぬん》以前に普段から授業にちゃんと出てるのかさえ謎《なぞ》だ。

「つかあの……、これ怖くていままでずっと聞けなかったんだけど、そもそもお前ってちゃんとこの学校の生徒ではあるんだよな？　少なくとも書類上はそうなんだよな？」

「このたわけもの――――――――――――――――っ！」

パシィーン！　そんな今更な問いは、音の割りには大して痛くない玄人《くろうと》の叩《たた》きによって一《いっ》蹴《しゅう》されてしまったけども。

「故郷ではその神童ぶりに海が割れたとも噂される私に対してたいへん無礼なのです。私、とても賢いのであるからして。天才なのであるからして」

ホントか？　いつもの如《ごと》くテキトー言ってないか？　両親の墓前でも同じこと言えるか？

「え、そうなん？」

という疑義を大いに孕《はら》んだ問いです、これ。

「ふっ。まぁ見ておるがよいのです」

と鼻を鳴らす藤崎。なにやら深く熟考するように目を閉じて沈黙。

椅子《いす》に座り込み、顎《あご》に手を当て、考える人のポーズ。知的なアウラをどうにかして醸《かも》したい、そういう気持ちだけは伝わってくる。次の瞬間、カッ！　と目を見開くと。

「素数は――それ自身以外の数で割り切れない数！　なのであるからして！」

「……うん。すごく、数Iだね……」

見せつけるように炸裂された学力は、とても平均的な中等教育の学習範囲に留《とど》まっていた。

海が割れるほどの神童ぶりという触れ込みはちょっと荷が重かった。

「ふふ、驚くのはまだ早いのであるからして。なんと十一は——素数！　なのであるからして！」

「そうだね……。十一は素数だね、偉いね……」

察したわ。察して余りあるわ。てか全然大したことねぇわ。少なくとも、俺や仲里《なかさと》に勉強を教えられるレベルでは全然ねぇわ。いやわかりきってたことだけども。

マジでこのやりとり、時間の無駄だから即刻やめて欲しい。

「ちなみに十二は——素数ではない！　のであるからして！」

「そうだね……。十二は割り切れるもんね……」

まぁ、なかなかやめてくれなかったんですけど。

◇　◇　◇

そんな感じで年相応の学力を見せつけてくれた藤崎《ふじさき》なのだが。

「慌てるでな——いッ！」

その程度でそう簡単に諦《あきら》めるあいつでもない。藤崎の粘着質なしつこさは、一部Ｖｔｕｂｅｒの厄介ファンに比肩する。

「しばし待つのであるからして。私にかかれば、高等教育など三日で履修完了できるはずなのであるからして。私、天才なのであるからして」

そう言って、三日間の救済活動休止宣言を発布してらっしゃった。

どうも、三日で高校の勉強に追いついて、残った期間でみっちり俺らに指導をつけよう、という大胆不敵過ぎるプランを建ててらっしゃるらしい。

「いや、その根拠なき自信はホント尊敬するけども……」

と同時にいっそ憐《あわ》れみさえ催《もよお》すけども。

とまれ、相談室の活動が三日も停止するとはありがてぇ。久々に放課後を心置きなく満喫できる。

はよ家帰ってアニメ見よ～……などとルンルンで目論《もくろ》んでいた——せめて自習くらいしろよと人の言う——俺に待ったがかかったのは、明くる日の放課後のことだった。


「……勉強会？」

「そ。落ちこぼれ諸君は強制参加だって。学年主任からのお達し」

おぇ～……、とゆとりちゃんからもたらされた凶報に、思わずそんな声が漏れて出た。

「勉強会ってアレでしょ？　あの、特進科の生徒様たちがやってるっつう……」

「そそそそ。去年から始まったアレね」

「う――わ、だっる……」

　ここで注釈。

　ウチの高校における『勉強会』といえば、毎学期、テスト前のこの時期になると開かれる、生徒主導によるお勉強会のことである。

　なんでも特進科のエリート様たちが中心になって勉強を教え合っているらしいが、無論、所属クラスの別なく普通科の生徒でも参加可能。むしろ、普通科の生徒が特進科の優等生様に教えを乞《こ》える貴重な場ということで、俺のような落ちこぼれたちにとっても駆け込み寺的な需要があるとかないとか。

　なるほど、まさに俺のような崖っぷちの落ちこぼれにはうってつけ。留年の危機に瀕《ひん》して、これに出ない手はないだろう。学年主任からそんなお達しが来るのも当然だが、しかし。

「参考程度にお聞きしますけど、その勉強会って副会長さまもお出《い》でになるので……？」

「副会長？　そりゃ行くんじゃない？　あの勉強会のまとめ役みたいなもんなんだし」

「っすよねぇ～……」

　ここでいう副会長さま――といえば、我が校の二年が誇るあの名物生徒会副会長を指す。

　容姿端麗、成績優秀、運動神経抜群のテニス部エースにして、特技のピアノはコンクール入選級、という冗談みたいなステータスを誇る特進科のハイパーエリート様。ついでに注釈しとくと、俺はあの女のこと超嫌い。理由は俺の対義語みたいなやつだから。ていうか、負け犬と対極にいる勝ち組中の勝ち組だから。

「あの、ゆとりちゃん、我儘《わがまま》を承知で進言すんすけど……」

「んー？　なに？」

「死……………っぬほど行きたくねぇっす」

俺はゴネた。あの雲上人たる副会長さまが嫌いというのも無論その理由のひとつだが、それ以上に実は諸事情あるから。その諸事情の中身について、いまは触れないが、とにかく色々あるから。ていうか、ぶっちゃけ副会長さまに会いたくないから。

そんな俺の切なる訴えに、「だよねぇ〜。まぁ気持ちはわからんじゃないけどさァ〜」ゆとりちゃんは、一瞬同情するような表情をして。

「でも君に拒否権ないから。強制です」

「うっす……」


ちなみにだけれども、例の勉強会への強制招集は『学年の落ちこぼれたち』という括《くく》り。ってことは、どうせあいつも来るんだろうなァ〜……なんて思っていたら案の定だった。

「死っ…………ぬほど行きたくねェ〜〜〜〜〜ッ！！！！」

なんて、果てしなく聞き覚えのある悲鳴を漏らしていたのは勉強会の会場として指定されている多目的スペースへと向かう道すがら、背後から話しかけてきた仲里《なかさと》である。

俺は、うんうん深く頷《うなず》いた。その気持ち、超わかる、と。

「あーね。まぁ、明人《あきと》クンもそりゃそうだよね……」

諸々《もろもろ》察したのだろう仲里は、同情するような視線を俺に寄越してくる。

「てか、それに関しちゃウチのアレがそれで申し訳ないというか、もうホント、アレ……」

「いやそれは別に仲里が悪いわけでもないっつーか、そもそも俺が悪いっつーか、まぁアレなんで……」

あれそれと指示語が乱舞する気まずい会話。「あー、つかさ」と、そんな気まずさ故《ゆえ》か仲里は話を逸《そ》らすように言う。

「つか明人クン、勉強会行ったことある？」

「ない」

「ウチもなんよね。どんなカンジなんだろ？」

「わっかんねぇけど、アレだろ？　特進科のエリート様たちばっかいるって話なんだし、それはそれは俺ら普通科への差別意識に満ち満ちているのじゃろうて……」

「ガチで？」

「ううむ……」

俺は特に理由もなく、深い知性と静かな洞察力を持つ老賢者風テンションで頷いた。

「毎日、勉強漬けでストレス過多のやつ多そうだしな。ＴｗｉｔｔｅｒでＶｔｕｂｅｒの悪口とか連投してるタイプと見た」

「ヤバ。最悪オブ最悪じゃん……」

「間違いねぇ。震えが来るぜ……」

普段は交流があまりない故、実体のイマイチ掴《つか》めない特進科の皆さんに対し、あらぬ妄想《もうそう》でその後も悪評を立てまくる俺たちだった。

そもそも、俺は落ちこぼれどもの通う普通科においても落ちこぼれてる最底辺なので、特進科のやつらとかもう無条件で嫌いだ。

どうせ十年後はガチガチの縦社会で俺をゴミみたく扱うやつらがよ～！　俺の生涯年収の軽く倍は稼ぐ未来とか約束されやがって高学歴がよ～！　という気持ちである。

そんな優等生様たちの集うアウェイ空間に行くなど、憂鬱《ゆううつ》ここに極まれり。畢竟《ひっきょう》、俺たちは顔を見合わせて、

「「行っ…………………きたくねェ～～～～～～～」」

声をハモらせ、深い深いため息を吐《つ》くのだった。

「……なんなら、このままフケんのもアリかなって考えてんだけど」

「いやぁ～、それはやめときー？」

そんな俺の提案に、しかし仲里は待ったをかけた。

「梶《かじ》ティー、キレっと説教やばだから。一年の頃、目ぇつけられて最終的にガッコ来んくなった男子いたらしいよ」

「シンプル怖いなその話……」

梶ティーの説教がそれだけ過酷だって話なのか、はたまた、いくら説教がキツくてもそれで不登校になる現代っ子が繊細《せんさい》過ぎると見るべきなのかはわからんけども。

ちなみに、梶ティーというのはこの場合、学年主任である梶田《かじた》のことを指す。

教師というよりは、ヤのつくご職業の方、といった趣《おもむき》の強面《こわもて》教師である。たぶんSPI試験とか受けたら反社に適性アリの判定とか受けると思う。あんなんに説教されるかもと思えば、勉強会には否が応でも参加しなければならないだろうが。

「あ——、けどやっぱ行きたくね～～～～ッ！　は——も——うぜぇ～～～ッ！」

尚も仲里《なかさと》は渋りまくって駄々をこねていた。

が、それもそのはず。仲里がゴネるのもしょうがない。

それはいわゆる家庭の事情というやつで。

自称・最強のビリギャル——仲里がそんな自虐《じぎゃく》ギャグで己を嘲《あざけ》るのは、無論、高校受験時の手痛い失敗由来だけれども、元を辿《たど》ればそれは中学三年時。

『——お姉さんのほうは全くもって非の打ち所のない成績なんですが』

教師から受けたそんな言葉と。

『――そうですね上の子は昔から手がかからなくて』

母親から受けたそんな言葉がそもそもの発端《ほったん》だった。

兄妹姉妹のいない一人っ子の俺に、出来の良すぎる姉がいるというのはどんなもんなのか想像することは難しい。が、仲里の証言によれば、

『いや最悪に決まってね……？』

らしい。年に幾度かある補習授業、その折り折りで聞かされる、仲里からの愚痴は、それはそれは妬《ねた》み嫉《そね》みに満ちている。

『ンもうさァ～、どこ言っても比べられっからね、キホン。親とか親戚は当然なんだけど、あのアレ。進級したら百パー先生にいじられんの。あ～仲里さん家の出来悪いほうね～、みたいな。いやきっつ～じゃん？　それはやめろじゃん。あんなんと比べられンの厳しいっすわ。ぜってぇアレ系のいじりでウチの性格歪《ゆが》まされてっから』

いと哀れなり、出来のよすぎる姉を持つ落ちこぼれ。で、ここまで来たらもう大方の予想はついていることだろう。

その副会長さまというのが、つまり――

「は――――も――――、死にてぇ～……。お姉の勉強会とか、ド気まず～……」

このあたりで仲里杏奈《なかさとあんな》を語る上で避けては通れない存在――彼女の双子の姉である、仲里芹奈《せりな》について語っておかなければならないだろう。

◇　◇　◇

問　仲里芹奈とはどんな人物であるか？

回答①　特進科二年　クラスメイトのAさん
「副会長？　あーねー、すごいよね実際。顔いいし、頭いいし。知っとる？　定期テストで学年一位連続達成記録、更新中らしいっすよ。で、あの顔って冗談キツいわ神～、って感じじゃんね。天は二物を与えず～、ってアレ、超嘘じゃんね。って感じだし、実際あそこまでいっちゃうと――」

回答②　普通科三年　テニス部主将のBさん
「すごい選手だと思います。文武両道、っていう言葉そのままというか。実際、一年時からうちの部のエースですし。それだけじゃなくて、新入部員や初心者の指導にも熱心で、よく部をまとめてくれています。部員達も口を揃《そろ》えて言いますよ――」

回答③　特進科二年　生徒会役員のCくん
「頼りになる副会長さんだよなぁ、実際。なんか面白いことしようってパワーすごい感じるんだよね。で、それにみんなを巻き込んでく人望もある。そういうとこに嫉妬《しっと》しちゃうやつもいるみたいだよね～。なんて言ったっけ、彼？　ほらいたでしょ。副会長に言いがかりつけてた二年の男子。いや、ああいうのが出てくるってのが良い証拠だよね。彼女が――」

回答④　国語科担当教師　ゆとりちゃん
「や～、ああいう子っているんだね～、マジで。もうさぁ～、学生時代ド陰で教室の隅っこにいたゆとりお姉さん的には妬《ねた》み&嫉《そね》みですよ。陽キャだよ。陽キャオブ陽キャ。昔からあの手の子へのコンプすごいもん。眼を見て話せないもん、私。大人なのに。でも、まぁ言ったらそれくらい――」

――完璧《かんぺき》。
三者異口同音。彼女の人柄を指して、こう答える。
というか、我が校における名物生徒会副会長様を知る者は、誰も彼もが彼女を指してそう形容することだろう。

成績は学年一位。運動神経抜群でテニス部エース。眉目秀麗。性格よし。人望あり。生徒会役員としての仕事ぶりも上々で、正に学校の有名人――っていい加減にしとけよマジで。なろう主人公かてめぇは？　人としての美点が過積載になってて二郎みたくなっとる。隠れて空腹のハムスターを同じケージに放《ほう》り込んで共食いさせてるとかしてないと、なんか人としてのバランスが取れないだろ。……と、生まれてこのかた十六年。負け犬として生きてきた俺の劣等感を刺激しまくってやまないパーフェクトっぷり。

落ちこぼれの仲里《なかさと》とはえらい違い、とは思うけども、そこは本人も気にしているだろうから言わないでおく。

で、そんな副会長さまこと仲里芹奈《せりな》主導で行われている勉強会は、憎らしいほどに順調だった。

「あ～たしかにちょっと悪文だね。たぶんだけど……」

「いやコレさぁ～、問題文的に答えの解釈何個かあるくね？　って話してんだけどどーよ？」

「は～い、おけおけ。なになに？」

「副会長～、ごーめん。ちょいい～い？」

「おーい副会長、悪い。いまいける？」

「はいは～いだいじょぶだいじょぶ～。なになに？」

「や、いまココあんま言語化できてなくて解説ムズいから代わってくんね？」

「まかせいまかせい～」


「副会長助けて～！」「副会長、ごめんそっち終わったらこっち来れん!?」「副会長～！」


副会長副会長副会長。誰も彼もが口を開けば副会長副会長副会長副会長副会長。

軍規か？　喋《しゃべ》る前に『副会長』って発声しんとべしゃれない規約なんか？　ってくらい副会長さまオンステージ。

けっ。と思った。隠れてタバコとか吸ってて欲しい。或《あ》いはクラスで行われるえげつないいじめを陰で操る黒幕とかであって欲しい。じゃなきゃ許せない。人気者が人格者で、その上成績その他のステータスまでよろしいなんて。

俺以外のみんなに認められてるやつが本当は悪であって欲しいというこの願望、わかれ！　ヒロインざまぁ系なろう小説的展開、あれ！　俺は切に祈った。

そんな醜《みにく》い嫉妬《しっと》を抱えているのは、隣の席に座る仲里も御同様らしい。

「うっ…………ぜぇ～～～～」

密《ひそ》やかな声で、そんな声を漏らしてらっしゃった。

ちなみに、そんなルサンチマン剝《む》き出しな俺らはと言いますと、副会長さまを囲む温かな輪に入り込むこともできず「あ？　ここら一帯は俺らの縄張《シマ》りなんで。近づいたやつから嚙《か》みついてくんで」的な雰囲気を出すことによってその末席に辛うじて身を置いていた。二人でシャーペンをしきりにカチカチさせたり舌打ちしたりして、苛立たしげな感じ出しまくっとる。

ここまで蚊帳《かや》の外の状況でいると、かえってあの副会長さまに注がれる視線の密度がよくわかる。

たとえば、あそこ。あちらの現国グループの島。声を掛けられる度《たび》、あちこち転々としている副会長さまがやって来る度、どうにか話しかけられないものかと呻吟《しんぎん》してそうなあの地味でも派手でもないフツメン男子くん。

「あー、のさ。副会長……」

なんていう、ぎこちない声のかけ方がいじましい。

「えと、この……ここの問題、詰まっちゃったんだけど、いい？」

あーねフツメンくん、わかるよ。勉強会をきっかけにちょっとずつ仲良くなってアレがソレしたいカンジのやつだ？　わかるよ。勉強教えてもらうっていう体《てい》であれば自然に会話発生しちゃいますもんね。けれど、その手はどうだろう。お近づきになりたいならもうちょい雑談ぽい切り口にしたほうが——。

「おっと、かしこま〜。あーわかる。ここ詰まっちゃうよね。えっとここはね〜……」

案の定、副会長さまはさらさらと尋ねられた問題の解説をして去って行った。

取り残されたフツメンくんの表情に浮かぶのは、折角の機会を逃してしまった悲しみと、それでも少しは副会長さまと会話できたほんの一握りの嬉しさ。青春かよ。

「あっ、そういやさ副会長……」

続いては、あちら数Ⅱグループの島。オタ絵入りのスマホケース片手に持ってるちょい地味めの彼。

「あのー、この間話してた、ほら、鬼滅の……。あっ、そう一番くじのやつ。あれ昨日くらいから店舗並べてるっぽいからはやく買った方がいいかもしれんよ。まぁフツーに欲しいのあったら……あっ、そうメルカリとかで買った方が、うん、安いし」

あーねオタクくん、わかるよ。もはやヤンキーとオタクでさえ共通言語として語り合えちゃうコンテンツですもんね鬼滅。でもやっぱりその手もどうだろう。流石《さすが》に、話題が細すぎるというか話に広がりがないっていうか――。

「ホント〜？　了解、ありがと〜探してみる〜！」

案の定、副会長さまはにっこり笑って頷《うなず》いて、サクサク次の島へと去ってしまった。

取り残されたフツメンくんの表情に浮かぶのは、折角の機会を逃してしまった悲しみと、それでも少しは副会長さまと会話できたほんの一握りの嬉しさ。青春かよ。

「……つーかさァ、副会長？」

続いては、あちら英語グループの島。白シャツにお洒落《しゃれ》なTシャツが透ける爽《さわ》やかな顔つきの陽キャくん。

「副会長、アレ。昨日LINE送ったやつ、見た？　てか、今日の夜ちょっと電話してい？」

あーね陽キャくん、わか……らんよ。わからんわからん！　未読スルーされてるのに電話のお誘いってなに？　わからんのよ。割りと気まずげな状況なのに更にグイグイいけるそのハートの強さがわからんのよ。わからんけど、それがモテ男のメンタリティっぽいし、とりまいまの発言に遠くのフツメンくんとオタククくんの顔はピキッってたよ。

「あちゃ～、ごめーん。昨日バタバタしててみんなに全然LINE返せてなくてさ～」

そして、恋の四角形のド真ん中、副会長さまはというと軽く手を合わせてさらりと笑顔で流していた。前半部分にだけ反応して、肝心の電話のお誘いについてはスルーしてるあたり、上手《うま》いなと思った。更に言うなら『みんなに返せてない』と明言することによって、『無視してるのはあなただけじゃありません』と暗に公平感を出してヘイトを避けてる辺りも上手い。

一方で『みんな』という不特定多数からLINEが来ていることが窺《うかが》える人気者ぶりは俺のヘイトを買った。誰からも好かれようとすることが如何《いか》に難しく、そして浅ましいことであるかの一例である。あまり社会を舐《な》めない方がいい。

それはさておき、前の二人ほど陽キャくんは甘くなかった。更にずずいと副会長さまににじり寄り。

「ＬＩＮＥはまぁいいんだけど、今日の夜……」

「副会長ー!!　ごめーん、いまいい!?」

そこで更に別の一角から女子の声が飛んできて「はいはーい！　おけまる～」するするっと副会長さまは去って行く。

「どしたのー？　なんかわからないとこあった？」

「やー？　別にー。呼んだだけー。ねぇ？」と、先程の女子Ａ。

「そそそ。呼んだだけー。副会長の顔が見たかった的な。ねぇ？」と、その隣りの女子Ｂ。

「どゆことー!?」

腰に手をあて咎《とが》めるように言う副会長さまに、笑う女子たち。

確信犯だ。思いつつ、俺はひとりそんな光景を見ていた。

あちらは公民グループの島。なぜか女子だけで構成されてるその一団は、たぶん副会長さまと特に仲良しの女子たちなのだろう。

一連の男子らのやりとりを見ていた彼女らの瞳は、傍観者の冷たさに満ちていた。

さもあろう。ここまでの男どもから透けて見える下心は、さぞキモく面白く女子たちの瞳に映ったことだろう。

「ちょーさぁ？　どーなんアレ？　勉強教えて～っつってウケるわ。副会長さまと会話したいのモロバレ。マジで本人的には完璧サスペンドしてるつもりなんだろうけどキョドり方で一発なの笑う」

「つか話題選びに鬼滅て。トークテーマ細っそ〜。アレさァ、前に一回跳ねたんだろうね鬼滅《ソレ》系の話題で。で、それ関連のトピックあったためて、『次に話す機会あったらこの話しよ〜』とか一生懸命考えてたんしょ〜？　涙ぐまし〜」

「あのさぁ〜。未読スルーされてんだから気づけや。ねぇのよ脈。『今日の夜ちょっと電話していい？（声マネ）』ってきっしょ〜。オメー見れんのは顔だけで、べしゃりオモんねぇからスルーされんだよ。てめぇと話すくれぇなら仏壇と漫談するわカス」

やめたれマジで。姦《かしま》しすぎるだろ流石《さすが》に。男子諸君の稚拙にして果敢なる健闘に対して、女性諸氏の皆さん仮借がなさ過ぎる。

副会長が去った後、漏れ聞こえてきた女子チームの会話に俺の胸は痛んだ。

さしずめ女王様と侍女、というより近衛兵《このえへい》。

人気者の副会長さまのことだ。さぞおモテになるのだろうし、それでさぞ面倒くさい目にも遭ってきたことだろう。そういう面倒な下心系男子（たとえばさっきの陽キャくんみたいな）から女王様を守る女友達、という構図なのだろう、いまのは。

これだけで、副会長さまが男子からも女子からも、分け隔てなく人望を集めているのがよくわかる。

「……いや、おかしくね？　ウチ、あんなモテんけど？　なんで？　ウチら同じ顔してるくね？　この差、絶対おかしくね？」

そうか？　別に、言うほど似てなくないですか君ら？　むしろ外見だけで言ったら一卵性双生児とは思えぬほどじゃないですか？

片や優等生然とした清楚系の副会長さま、片や校則ぶっちぎりなギャル系の仲里《なかさと》。

悲しいかな、いまのご時世、モテるとされる属性は圧倒的に前者なので、彼我の差は結構納得というか、比べる相手がそもそも悪いというか、そもそも顔が同じってことはじゃあスペックの差は内面に集約してるってハナシになってきませんか？　本人には言わんけど。めちゃくちゃキレられそうだし。

「うざ……」

「睨《にら》むなよ……」

仮にも血を分けた実姉を。そんな恨み骨髄《こつずい》な瞳で。

つか、そんな睨んでると余計に向こうの気を引きそうでちょっと……なんて、考えていると案の定だった。

「んー？　どしたコラー？」

教室の隅から放たれる妹の禍々《まがまが》しい視線に気づき、副会長さま急接近。

俺は慌てて教科書を立て、ほとんどノートにうつ伏せになるみたいに俯《うつむ》いて顔を隠した。

「どこかわからないとこでもありましたか、姫～？」

恭《うやうや》しく左手を胸に添える西洋式敬礼とともに、にっこり。笑顔で仲里《なかさと》の広げるノートを覗《のぞ》き込む副会長さま。

「あ、あれ、全然勉強してる気配ない……」

さもありなん。勉強会開始からかれこれ数十分、俺たちはと言えば目の前の教科書など一顧だにせず、この場で行われる副会長さま劇場の観客に徹していた。勉強など一ミリもしていないと言ってもいい。

「こるぁ！　なにしちょる姫～！　真面目《まじめ》にっ、やれっ、言うとうやろ～!?　……あ、コレ、鈴村《すずむら》先生のマネね？」

「お…………っもんな」

「でも似てない？」

「似てるけど。てかガッコで話しかけてくんの、やめれっつってんじゃん」

仲里曰《いわ》く、同じ顔してるから横に並ぶのハズい、ってことで普段から外じゃ姉貴とは距離を置いているんだとか。

「別に、最初っから真面目にやる気ないから。来たくて来たわけじゃないし」

それだけ言って、しっしっ、とあっちへ行けのジェスチャー。実の姉に対して。

平素より、異常なほどの人当たりのよさを誇る仲里からは考えられないそのギャップに、ち

ょっとビビる。

　いるよね、学校では大人しくてイイ奴っぽいのに、家では母親に「ババア！」とか言っちゃう男子。家に遊びに行ったときに垣間見えるそのギャップにびっくりするやつね。あるある。

　まぁ、それとは微妙に違うのだろうけれども、そんな仲里《なかさと》の一面にちょっとだけ面食らってしまう。が、そんな仲里の態度にも副会長さまは慣れっこらしかった。

「えぇ〜？　せっかくなんだし真面目《まじめ》にやろうよ。先生から聞いたよー？　今度の期末、赤点とったら結構ヤバいかもって」

　ぐぬぬ。そんな痛いところを突かれれば、仲里も勢いを失ってしまう。「センセイ、口軽過ぎん？」そんな悪態も出る。

「……ハァ。もういいって。つか、呼ばれてね？」

　仲里は室内の一角を指差す。見れば、そこにはたしかに副会長さまを呼ぶ一団がいまかいまかと彼女の来訪を待っていた。が、副会長さまはそんな彼らに「あっ、ごめんね〜？　いま手が離せないから」言って手をあわせる。

「ちょっと、お姉……」

　イラッとした感情を隠しもせず咎《とが》めるように仲里は言うが、副会長さまはなにも気にした風でもなく「えー、だって姫、今回は結構ピンチなんでしょ〜？」と。

「なら、私に任せてよ。だって——」

そこで一旦言葉を切ると、副会長さま、渾身《こんしん》のドヤ顔で、

「だって、アイ・アム・お姉ちゃんだから！　どや！」

「うっわ最悪……」

堪《たま》らずと言わんばかりに手で顔を覆う仲里（妹）……というか仲里。

「……ちょー。ちょー、もーさぁ。そうゆうノリ、ガッコでやめれってんじゃん。バリ恥ぃ」

「慣れよ？　姫、何年お姉ちゃんの妹やってるの？　慣れよ？」

「ダルいって。もうそのノリいいって。ホントに。姉妹漫才的なんクソ寒いってキツいって」

「え、ひど～。リアクション冷た～」

言うわりに、うふふとお上品に笑う副会長さま。と、そのときそんな姉妹会話を黙して聞いているだけの俺に気づいて、彼女は気を回したのだろう。

「ねー？　どう思う？　この子、お姉ちゃんに対して……」

ずっと顔を伏せ、サスペンドモードだった俺にそう声を掛けてきた。瞬間、目があった。

「って、あれ？　君――」

顔を顰《しか》められるはずだった。或《あ》いは、蔑《さげす》みの視線。或いは、罵倒《ばとう》。早く消えろと明け透けに言われたって文句は言えない。

けれど、彼女の顔に浮かんだのはそれらとはおよそ真反対の微笑だった。

花が咲くような、柔和《にゅうわ》な笑顔。

彼女は言った。

「――こんにちは。狭山《さやま》君。久しぶり」

なんでもないような挨拶《あいさつ》とともに、副会長さまが――俺の宿敵が笑っていた。

再放送　第一話　恥の多い青春を送ってきました

負けていた。どうしようもなく、俺は負けていた。

自分がこの世で最も劣《おと》ったダメなやつだと、思ったことはないだろうか。

俺はある。俺は毎日、毎分、毎秒、そう思いながら生きている。人に誇れるようなものなど、なに一つとして持っていない無価値な人間。ダメ人間であり、負け犬であり、日陰者であり、人生の落伍者《らくごしゃ》。それが俺だ。

けれど、あの日。

高校二年生になった始業式の日。灰色の青春を送る俺に、彼女は優しく手を差し伸べてくれたのだ。それは、まるで奇跡みたいに。

――だから、それはたぶん運命だった。

「大丈夫、狭山君は全然ダメ人間なんかじゃないと思う」

と、彼女はそのとき花開くような微笑《ほほえ》みを浮かべてそう言ってくれた。

アイドルのように可愛《かわい》らしく美しい彼女のその笑顔に、俺は不覚にもドキリとしてしまって。

「ねぇ、狭山君？」

彼女は、小首を傾《かし》げて尋ねてきた。

「そもそも、どうして狭山《さやま》君は、そんなに自分に自信がないの？」

俺は答えた。それは、いままで一度も誰かに勝ったことがないからだと。

勉強もダメ、スポーツもダメ、ロクに人望もなく、女にもモテず。

そんな何一つとしていいところのない、完全無欠のダメ人間である俺に、自信なんてあるはずもない。

「そんなの、全然気にすることないよ」

けれど、彼女はやんわりと首を振って。

「だって、欠点なんていくらでも克服できるものでしょ？」

そう言い切った彼女の笑顔は、自信で輝いているように俺には見えた。いや、それは決して錯覚などではないだろう。

なぜなら、彼女はこんな負け犬の俺とはおよそ正反対の人間なのだから。

テストの成績は常に学年一位。特進クラスが誇る優等生。

運動神経も抜群で、弱小だった我が校のテニス部躍進の立役者。

彼女は、つまりそんな完璧《かんぺき》な女の子なわけで。

「ね？　だから、そんな風に自分を無闇《むやみ》に卑下《ひげ》するのって、よくない。もっと自分に自信を持たなきゃ。そうじゃないと、せっかくの高校生活、楽しめないって思わない？」

彼女の声は、俺の心にどこまでも優しげに甘やかに響いた。

それは、まるで恋愛ドラマやラブコメ漫画の第一話みたいなワンシーン。『冴《さ》えない主人公の前に、ある日、美少女が現れて……』みたいな、ベタにベタを上塗りしたボーイミーツガール。

あぁ、こんな完璧な美少女と、青春を共に出来ればどんなにか素敵だろう。俺はほんの数秒、彼女との輝かしい学校生活を思い浮かべ、そして、その美しい瞳を見据えて──。

「……で？」

「え？」

「いや、だから。……で？」

「あ、あの、だから狭山君はもうちょっと自信を持ったほうが、素敵な学校生活を……」

「…………」

「えっと、狭山君？」

「……んのか、てめぇ」

「へ？」

「ナメてんのか、てめえええええええええええええええええええええ!!」

「え？　えぇっ!?」

と、俺の唐突な絶叫に戸惑う美少女A。

いや、違うんです、これは。だってほら、俺ってこれまでの人生、ずーっと負けに負け続けてきた負け犬野郎ですから？　そんな、いきなり「やれば出来る」的なテキトー極まりない就活サイトのCMみたいなこと言われても、「お、おう……」って引いちゃうくらいだし？

てか、そもそも俺ってこういう成績優秀でスポーツも万能で顔も良くて、っていう勝ち組っぽい人間とか基本的には大嫌いですし？

で、そんな女にやっすい同情なんてかけられた日には、はらわたの底に沈殿してる劣等感という名のガソリン的なもんに火がついて。

「おっ前、さっきから黙って聞いてりゃ、高いトコから耳心地抜群のポジティブワード連発しやがって。なにが、『素敵な学校生活』だ、ナメてんのかテメェ!?　じゃあ聞くけど、小学生の頃からお前らみてぇなリア充貴族どもの陰に隠れて、ゴミみたいな扱いされてきた俺の気持ち考えたことあんのか？　なんの法的根拠もないのにクラスの女子全員から『性犯罪者』ってあだ名付けられて一週間学校休んだ俺の気持ち考えたことあんのか？　んーな簡単に前向きになれるほど、こっちは優しい人生送ってきてねぇってんだバカ野郎がよー!!」

と、これこの通り。ついつい嫉妬《しっと》の感情が倫理と平常心を飛び越えて、横隔膜《おうかくまく》からマジカルダイブしちゃうよね、みたいな。

「つか、お前アレだろ？　大企業の社長とか、成功したスポーツ選手とかの格言的なもんネットで見かけたらツイッターで呟《つぶや》いちゃうタイプだろ？　『努力は成功の母』みたいなペラッペラの言葉、真顔で読みこんじゃうタイプだろ？　俺が一番嫌いなタイプじゃねーか、世の中明るいとこだけ歩いて来たようなリア充女に、俺の気持ちがわかってたまるかってんだまったくよー!!」

とかなんとか、こういうのって一回言い出しちゃったら止めどないよね。

その後も俺の罵詈雑言《ばりぞうごん》は続きに続き――。

「いいか、リア充女、よく聞けよ」

言いつつ、俺は呆然《ぼうぜん》とした彼女にビシッと人差し指を突きつけた。

「誰がなんと言おうと、俺はおよそ欠点しかないダメ人間だし、他人から見下されてばっかのゴミクズみたいな負け犬野郎だ」

「…………」

「けど、だからって俺はお前らみたいな勝ち組なんかに憧《あこが》れねぇし、そうなれるように努力もしねぇ、媚《こ》びへつらったりなんか死んでもしねぇ」

「…………」

「むしろ、俺はお前らみたいな勝ち組の足を引っ張ることにだけ全力を捧げる。お前らの青春をぶっ潰《つぶ》すことだけに命を懸ける。何故《なぜ》なら……」

それは、よく晴れた美しい春の日のこと。

「何故《なぜ》なら、それは俺が最低最悪のルサンチマン野郎だからだ。ざまーみろ、バァ――――カッ!!」

そんな俺のゲッスい絶叫は、舞い散る桜の花弁に乗って、のびのびと木霊《こだま》したとかしなかったとか。

◇　◇　◇

今更ながら思う。バカはお前だと。つまり俺だと。

なにせ、相手はウチの学年じゃ好感度カンストの人気者。そんなやつ相手に、俺のような陰キャが楯突《たてつ》いたらどうなるか、想像せずともわかるだろう。

『す、すみませんでした……』

そんな情けなさ過ぎる台詞《せりふ》とともに、床に額をつけ土下座《どげざ》させられるまで、わずか数分。

俺は、騒ぎを聞きつけ集まってきた副会長さまの取り巻き十余名の男女に取り囲まれ、ボコボコに詰《なじ》られ、罵《ののし》られ、糾弾《きゅうだん》され、気づけば謝罪させられていた。

どころか、仲里芹奈《なかさとせりな》に楯突いた無法者として、瞬《また》く間に校内のトレンド入り。

学校内という局地的シチュエーションにおいて、不倫した芸能人よりも、ゴキブリよりも嫌われたと言っていい。かくして、俺の地味ながらそこそこ平穏《へいおん》だった学校生活も終焉《しゅうえん》を迎え、いまやすっかり嫌われ者。

そして、これこそがここ最近立て続けに巻き起こっている、すべての不幸の始まりだったのだ。

後に、我らが救世主様こと藤崎小夜子《ふじさきさよこ》はこう語った。

『アレは、我が特別生徒相談室を発足して間もない頃のことだったのであるからして。高等部の二年に、それはそれは恐ろしいゴミクズがいるとの噂を耳にしたのであるからして』と。

『実に哀れな男だと思ったものです。これは救済せねばならぬと、私は心に誓ったのです。いま思えば、明人《あきと》のようなダメ人間と最初に出会ったことは定めし運命だったのやもしれぬのです……』

と。

人生は必然の集積だと誰かが言った。

どうにもウソ臭《くさ》いその言葉に則《のっと》るならば、コレこそ正に集積のひとつなのだろう。それもかなり決定的な。

なんにせよ、俺から言えるたしかなことはひとつだけ。

——こんな彼女との再会は、俺たちの人生に不必要なもののはずだった。

◇　◇　◇

「ちょっとお姉……」

わざわざ机と椅子《いす》を持ってきて、俺たちの隣に陣取ってしまった副会長さまに、仲里《なかさと》は咎《とが》めるような視線を送る。

「まぁまぁまぁまぁ」

が、副会長さま、怒濤《どとう》の「まぁまぁ」ラッシュでそれを押し止めていた。

そのまま参考書を開いて勉強を開始してしまった。

（こいつ、ここで勉強すんの!?　なんで!?）

俺は仲里に目で訴えた。マジで迷惑だからやめてほしい、という切なる気持ちを視線に乗せた。その行間はあますことなく伝わったろう。しかし。

（が、ガチでごめん……）

と、仲里は申し訳なさげに目を逸《そ》らす。その謝意は視線のみでしかと伝わった。気がする。

かくして始まった、世界で一番気まずい勉強会。

「…………」

にこにこ。

「…………」

にこにこ。にこにこ。

笑顔でこちらを見守る副会長さまを無視して、俺は教科書に目を落とす。

しかし、そこにある文章が読んでも読んでも頭に入っては来ない。

落ち着かなくて、結局、俺は副会長を見る。どうしたの？　とばかりに首を傾《かし》げられる。

「どぞどぞ。お勉強、続けて?」

「いや……」

「?」

「気が散るんですけど……」

「えー?　そんなことないよ～」

「そんなことなく――」

ねぇわ、こっちが気が散るって話なんだわ。そうツッコミかけてはたと我に返る。

コミュニケーション巧者あるある。わざと失礼な物言いをして、相手から攻撃的な言葉を引き出してみせる。あると思います。

『――誰かと仲良くなりたかったら、使える言葉を増やしていけばいいと思うよ』

なんて、賢《さか》しらな言葉が不意に蘇《よみがえ》る。

それは、始業式よりも以前。まだ彼女と表面上だけは仲良くしていた、一年生の頃の記憶。

『会話のハードルは結局、相手への遠慮だもん。相手に遠慮してると、相手を怒らせることもないけど、距離近づけるのも難しくなるでしょ?　だから、相手に教えてあげるの。私はソレを言われても怒りません、って』

わざとキツい言葉を引き出して、わざと引き出したキツい言葉に笑って応える。

ほら、わたしは怒らなかったでしょう?　と。

『それを繰り返して、お互いに確認しあうの。言っていいこと悪いこと。そうしたら、きっと相手に掛けられる言葉も増えてく。距離も、たぶん縮まってく』

会話は言葉の交換で、心の通信だ。言葉が増えれば、心の奥まで電波が届く。でしたっけ？

「んー……」

副会長さまは人差し指を顎《あご》にあててちょっと考えるポーズ（若干ぶりっこ）をすると、「ところで狭山《さやま》君？」そう訊ねてきた。

「勉強会来てくれたってことは狭山君も今度のテスト、頑張らなきゃって感じなの？」

「……はぁ。一応」

煮え切らない温度感で肯定すれば「だよね～。まぁ、先生に言われたんじゃなきゃ、狭山君は自主的には来ないよね～」納得したように、副会長さまは頻《しき》りに頷《うなず》いて見せる。

「だって狭山君、こういう勉強会みたいなの、苦手でしょ？」

「そっすね。まぁ、嫌いっすね」

「うわ感じわる～。わざわざ『嫌い』って言い直したこのひと。傷つく～」

「…………」

「あは。嘘だけど」

嘘かよ、とはツッコまなかった。流石《さすが》にその手には乗らない。が、副会長さまはそれを気にする素振りなどおくびにも出さない。

「うん、でもそっか。そういうことなら任せてよ。姫も狭山《さやま》君も、今日はみんなの副会長がみっちり面倒見てしんぜよ〜」

なんて言って、副会長さまはにぱっと笑う。なんの衒《てら》いもなさそうな、明るい微笑。

一見すると、とても穏当な会話。しかし、当事者である俺からすれば不自然極まりないみたいな会話。

――言っていいことと、悪いこと。それを確認しあうのがコミュニケーションだと彼女は言った。であるならば。

「……あのさ、副会長さま」

「ん？」

「いや、ひとつ言っとくけど」

であるならば、コレは言ってはいけないことのはずだった。

始業式での一件に副会長さまが触れようとしないならば、俺だって触れるべきではない。

こうして、なにもなかったかのように振る舞うのが正解だというのはわかってる。

だが、人はたまに最悪の形で言葉を間違える。

最も触れてはならない部分を、素手で触ってしまう。それは過度の気まずさに耐えられない、心の弱さに根差す間違いであるらしい。

「……言っとくけど、謝らねぇからな、俺は。つか、ぶっちゃけあんま悪いと思ってねぇからな、俺は」

目を見て言った。今度こそ、不快な表情をされるはずだった。そのほうが気楽だとさえ、俺は思った。

「えー、別にいいよ？」

しかし、返ってきたのはやはり微笑だった。

俺のささやかな反撃なんて少しも効きはしなかったのだろう。彼女は、のほほんとした口調で言う。

「むしろ、ごめんは私のほう。ずっと謝りたかったんだ、本当は」

そのとき、彼女の笑った瞳の奥に見えた色は、たぶん――。

ある聖者と愚者と（訳）原卓也

年じゅう病気がちで、ひねくれ者のイリヤは、リザヴェータが帰ってくると、情け容赦《ようしゃ》なく打ちすえた。もっとも彼女は、**神がかり行者**ということで、町じゅうどこでも食べさせてもらえたから、家に帰ることはめったになかった。

カラマーゾフの兄弟　著・ドストエフスキー　訳・原卓也　出版・新潮社
第三編　好色な男たち　二節　リザヴェータ・スメルジャーシチャヤ　より

神がかり行者……正教会における聖人の称号。佯狂者《ようきょうしゃ》、聖愚者とも。

◇　◇　◇

『……調べ物？』
尋ねられて、ハッとした。
図書室のテーブルにそびえる辞書の山。

その向こう側の席に、いつの間にやら腰を下ろしていた誰かさんが、気づけばこちらをじっと覗《のぞ》き込んでいた。

どう答えたものかと考えて、俺は曖昧《あいまい》に返す。

『……はぁ、まぁ、ちょっと』

『ふーん。なにを調べてたの？』

身を乗り出して、開いた本の中身を覗き込んでくる。「や、別に」さっと、俺は本を閉じた。

『あ、隠した～。なになに？　なんか怪しいやつ？』

『や、別にそんなんでも』

『じゃあなんで隠すの？』

『はぁ。別に、他人様《ひとさま》に見せるほどのもんでもないんで』

『アハハ。なんかキミさっきから、別に、ばっかりだね～』

言葉ヅラは嫌みっぽいのに、なんだか少しも嫌みに聞こえない笑顔。

あ、こいついいつやつだな、とすぐに思った。

俺は悪いやつだから、いいやつをを見れば匂《にお》いでわかる。

めんどくせぇなぁ、と思った。

俺は悪いやつだからだから、いいやつとと喋《しゃべ》るのはちょっと苦手だ。

『え、意外。文学少年さんなの？』

俺の手に持つ文庫本の表紙を読み取り、そう言った。

『や、別に。そんなんじゃ――』

――ないのだ、実際。

ただ気まぐれに読んでいた退屈な古本のなかに、イマイチ意味のピンと来ない言葉があったもんで、でもってネットで調べてみてもあまりに要領を得なかったもんで、暇つぶしにちょいと調べに来ただけのこと。

平素、ラノベとエンタメ系以外に本なんて多少しか読まない俺には文学の『ぶ』の字もわからない。

なんてことを、俺がわざわざ話してみせたのかは、いまとなっては憶《おぼ》えてない。

なんにつけ、その誰かさんは斯様《かよう》な気さくさでもってして、俺に近づいてきた。

その後、なにを話したかはもはや判然としない。

というか、特段なにか印象深いことを話したわけでもないんだろう。

『あ、てかごめん。今更だけど改めて』

ひとしきりそうして話したあと、その誰かさんは思い出したように言ったのだ。

『私、一年の仲里芹奈《なかさとせりな》って言います。はじめまして』

差し伸べられた、眩《まぶ》しいほどに白い掌《てのひら》をじっと見た。けれど、俺はそれを決して握ろうともせずに。

『……はじめまして？』

――大体、こんな感じで出会った仲里芹奈とは、その後も度々《たびたび》話す機会があった。

休み時間やらのちょっとしたタイミングで、なんとなく顔をあわせたとき、なんとなく声を掛けられる、といった具合で、それ以上の特別な交友を持ったわけでもなかったけれど。

その辺りの距離感は、仲里姉妹、揃《そろ》って同じようなものだった。

仲里と俺の関係が同類同士の連帯感、であるならば、思うに副会長さまから向けられたそれは哀れみだったのだろう。

貧する者に、富める者が与える施《ほどこ》し。

『下手っぴだなぁ、狭山《さやま》君』

副会長さまは俺によくそう言ったものだった。

たぶん、出会って間もない頃。あらゆる意味で悲惨な有様の俺を見て。

『生きるのが下手っぴ過ぎるよ、狭山君は』

勉強もダメ、運動もダメ、人に誇れる特技も技能もなく、人望もなく、彼女もなく……だっていうのに、それに焦ることすらせず、努力もしない。

そんな俺は、副会長さまから見れば、きっと未知の生命体のように見えたに違いない。

『たくさん勉強していい大学入りたいとか、部活に精一杯打ち込むとか、彼女つくるとかさ。

なんでもいいから目標みたいなものつくろうよ』

『頑張らないのがダメってわけじゃないよ？　でもそういう努力っていうか。なにかに打ち込んで一歩一歩成長して、って繰り返すことに人生の意義みたいなものがあるって私は思うな』

『ねえ、だから狭山《さやま》君も――』

呼吸《いき》するみたいに正しいやつっているもんだな、と俺は思った。

仲里芹奈《なかさとせりな》は自然に正しい。俺が生きるのが下手くそなら、彼女は実に上手に生きている。

正しいことを言い、正しきを行い、正しく諭《さと》す。

正しいことは強さだ。この世界は強い人間の所有物だ。だから世界はいつだって彼女の味方をする。

世界は弱い者、怠惰《たいだ》な者を許容しない。この世界では、俺たちこそ異物。

この世のあらゆる物語が、歌が、詩が、思想が叫んでいる。

正しくあれ！　正しくあれ！　正しくあれ！

俺たちの頭のなかには、いつだってそんな声が響いている。

『狭山君、将来の夢とか見つけようよ』

『なにか、やりたいことはない？　将来、狭山君はどんな人になっていたい？』

『そのために、狭山君にいまから出来ることはなに？』

『大丈夫、私に出来ることだったらなんだって手伝うし相談に乗るよ、私』

だから、そんな彼女と、あんな形で決裂したのはきっと当然の帰結で。
だから——

——だから、彼女はどうしようもなく、俺の敵だった。

第三話　バカとクズほど東大へ行け

「あっ、狭山《さやま》くーん。おはようございまーす」

寝ぼけ眼《まなこ》で登校し校門を跨《また》ごうとすると、そんなはきはきとした挨拶《あいさつ》をかましてくるやつがいた。

「……っす」

言うまでもなく、朝の挨拶活動なる存在意義のよくわからん活動に勤《いそ》しむ副会長さまだった。

俺は素知らぬ顔で通り過ぎた。学術用語で言うところの半スルーだった。

「まぁまぁまぁ、待ちたまえ狭山君」

スルーしてもらえなかったけど。

「チッ」

「うわ舌打ちされた。目を見て舌打ちされた。こわ……」

「いや、してねっすけど」

「したよ。したした。無理だよ。この至近距離ですっとぼけるの無理だよ」

「……んーすか。自分、日直なんでバリ急いでんすけど」

「はいダウト」

「ふぇ?」

秒で嘘だと見抜かれ首を傾《かし》げる俺に、「ふっふっふ。簡単な推理さ。ワトソンくん」気取った仕草でパイプを口に咥《くわ》える仕草《ゼスチャー》をした副会長さまは、名探偵さながらに言った。

「出席番号16番の狭山君。どう甘く見積もってもキミが今月半ばに日直になることはあり得ないのだよ、数学的に考えて」

「え、マジ?」

なにやら急にIQ高めな言い分に眠気も飛んで俺は戦慄《せんりつ》した。

どこのクラスも出席番号順で日直が回ってくるので、たとえばその出席番号がわかればあとはザックリながら――日直当日に休むやつがいるとかも考慮して――そいつが日直になるのがいつ頃なのか、割り出そうと思えば割り出せる、的な話だった。たぶん。

「あは。っていうのは嘘でした〜。テキトーにカマかけただけ〜」

嘘だった。副会長さま、花咲くような笑顔でクソみたいにウザいテンションだった。

「チッ、チッ、チッ、チッ」

「うわまた舌打ちされた。しかも、すごい力強く……」

「いやしてねっすけど」

「無理だよ。都合四回も舌打ちしてすっとぼけるの無理だよ」

「……で、んーすか。なんか用っすか?」

なんで朝っぱらからそんなウザ絡《がら》みしてくんすか？　とまでは流石《さすが》に申せなかった。

だが、この倦厭《けんえん》の感情の乗りまくった瞳ですべてを雄弁に語りたい。行間を余すことなく伝えきりたい。

「えー用事がなかったら話しかけちゃダメなの？」

伝わらんかったけども。というか用事という用事もなさそうだったけども。

「……じゃあ、自分日直あるんで。末永くお達者で」

「いやいやいや。見破られた嘘を再利用するのってどうなの？　あとその今生の別れみたいな挨拶《あいさつ》なに？」

みたいな、ではなくて、マジで今生の別れにしたいんです。もう金輪際《こんりんざい》関わり合いになりたくないという決意表明なんです。

「冗談です。用事ならちゃんとあるんです」

「あったかー……」

それはそれでなぁ。俺は少なくとも表面上はあまり喧嘩《けんか》売らないでおこうというオブラートさえ忘れて渋面を作った。用事があるのはそれはそれで迷惑なんですよ、的な。

「じゃあ渋々　承《うけたまわ》りますけど」

「渋々かぁ～……」

なんて言う割りに、さして残念がってる風でもない。

相変わらずの微笑を湛えて、副会長さまは言った。

「それでどう？　勉強のほうは？　上手《うま》くいってる？」

「…………………………………」

問われた俺の顔は、これ以上ないほどに苦々しかったといいます。

話は数日前、あの地獄の勉強会まで遡《さかのぼ》る。

◇　◇　◇

——来てよ。

——行かない。

——来たほうがいいよ。みんなでやったほうが効率的だよ。

——行かない。自分でなんとかする。

そんな会話のキャッチボールがなんだったかといえば、勉強会直後の仲里《なかさと》姉妹によるもの。

あれから地獄の気まずい時間を過ごし、ようやく帰れるという段になって、副会長さまはあろうことか、こんなことを言った。

『あっ、ところで勉強会、毎週月・水・金でやってるから明後日《あさって》もあるんだけど、二人も来るよね？』

行かねぇよ。親を人質にとられたらギリ行くか行かないか迷うくらいのレベルで行きたくねぇよ。そう言いたかったが我慢した。流石《さすが》に直でそれ言えるほどの度胸はない。

が、一方で仲里もそこについては同意見。

頑迷に、『行かない』と主張し、反対に副会長さまは『来てよ』と。

来てよ、行かない、絶対来てよ、絶対行かない。

そんな押し問答は無限を思わせるループを見せ、そして。

『じゃあ、姫は勉強会に来なくても期末でいい点とれるってこと？』

『ハ？　それは調子乗ってね？　別に、お姉に頼らんくても余裕だし』

『ふーん。なら全教科百点とれる？』

『百点は無理だけど半分くらいならとれるっしょ。別に。ちゃんと勉強すれば』

『ホント？　ホントにホント？　命賭けれる？』

『賭けれるよ。もしとれんかったら死んでもいいよ』

『全教科五十点だよ？』

『いけるよ。むしろ、ウチが本気出したらいけんわけなくない？』

君らもしかして小学生？

思わずツッコミたくなったけれども、そこで副会長さまはにっこり微笑《ほほえ》むと、『わかった、姫の覚悟、しかと受け止めました』なにやら、策士の顔をしていた。

そして、飛びきりの笑顔のままこう言った。

『じゃあ、今回の期末は全教科五十点目指して頑張るって、お姉ちゃんと約束ね？』

『いいよ、絶対……え、五十点？　全教科!?』

『いやぁ～、姫がまた勉強やる気になってくれたみたいで、お姉ちゃんは嬉しい！　じゃ、これ以上邪魔しちゃ悪いし帰るね～！　あでゅ～☆』

はっ、と気づいたときにはもう遅い。副会長さま、脱兎《だっと》の如《ごと》く教室を去っていた。

どう考えても、口に出した言葉を引っ込められぬようという算段ありまくりの引き際だった。

取り残されたのは、呆気《あっけ》にとられる仲里《なかさと》と、そんな一連のやりとりを静かに見守っていた俺。

『え？　アレ？　……ウチ、全教科五十点とるとかゆった？』

『言った』

徹頭徹尾、傍観者でしかなかった俺はそう頷《うなず》く他になく。

『え、うぞ、ヤバ……、え？　ええぇぇッ！？！？』

仲里、痛恨の大失言《プレミ》、その決定的瞬間だった。

◇　◇　◇

「は――も――、ミスった……。ガチでミスった。なんで？　なんでウチ、あんなアホなこと言ったん？　マジでもおおおお……」

かくして、そんな口約束をしてしまった仲里は、放課後の相談室にて悶絶《もんぜつ》していた。

あれから数日。結局、吐いた唾《つば》を飲むこともできず、放課後は相談室にやってきては自習に励まんとする仲里。

三人揃《そろ》えば文殊の知恵……まぁ、人員で言えば三人もいないのだけれど、いないよりはマシってことで、俺と一緒に勉強しようと連日やって来るのだけれども、さりとてその成果はなく。

それも当然だ。落ちこぼれというのは根本的に勉強のやり方がわからないから落ちこぼれなのだ。

放課後、なんとなく集まっては、なんとなく教科書を開き、なんとなくそこにある文字列を読む。

授業にとっくに置いていかれている俺たちは、その意味を咀嚼《そしゃく》するための前提知識さえない。教科書を遡《さかのぼ》ってみるけれど、遡れども遡れども、習った覚えのある箇所など見つからない。

結果、ふと気づく。

自分たちがどれほど周囲に置いていかれているのかに。もはや、それが一朝一夕では取り返しがつかないほどのものだと、また気づく。

そんなことをしている間に、地球は自転し公転し、期末は少しずつ近づいてくる。

「ねぇ、明人《あきと》クン……」

「んー？」

「マジで、なんでウチ、あんなこと言ってまったん？」

「いやぁ、なんでですかねぇ～。バカだからじゃないっすかねぇ～」

はうっ。痛いところを突かれたと言わんばかりに顔を顰《しか》める仲里《なかさと》。

さもあろう。そして、思い出して欲しい。自称・最強の落ちこぼれ《ビリギャル》。そう仲里が自虐《じぎゃく》気味に語る、その由縁を。

遡《さかのぼ》ること数年前。高校受験に際しての三者面談の場で、仲里は教師からも親からも匙《さじ》を投げられた。

見捨てられた仲里は、そこで一念発起……と言えば聞こえはいい。事実は、ノリとその場の勢いで。


――っけェ。わかった。ンじゃウチの本気、見せっから。いまからバチクソ勉強してお姉とおんなじガッコ行く。……ハァ？　滑《すべ》り止め？　いらんから。絶対受かるし。ガチで死ぬ気でやるし。見とって。

そんな啖呵《たんか》を切った挙句《あげく》の大爆死。

思うに、コレは仲里の悪癖なのだろう。先日の副会長さまとの会話は、言わば当時のこのシーンの忠実なリプレイなのである。

『精神的に向上心のないものはバカだ』とは、かの夏目漱石《なつめそうせき》の記した金言だし、『学習能力のない人は猿以下です。そうでしょう狭山《さやま》くん？』とは、俺が小三のとき担任のババアに名指しで言われた正論パンチである。

なんにせよ、今更後悔しても遅い。まだ期末までは日があるとはいえ、この期に及んでどうにか出来るわけが——

「——出来らぁ〜！　なのであるからして〜！」

と、そのときそんな声が相談室に響き渡った。

「「……は？」」

思わずハモりつつも声の発生源へと振り向けば、そこにいたのは言うまでもなく藤崎《ふじさき》だった。

「ふっふっふ」

なんて、自称・我らが救世主さまは、なにやら不敵な笑みを浮かべつつ仁王立ち。困り果てた仲里をズビシッ！　と指差すと、

「杏奈《あんな》、案ずるでないのであるからして！　今度こそ、この私に任せておけばよいのであるからして！」

自信たっぷりにそう言ってのけた。

その両眼に燃えるのは、そう、自信。

仲里《なかさと》の窮地を救う力が己にはある。そんな確信。仲里を救わねばならないという、強い信念。

そんなものが、藤崎《ふじさき》を、その魂を、熱く燃やしているようだった。まぁ——。

「……いやぁ〜。しかし実際どうすべ？」

「わっかんない。終わった……」

まぁ、そんなのにまともに取り合うほど、俺らもバカではなかったけども。

——この後、藤崎が語った『新たなる策』とやらが発動したのは、翌日のことである。

仲里（&狭山《さやま》）学力向上計画　①　～メンヘラハンサムの場合～

「――死ぬんなら凍死がアツいって思ってるんだよね、この頃は」

　相談室へと顔を出せば、そんなイカれた切り口からなにを語ってらっしゃるイケメンがいた。言うまでもなく相田《あいだ》パイセンだった。

「え、なんそれウケる！　ちょ、詳しく！」

　そんなヤバげなトークを、なんらかの高度なシュールギャグとでも解したのか、「そんでそんで？」みたいなトーンで身を乗り出して耳を傾けているパリピもいた。

　言うまでもなく仲里だった。

「たとえば、想像してみて欲しいんだよ。そこは北欧の美しい雪国でさ。辺りを見回せば一面の銀世界。見上げれば満天の星空と煌《きら》めくオーロラ」

「は？　映えじゃん。アルプス、映えの最高峰じゃん。登り散らかしたい……」

「そうして、そんな美しい風景のなかで誰よりも大切な人と静かに愛を語らう。二人が眠りにつくまで……っていうパターン。どう？　これ、死に方として最高だよね？　ていうか、もはやエモいよね？」

「エンッモ……。ガチじゃん。凍死、エンッッッッモ……」

……………………………………（思考停止）。

えっ、なに？　コレisなに？　なにが起こっているの、いまここで？

相談室の扉を開けるなり視界に飛び込んできた宇宙的アクロバット会話に、俺の脳がわずかに軋《きし》む音が聞こえていた。

ほんと、なに？　この状況？　なんでよりにもよってこの二人がサシで向かい合ってるの？

メンヘラ×パリピとか、出会っちゃいけない二人というか、もはや対義語ですよそれは。混ぜるな危険というか、水と油ですよ。

「アッハ！　えー、れいちゃんパイセン初絡《がら》みだけどおもろ〜。バリウケるじゃん」

って、ほら。現にいまのイカれた自殺談義をどう解釈したのか、きゃはきゃはと仲里《なかさと》は愉快そうに笑ってらっしゃるけど絶対意味とかわかってなさそうだし。

第一言語を同じくした二人がここまで意思疎通を図れないとか、じゃあもう言語の壁を越えての相互理解とか絶対ないじゃん……。差別も戦争もなくならないじゃん。いずれくる人類の末期に滂沱《ぼうだ》の涙止まらないんですけど……。

「ってわけでさ、仲里さん」

しかし、そんな俺の涙（と俺の存在）に気づくこともなく、相田《あいだ》パイセンは思わず殴りたくなるほどのスマイルで言った。

「どうかな？　今度の夏休み。僕と二人で北欧に旅行でも」

エロいレディースコミックかてめぇは？　そう言いたくなるほど、それは爽《さわ》やかな誘い文句

だった。背景に花柄トーンの幻覚浮かんどる。

「あーごめ。ウチ、友達と旅行とかしちゃダメって親にゆわれててさ～？」

が、対する仲里《なかさと》のリアクションはあっさりめだった。とてもあっさりと断っていた。

ふっ、おもしれー女。脳内に突如《とつじょ》発生した少女漫画的イケメンキャラが、『この俺になびかねぇ子猫ちゃんがいるとはよ……』みたいな感じでニヤリとしていた。

「ふっ、ふっ、ふっ……」

それはそれとして、現実の相田《あいだ》パイセンは全然そんなテンションでもなかった。

「フッ、フラれた……。フラれちゃった……」

というか、フツーにめちゃくちゃショックを受けてらっしゃった。いまにも手首を切り始めない勢いで悲しみに暮れてらっしゃった。どうしよう、有名人の訃報にあわせてカフェラテに落書きし始めるツイッタラーよろしく、俺も相田パイセンが死んだとき用にラテアートの練習しなきゃ……。

「オッケーグーグル、『オーロラ　画像』。……うーわ、やば。オーロラ、やっぱバリ映えじゃん。ちょ、レイちゃんパイセン見て見て！」

そんな様子に気づく気配もない仲里さんは、やたら一人で騒ぎまくっていたけれど。

……えっ、もしかして俺、こんなカオス極まりない現場にいまから立ち入らなきゃいけないの？　出来れば即刻まわれ右して帰りたいんですけど。

◇　◇　◇

一から説明すれば、経緯《いきさつ》はこう。

『偏差値三十アップ！』なる、あの怪しげな公約を守るためのカンニング作戦はぽしゃり、かといって、藤崎《ふじさき》が俺らに勉強を教えられるほどの学力向上を見せたかといえば、そんなわけもなかった。

中学生がたった数日で高校の学習範囲をマスター出来るはずもなく、そのことに気づいた藤崎は次なる策を講じた。

そして、出た結論がそう。

『自分が教えられないのなら、他に代役立てちゃえばいいじゃない。頭いい奴引っ張ってきて、二人に教えてもらえばいいじゃない』

……初手で気づいて欲しい。回り道マジでいらない。『私が勉強お教えするのです～！』とかいうダルい茶番、本当に途方もなく無駄。答えは最初から目の前にあった。

そんなわけで、本日、講師として呼ばれたのがそう――。

「――こちらの怜治《れいじ》先生なのであるからして！」

バーン！　ってな擬音がつきそうな調子で、相談室へと遅れてやったきた藤崎は、相田パイセンを指差したのだった。

「なんと、我らが特別生徒相談室室員二号である怜治《れいじ》は、こう見えて特進クラスに在籍する優等生だったのであるからして。どころか、その特進クラスにおいても成績上位を誇る秀才だったという、実に疑わしい嘘のような本当の話なのであるからして！」

「えへへ照れるね～。……アレ？　でも褒《ほ》められてるはずなのに、あんまそういうニュアンスなくなかったいまの？」

などと相田《あいだ》パイセンは困惑気味だけれど、いやそんなことよりも。

「はぁ!?　自殺ごっことかクソキモい遊びしてるこいつが実は頭いいってなんだよ!?　世の中狂ってるだろ！　こいつより偏差値低いとか生きてて恥ずかしいわ！」

「あ、こっちは普通にちゃんとバカにしてるやつ……」

失礼ながら疑わしすぎるということで、生徒手帳をあらためさせてもらえばマジだった。相田パイセン、マジで特進クラスに在籍してらっしゃった。

ええ、ちょっとなにこの人、ガッカリだわ……。いや普段喋《しゃべ》ってる感じだと、そこはかとなく知性を感じたりはしてましたけども、こうしてちゃんと俺のような落ちこぼれとは格の違う優等生様であることを見せつけられると引くというか。好感度が如実《にょじつ》に下がるのを感じるというか。なんだよ。なんなんだよこいつ。俺に気を遣って、ちゃんとバカであれや……。

とは思うが、まぁそういう事情であるならば一応納得。相田パイセンが本当にそんな優等生だというのならば、俺らに勉強を教えるくらい出来なくもなさそうである。

それで一朝一夕にテストで点とれるようになるかはさておき。

「ふむ。と、いうわけで」

そんなこんなで、次なる策に大いに満足げっぽい藤崎《ふじさき》は相田パイセンの肩をポンと叩《たた》くと、やたら偉そうに言った。

「怜治先生よ。あとは頼んだのであるからして」

「え？　無理だけど？」

「んふ～。さすがは怜治。我が忠実なるなぬぬっ⁉」

まさか断られるなどと思いもしてなかったらしい藤崎は、『聞いてへんねんけど……』みたいな表情で相田パイセンを見た。

たしかに、相田パイセンと言えば俺らのなかでは唯一と言っていいほど藤崎からの指示にも従順だし、かなり意外な流れだが。

「え、なんすか？　やっぱ普通科の落ちこぼれとか手遅れだし、関わりたくもねぇみたいなことっすか？　このレイシスト、許せねぇ！」

などと俺も急に語気を荒らげてしまいましたが、実は頭がよかった相田パイセンを逆恨みしてこれ幸いと八つ当たりしてるみたいな事実は特にないです。

「そうなのです！　怜治、どういうことなのです⁉　この私の命令が聞けぬとは、下僕失格なのであるからしてー！」

藤崎《ふじさき》も途轍《とてつ》もない支配者目線で大怒り。

しかし、そんな俺らの怒りになど歯牙《しが》にもかけず、「や～、ごめんごめん。手伝ってあげたいのはやまやまなんだけどね？」相田《あいだ》パイセンはにこやかな笑顔で手刀を切っていた。

「テスト前のこの時期って、三年は放課後もみっちり講習あったりするんだよね。期末まで毎日勉強教えてあげられる時間は流石《さすが》にないかな～って。とか言ってるうちにも今日の講習始まっちゃうし、そろそろ行かないと」

言うが早いか、相田パイセンはいそいそと帰りの身支度を始めてしまう。

え？　なにこの人、いきなり他人行儀っていうか、普段は馴《な》れ馴れしくウザ絡《がら》みしてくるくせに、ここに来て急に温度感違い過ぎませんか？

「れ、怜治《れいじ》、待つのです。そこをなんとかお願い申し上げておるのです」

「そっすよ。つか、あなたすでにめちゃくちゃ成績いいって話なんだし、そんな必死こかなくても別にいいっしょ」

そりゃあ、三年生にとってテスト前のこの時期が大切なのは重々承知だが。

しかし、こっちだって結構な危機的状況にあるのだ。テストに焦ってるのは、なにも仲里《なかさと》だけの話じゃない。相田パイセンに勉強見てもらえるんなら、俺だって見てもらいたいというのが正直なところ。真面目《まじめ》に勉強はしたくないけど、留年はどうしたって避けたい。かといって地道な努力はいやなので、出来るだけ楽な手段に縋《すが》りたい。

そんな想いを胸に藤崎と食い下がる俺だったが、しかし相田パイセンはこちらを一瞥《いちべつ》すると。

「うん、ごめんね？」

毅然《きぜん》とした口調できっぱり俺たちに告げたのだった。

「でもほら、僕、受験生だからね、一応――」

意訳：受験生にお前らみたいな落ちこぼれと付き合っている暇はねぇんだよ。

「……………………………」

いや、それ言われたらぐうの音も出なくない？

押し黙る俺たちに手を振って、相田パイセンはささっと部屋を出て行ってしまった。

「わお、く～る～……」と、仲里。

「フツーに傷つくあしらわれかただったな……」と、俺。

普段あんなアホなノリの相田パイセンに、急にマジトーンで断られると温度差すごい。

かくも受験生とは過酷なものなんだろうか。

「うぅ～。すまんなのであるからして～……」

相田パイセンの限りある時間を徒《いたずら》に消費してしまったことに、さしもの藤崎もちょっぴり反省してました。

と、まぁ、そんな感じでいきなり作戦失敗となったわけだけども。

しかして、この程度の躓《つまず》きになど負けない、めげない、挫《くじ》けない。藤崎《ふじさき》小夜子《さよこ》の粘着質なしつこさは、芸能人の不倫報道を叩《たた》く一部ネット民に比肩する。

『新講師、発見！　放課後を待て！』

なる藤崎からのＬＩＮＥが早くも届いたのは、翌日の昼休みのことだった。

◇　◇　◇

仲里《なかさと》（＆狭山《さやま》）学力向上計画②　～ひきニートの場合～

「――うむ。よく参ったぞ。人の子よ」

放課後の相談室に響いたのは、そんなやたらと芝居がかった人工っぽい萌えボイスだった。

「は、はい？　え、ハァ!?」

「ほっほっほ。なにを驚いておる？　さては、うぬ余の美しさに幻惑されておるな？」

戸惑う俺をそうからかって来たのは、実に奇怪な美少女だった。

その美少女奇怪さについて、出来るだけ克明に描写するとすればこうだ。

まず服が変。奇怪。フリルやらリボンなんかがそこら中について、へんてこに改造された巫《み》女服《こふく》のようなものを身に纏《まと》っている。

次に種族が変。たぶん人間じゃない。てか頭にフッーに狐耳がくっついてるくせに、人間の耳も普通にある。他にも髪はピンクだし、瞳は妖《あや》しく赤いし、鋭い犬歯はあるし、挙動はどことなくカクついてるし。

とにもかくにも彼女はそんなへんてこな見た目をした美少女——の態《てい》を為《な》したＬｉｖｅ２Ｄモデリングだった。もっと言ってしまえば、彼女はモーションキャプチャーとその他諸々《もろもろ》の技術で現代に誕生した、限りなくＶｔｕｂｅｒ的な存在だった。

「んふふ〜。明人《あきと》、驚いたのです?」

と、そうドヤ顔で言ったのは、横に立っていた藤崎だ。

やつはいつも俺らが使っているテーブルの上、スタンドに立てかけられたｉＰａｄに映じられたそのアニメ調和風ファンタジー美少女を指して。

「彼女こそ、この度《たび》私の用意した新たなる講師なのであるからして。ほれ、挨拶《あいさつ》!」

「はぁ。よろしくお願いします。……えっ、誰?」

というか、なに?　なんで急に見たこともないＶｔｕｂｅｒらしき何者かとご対面してるの俺?　どういう状況?　脈絡がないのは藤崎の特権だけれど流石《さすが》にこれは行き過ぎてる。

困惑する俺の様子は、タブレットについてるカメラで画面の向こうにも送られているのだろう。ややタイムラグがあって。

「なに、驚くのも無理からぬことじゃて。余こそがうぬらの助っ人《すけっと》講師を務める、古守《こもり》たまもじゃ。人の子よ、まぁ、楽にするがよい」

「あっ、はい」

別に元から畏《かしこ》まってるつもりもないけど。そう仰《おっしゃ》るならタブレットの角度的にこっちの姿も見えづらいだろうし、正面のソファにでも座らせて頂きますかね。

「……え、それで藤崎《ふじさき》。なんなの？　この一ミリも見知らぬVの人、誰？」

「はて？　なんなのと問われても、見ての通り。こちら今夏デビュー予定の新進気鋭ぶいちゅーばー・古守たまもさんなのであるからして」

「うん、そういう話を聞いてるんじゃなくてね？」

「ちなみに、古守さんはこう見えて齢《よわい》にして五百歳。かの有名な玉藻前《たまものまえ》の子孫にあたる、由緒正しき大妖怪様なので、口の利き方には注意するのであるからして」

「うん、そういう作り込まれた設定の話を聞いてるんでもなくてね？」

てか、いらねぇわ。ここ最近得たなかで一番いらない知識だったわ。

そもそもVの者に作り込まれた設定を付与するとか悪手じゃん。中の人ネタとか、コラボした他のVの人とのリアルでの絡《から》みとかに言及した百合《ゆり》営業で攻め辛《づら》くなるだろ。たまに設定忘れて中の人のことを語ってしまえる程度のユルさを設けろよ。

……いや、いらねぇな。この細かい指摘も全然いらねぇな。

「とにかく、こちらが私の用意した新たなる講師の先生なのです。いわゆる、リモート授業という形で、明人《あきと》と杏奈《あんな》のご指導ご鞭撻《べんたつ》をお願いしたのです」

「はぁ、なるほど……?」

いや全然なるほどでもなんでもないけど。マジで誰なんだよコレ。どこの馬の骨だかVだか知らんけど、またとんでもねぇもんを引っ張ってきたな、こいつ。

画面に注視すれば、どうにも安上がりくさい2Dモデリングはそこかしこが雑だったり、そもそもの挙動がカクついてたり、片目が時折半開きになったまま固まったりで、どうにも素人《しろうと》臭《くさ》さの残る出来映えだった。個人でモデルを作って活動してるタイプの方なんだろう。

「くくく。然《しか》り。ようわかったな賢《さか》しらな人の子よ。いかにも余は個人勢。企業のオーディションを応募したら速攻落ちた……もとい、余のような孤高の存在を御せる企業などありはせん。せっかくの広告収入や投げ銭《スパチャ》からマージンを引かれるのも癪《しゃく》じゃということで、こうして個人での活動を始めたわけよ」

「齢五百歳の大妖怪さん、怒濤《どとう》のテクニカルターム連発っすね〜……」

戦国時代生まれが随分と令和のネット文化に馴染《なじ》んでおられるようで目から鱗《うろこ》です。つかこんな怪しいのが新たな講師ってなんだよ。唐突過ぎる云々《うんぬん》以前にマジで大丈夫なのかよ。

「安心せい。詳しい話はすでに聞き及んでおる。なぁに、余にかかれば、うぬらのような人の子に知恵を授けるなど容易《たやす》いンゴ」

「ンゴ？」

あれ、なんかボイスチェンジャーで女声になってるけど、いまの痛すぎる口調、なんか聞き覚えがあるような気が……。

「あっ、しまったのじゃ。前の口調がうっかり零《こぼ》れ出でてしまったのじゃンゴ」

「混ざってます。依然として混ざってますから……」

キャラが。あと口調も。

いや違う。真っ先に確認すべき事実はそこではなくて、まずどこよりもなによりも——。

「——古賀《こが》さんじゃねぇか！」

コレ！　この『古守《こもり》たまも』とかいう、のじゃロリVtuberの中身、我らが特別生徒相談室が誇るダメ人間こと古賀拓斗《たくと》さんじゃねぇか！　ガッコがめんどくさくて不登校になった挙句《あげく》、ネット配信で一攫千金《いっかくせんきん》を狙う底辺ＹｏｕＴｕｂｅｒ・『こがたく』さんじゃねぇか！

なにやってんだこの人!?

「んむ？　明人《あきと》、今更なにを言っておるのです？　古守たまもさんの前世が拓斗であることなど、言わずもがなな事実なのであるからして」

「いやいやオチがしょうもなさ過ぎるだろ。なんか変なの引っ張ってきたと思ったら死ぬほどいつメンじゃねぇか！」

あと『前世』とかいう界隈《かいわい》独特の用語を適切に扱うのやめろ。

「つか、そもそもなんすか古賀《こが》さん。いつの間にVとか始めてんすか？　前やってた『なんJ民系YouTuber』たらいうクソ寒いのはいいんすか？」

ネットにおける動画投稿や配信って、二足の草鞋《わらじ》が成立するほど簡単ではないと思うんだけど。

「あー、アレ。なんかもう伸びないし、飽きた」

素です。古賀さん、べしゃりが素です。外見《ガワ》も声も、いまはめちゃくちゃ可愛《かわい》いV美少女なんでやめてください、そういうの。

聞けば、前回あったオフ会より以前から活動に限界を感じていたという古賀さん改めこがたくさん。そこへ、アプリなんかの進化で簡単にVtuberになれるようになった昨今の潮流が合致し、以前から温めていた『転生』をこの度《たび》、実行に移すことにしたのだとか。

なんというか、古賀さんのYouTuberとしての夢を普通に応援していた俺としては軽くショックだ。それ以前に、ちょっと上手《うま》くいかないからってすぐに他のことに手を出してみようという発想がもはや凡俗のものすぎて切ない。

まぁ、諸々《もろもろ》あわせて別にいいんですけどね。どうでも。好きにすればいいと思いますよ。俺の人生じゃないし。

「つっても、なんでよりによってそんなキャラ造形なんすか？　のじゃロリとか今更やられ尽くしてるんだし、もうちょい新しめの設定考えましょうよ」

いまやＶｔｕｂｅｒはネットにおける一大ビジネス。コンテンツとしての定着を見た現在、新たなＶの者は生まれては消え、人気を博しては衰え、生滅流転を繰り返している。

そのなかに、こんなにも後発で割って入ろうというのなら、もっと革新的なアイデアを携えるべきだし、さっきからマジでどうでもいいなこの俺のＶｔｕｂｅｒ界隈におけるマーケティング理論。ちなみに俺が一番好きなＶは某債務者と某にじさんじに舞い降りた天使&吸血鬼コンビだけど、それもマジでどうでもいいな。

「あら、なにを言っているのかしら、この人の子は。この私のキャラ造形に不満があるだなんて、生意気だわ」

そして、そんな指摘を受けた古賀さんは早速キャラがブレ始めていた。

「けれどいいの。わかっているわ。あなたがこちらの気を惹《ひ》こうと、わざわざそんな生意気を言っている、なんてことはね」

「これまた、ぞわっと来る口調で攻めてきましたねー……」

～だわ、とか。～かしら、とか。

今時、ラノベヒロインと洋画の吹き替えでしかお目にかかれねぇだろ、そのわざとらしい女言葉。現実で使ってるやついたら引くわ。現に俺がいま引いてるわ。

ちなみに、不登校である古賀さんにそもそも講師が務まるのか？　という根本的な疑問はあるもののたぶん大丈夫。というのも、前に古賀《こが》さんの教室に伺ったことがあるから知っているのだけども、実はこの人、相田《あいだ》パイセンと同じ特進科に在籍していらっしゃるのである。不登校なので偏差値の持ち腐れ極まれりだけれど。

「うむ。余も中学時代は真面目《まじめ》に学校に行っておったからのう。手前味噌《てまえみそ》ながら成績もそこそこよかったのじゃ。不登校といえど、うぬらに勉強を教えるくらいわけはないのだから安心していいのじゃンゴだわ」

「混ざってます。古賀さん、複雑怪奇に混ざりまくってます……」

キャラが。あと口調も。

「……つーか、だからってなんでリモート授業なんてすんすか？　しかも、わざわざそんなVに身をやつしてまで」

「ふっ。うつけめ、愚問じゃぞ。まさか余がよく知らない初対面の人といい感じに喋《しゃべ》れると思うてか？　普通に緊張してまって勉強など教えるどころではないわい。余、人間怖い」

「そらまた面妖なる人外様っぷりですね～」

大妖怪としてのプライド、どこ……？　作りこんだ以上はもうちょっと設定を守って欲しいんですけど……。

いや、まぁ聞いてみればめちゃくちゃ納得の理由だったけど。そして、その判断は今回ばかりはたぶん正解だ。っていうのも、勉強を教えてもらいたがってる仲里《なかさと》と言えば、ひきニートの古賀さん的にはたぶんかなり苦手な部類の女子だろうし。

「うむ？　そうなのかえ？」

「やー、そうなんすよ。実は、その勉強できなくて困ってるっつーのが、」

「こんちゃ〜！　あ、おチビに明人《あきと》クン！　ねねね、新しい講師の人来たってガチ!?」

スパーン！　扉が開いて折よく仲里登場。

丁度いい。説明する手間も省けた。仲里というパリピギャルの生態を理解していただくには、実際に絡《から》んで頂くのが手っ取り早い。問題は仲里のほうに、古賀さんの説明をするのがめんどくさそうなことだけど。

「古賀さん、こちらが――って、アレ？」

と、タブレットに視線を戻すと、なぜか画面がブラックアウトしている。アレ？　電池切れか？　タッチして確認すると、画面は普通に反応する。どうも接続切れしてるだけっぽい。

「むむっ？　拓斗《たくと》、どうしたというのです？　拓斗？　拓斗〜お!?」

と、藤崎《ふじさき》がいくら呼びかけてもなぜか反応はなく。

どころか、いくらＬＩＮＥや電話で連絡をとろうとしても、一切応答してもらえず。

突然の音信不通ぶりに、もしやなにかしらの事故でもあったんだろうか？　と俺らが心配することしばらく。

「……ギャルは、あかんのじゃ」

ＬＩＮＥが繋《つな》がるやいなや、電話口の古賀《こが》さんが痛切な声（ボイチェン有り）でそう語ったのはすっかり日も落ち、各自帰宅した後のこと。

「ううっ！　ギャルは余のようなキモオタゴミカス陰キャを人とも思ってはおらんのじゃ！　昼休み、自腹でパンを買いに行かされるのじゃ！　隠して持ってきたラノベを取り上げられてみんなの前で音読されてしまうのじゃ！　いやじゃいやじゃ！　余はギャルに勉強など教えとうない！」

開いてしまったトラウマの扉に、古賀さんは大層おびえてらっしゃった。

斯《か》くして、『幻のＶｔｕｂｅｒ・古守《こもり》たまも』は、突如《とつじょ》としてネットの海へとその姿を消してしまったのだった——。

仲里《なかさと》（＆狭山《さやま》）学力向上計画③　～バイト女神の場合～

放課後の店内──駅近くにある商店街、その一角に存在する喫茶店・アンタッチャブルミラーズ──にて。

「なぜ学生は勉強しなければならないのか？　その問いの答えは簡単です。それは学力がお金に還元し得るからに他なりません」

クイッ。気取った仕草で眼鏡の位置を直しながら、エゲつないことを仰《おつしや》る女教師がいた。

いや、彼女が女教師であるかは定かではないというか実際は絶対に違うのだけど、その出《い》で立《た》ち──ピシッと着こなしたスーツに、ノンフレーム眼鏡がキラリと光る──が全身で『I am 女教師』と訴えていた。女教師は言う。

「たとえば、ここにある千円札。原価に換算すれば十円ほどでしょう。つまり、これは物質的には十円ほどの価値しかない。しかし、世界の人々は『コレには千円分の価値がある』と信仰している。故《ゆえ》に、この紙幣は千円なのです。すなわち価値観とは、全体化された信仰に他なりません」

「は、はぁ……」

「翻《ひるがえ》って、野球やサッカーなどのスポーツも同等です。本来は遊戯に過ぎなかったそれらもまた興業として成立し莫大《ばくだい》な金銭に還元しうる。故に、スポーツも奨励されている。勉学も、これと同じなのです。事実、学歴と生涯年収に相関関係があることは常識でしょう」

クイッ、クイッ。再び眼鏡を過剰にクイッさせながら、彼女は言い切る。

「学力が大事なのではありません。その背景にあるお金が大切なのです。故《ゆえ》に、あなた方は勉強をしなければならないのです」

えげつねぇ。えげつねぇ上に説得力がすごい。

なぜ将来役に立つのかわからない勉強なんてもんをしなければならないのか？　というアホ特有の問いに対する答えとしてシビア過ぎる。

まぁ、それはさておきなんですけれど。

「あの〜、矢野《やの》先輩？」

「はい、出席番号一番の狭山《さやま》くん。いまは矢野先輩、ではなくて？」

「……矢野先生」

「よく出来ました」

満足げに矢野先輩……もとい、矢野先生は薄く笑う。

そのどこか冷たげな笑みもまた大変魅力的でいますぐ婚姻届を持参して土下座《どげざ》で結婚をお願いしたい勢いだったけれども本日ばかりはムリだった。ツッコミどころが多すぎた。俺は問うた。

「えっと、聞きたいことは山ほどあるんですけど……なんすか、それ？」

なんで女教師風のコスプレしてんすか？

なんで女教師風のべしゃりしてんすか？

なんで女教師風のキャラづけがそんなに魅力的なんですか？

という意を一括にまとめた「なんすか、それ？」です、コレ。

「え〜？　なんでもなにもあらへんやろぉ〜？」

そんな問いに、一転、矢野先生……もとい矢野先輩は素に戻り。

「今日は先輩が、狭山くんたちの先生やからなんやお〜？」

そんなことを仰《おつしや》る姿は、さながら女神のように美しかった。

開幕からイメクラ女教師風でのご登場にはちょっとついていけなかった俺だけれども、事ここに至ってはその美しさに幻惑されかねない勢い。

「くくく。この私の最終兵器を前に、もはや言葉も出んのです？　明人《あきと》」

などと、このカオティック極まる現場を作り上げた張本人こと藤崎《ふじさき》はなにやらシリアスな敵キャラ風に言うけれど、もはや俺のキャパシティは限界寸前。

そんな俺の理性にトドメを指すかのように、「がおー」と愛らしいポーズで矢野先輩は仰った。

「最終兵器先輩やおー」

「…………………………………」

あふれんばかりの母性。あまりにもオギャリティが高すぎる。この母性でしか得られない栄養がある。

ドバドバ分泌されゆく多幸感とかもたらす脳内物質を前に、もはや突如《とつじょ》として女教師イメクラへのツッコミなどどうでもよくなってしまった。

そうした俺の心に去来するのはそう、もはやすべてを捨ててオギャりたい、という感情。

俺は我知らずこう呟《つぶや》いていた。

「はぁ……。もしかしたら、矢野《やの》さんって俺のこと産んでくれたのかもしれねぇ……」

「狭山《さやま》、ホント気持ち悪い」

なんて、完全に理性を失した俺に、小野寺《おのでら》はゴキブリを見るかのような視線を送っていたけれど。

◇　◇　◇

新講師は矢野先輩。そんなLINE《知らせ》を受けたのは、本日の昼休み中のこと。

ちなみに、矢野先輩というのは藤崎《ふじさき》のかねてよりのご友人であり、俺らにとっては一個上にあたる先輩でもある。

『は？　大丈夫なんそれ？　流石《さすが》にご迷惑じゃね？』

　思わず藤崎にＬＩＮＥを返してしまったのは、彼女の家庭環境故《ゆえ》である。家が大変貧乏で、学生の身でありながらバイト漬けの毎日を送ってらっしゃる矢野先輩だ。

　にも拘《かか》わらず、家計に負担をかけぬため高校には成績優秀者しか受け取れない学費全額免除の奨学金を受け取りながら特進科に通ってらっしゃるというのだから、そのご多忙ぶりが窺《うかが》える。いったい、いつ寝ているのか激しく謎《なぞ》である。

　そんな彼女に、更に勉強を教えてもらうなど、俺としてはマジでありがたいし矢野先輩が先生になってくれるなら東大とか目指したくなるモチベとか発生するけども、さりとて心苦しさが半端ないのも事実。

　が、藤崎曰《いわ》く、

『安心するがよいのです。無論、手は打ってあるのであるからして』

らしい。毎度毎度、策を巡らすのが好きなやつである。まぁ、それが上手《うま》くいっている例は一度も見たことがないが。

で、その策というのが。

「はぁ。『綺麗なお姉さんは好きですか？　ＪＤ家庭教師さんとのドキドキ☆　お勉強コース』

……？」

「んむ～。然《しか》り、なのであるからして」

とても公共の場では口にしたくない言語群が居並ぶ台詞《せりふ》をオウム返しすれば藤崎は、えっへん、胸を張って頷《うなず》いていた。

詳しく話を聞けば、此度《こたび》の件には以下のような経緯があった。

相田《あいだ》パイセンに古賀《こが》さんと、立て続けに計画が失敗し、ついに頼れる人脈も尽きた藤崎《ふじさき》（細《ほっそ》い人脈）。残る頼りと言えば矢野《やの》先輩くらいのものだったが、しかして、彼女の多忙を思えば頼れるはずもない。

そこで、藤崎は考えた。そして閃《ひらめ》いた。その悪魔的手法を。

矢野先輩がバイトで忙しいのなら、そもそもその指導をバイトに組み込んでしまえばいいじゃない。そうしてここのオーナーに掛け合い、諸々《もろもろ》の条件のもとついに実現。本日より当店で限定的に開始されたサービスがそう。

『綺麗なお姉さんは好きですか？　ＪＤ家庭教師さんとのドキドキ☆　お勉強コース』（家庭教師コスした店員さんがガチで勉強教えてくれる）なのである。……的なことだそうです。

「お～！　なるほど～！　おチビかしこ～！」と、大袈裟《おおげさ》に拍手までしてみせたのは仲里《なかさと》だ。

「んふ～！　もっと褒《ほ》めるがよいのであるからして～！　私、とても賢いのであるからして～！」

藤崎も、この惜しみない賛辞には満足げ。たしかに、これならばバイトと俺らの講師役も両立できる、ナイスアイデア……と言いたいところだが、しかし待って欲しい。水を差すわけではないけれど、ちょっとだけツッコませて欲しい。

「……いや、そんな喫茶店なくない？」

そんな妖《あや》しさ大爆発コース、カフェになくない？　いえ、嬉しいですよ？　矢野先輩が家庭教師になって勉強教えてくれるとか。ドキドキ☆ですよたしかに。

でもフツーなくない？　飲食店という業態からは著《いちじる》しく離れたサービスを提供してない？　どちらかと言えばそれはイメクラじゃない？　シティヘブンネット登録店か？　ここは？

「ねぇ。この店、大丈夫なの？　法律的に……」

と、たまたま相談室で居合わせたってだけでここまで連行されてしまった小野寺《おのでら》でさえ、これには真面目《まじめ》にツッコんでいた。

折良く注文のコーヒー（一杯８００円）をオーナーのおっさんが持ってきたところで、俺は声をかけた。

「あの〜、オーナー？」

仲里や藤崎、小野寺にはめちゃくちゃ愛想よく笑顔を向けていたおっさんが、『誰だっけこいつ？』と言わんばかりの表情で俺を見る。

「……は？　なに？」

客だよ。今日は客なんだよ、こっちは。男相手だからって露骨に低い声で返事すんなよ。前来たとき皿洗い手伝ったりして、ちらっと顔合わせてるだろ。

「あの、オーナー。つかぬことをお聞きしますけど。この店、マジで風営法とかには……？」

触れてないですよね？　などと、最後まで口にすることさえ憚《はばか》られる。俺のセンシティブな問いに、ひげ面のマスターは毛だらけの腕を組み、しばし、沈黙。

「……触れてないね」

「じゃあ、水面下で訴訟されたりとかも……？」

「……してないね」

「過去に労基から注意勧告とかも……？」

「……されてないね」

「…………………………」

そこで、俺はオーナーの顔をまじまじと見た。

法の目をかいくぐってでも己の性癖に殉《じゅん》じると覚悟した漢《おとこ》の顔が、そこにはあった。

俺たちの間に、もはや無粋《ぶすい》な勘ぐりなど必要なかった。語りうることなど皆無。ただ、俺から言えることはただひとつ。

「……通います」

「毎度」

ここは遠からず摘発されるなと思った。

◇　◇　◇

結論から言えば、それは至福の時間だった。

藤崎《ふじさき》、ありがとう。変態オーナーもありがとう。そう、感謝の言葉を述べたくなるほどの。

それほどに、それほどまでに、矢野《やの》先輩……いや、矢野先生の先生ぶりは最&高だった。

「どうしたの狭山《さやま》くん？　なにかわからないところでも？　……ふむふむ。自動詞と他動詞やね、躓《つまず》いとるのは。そこはまず――」

これまで少しもわからなかった、英語文法における難解な概念。それが、複雑な結び目を解くようにほぐされ、理解という一本の線になる錯覚。

なによりも、女教師コスに女教師ロールプレイという矢野先輩の魅力に「第一進路希望：（矢野先生の）お婿さん」と記した進路希望調査用紙を提出したいレベルだった。

「――というわけです。理解できましたか？」

「はい、全然わかりません……」

さりとて、前者においてはやっぱり錯覚に過ぎないので、学びがあるかと言えばかなり微妙だったけれども。なんなら矢野先生にドキドキ☆し過ぎて勉強に身が入らないレベル。マジでこの無意味極まりない時間、永久《とこしえ》に続け。

「きっも……」

などと、俺のエキサイトっぷりに小野寺《おのでら》はドン引いていたけれど。

一方、仲里《なかさと》のほうはといえば。

「やっべアガるアガる！　ヤバいヤバい2S《ツーショ》しよおチビ!?」

「んむ〜。構わんのであるからして〜」

なぜだか、店のウェイトレス姿に衣装替えしていた二人。

これには仲里《なかさと》のドルヲタ的感性を大変満足させたらしく、自撮り棒など意気揚々と伸ばして
「やべぇ、最強可愛《かわい》いウケる！」などと叫んでシャッターを切りまくっていた。

とてもじゃないが、勉強を真面目《まじめ》にしているテンションではなかったが、なんにせよ、俺たちは至福の時間を味わっていた。


——そして、天頂の至福を享受すること数時間。すっかり日も落ちかけて夕方。

退店前の会計時に、事件は起こった。もとい、オチがついた。

「それではお会計、１２８００円になるんやお〜」

「「ぴゃ!?!?!?!?!?」」

矢野《やの》先輩の口から飛び出たお言葉に、仲里&俺、二人で奏でるハーモニー。

目玉飛び出るトンデモ金額に、目玉どころか口から飛び出た臓器を売り飛ばす勢いだった。

ちなみに小野寺《おのでら》は我関せずみたいな顔で「コーヒー代だけ別で」つって支払いを済ませていた。

「え。え、矢野さん、あの……」

これ、ホントなんですか？　尋ねようとするも、喉《のど》から声が出てこない。

その目の前にある笑顔の朗らかさに。その笑顔とは対照的な、レジスターが表示する無機質な数字を前に、聞くに聞けない。

なんすか、このボッタクリバーみたいな請求金額——などと。

そして、矢野《やの》先輩は言った。

「お会計、１２８００円になるんやお～！☆」

さっきよりもちょっと可愛《かわい》いトーンだった。でもさっきから一円も減額はされていなかった。

「どどどどど、ど、どういうことだ藤崎《ふじさき》!?」

説明しろ！　と、その高額会計について問い詰めれば。

「やれやれ。明人《あきと》、この程度のことでおたおたと」

言って、藤崎はレジ近くの壁に貼られた黒板を指差した。

今日のおすすめメニューやら、ケーキのイラストやらがチョークでカラフルに記されたそこには、『新コース！　綺麗なお姉さんと～』なる紹介文。

と、その下に極々《ごくごく》小さな文字で、こんな一文が——。

1h《一時間》／３２００円（税込）～

「それやり始めたら反社だろ!!」

あまりにも反社会的な巧妙な手口に、店内で憚《はばか》ることなくツッコんでしまったけども。

「むぅ～、明人、なにを言うのです。むしろ、タダで勉強を教えてもらえるなどと思うほうが厚かましいのであるからして。社会はそう甘くないのであるからして」

「ぐうの音も出ねぇ正論やめろ！」

たしかに、コスプレした女の人にガッツリ勉強教えてもらえる料金としては適正だけど！

いや俺たちがちゃんと勉強をおしえてもらってたかどうかは果てしなく謎《なぞ》だけど！

「あああ明人クン、どどどうしよ、ウチ……。ウチ、そんなお金……」

「お、俺も……」

「ふっ。安心するがよいのです」

が、焦る俺らをよそに、この場における最年少のクソガキ様、至極《しごく》クールなご様子でポケットをまさぐる。

すぽーん！　と取り出しますはがま口財布。中を開ければ、「はぁ!?」思わず声が出てしまうほどの万札の束。そこから雑に二枚の札を取り出すと、藤崎はやたらダンディな口調で言った。

「ふっ、釣りはとっておきな！　なのであるからして……」

「「いやいやいやいや!!」」

仲里《なかさと》&俺、二人で再び奏でるハーモニー。

「受け取れねぇよ！　たとえ、与《あず》かり知らぬところで発生していた金だとしても！」

「いやマジでそれだから！　てか、おチビって何者?!　どセレブ!?」

諸々《もろもろ》、謎《なぞ》の経歴ながらとにかくエグい金持ちであるという情報だけは開示されている藤崎《ふじさき》である。同時に、金に対する執着も至極《しごく》薄い。

「ぬぅ〜。気にせずともよいというに〜」

「お前が気にしなくてもこっちが気にすんだよ。金のこと疎《おろそ》かにしてっとマジでいつか酷《ひど》い目にあいそうでこえぇんだよ……」

口を尖《とが》らせ抗弁する藤崎を黙らせ、俺たちは血涙を流しながら割り勘した。まぁ、普通に小遣い二人分出し合っても、とても足りる金額じゃなかったので、結局藤崎に金を借りることになってしまったけども。

「すんません、マジで近々返すんで……」

「ウチも、ホント、すぐ返すから……」

こんなにも若い身空で早くも借銭を背負ってしまった。己の人生のクオリティが急速にクソになりゆくのをひしひしと感じる。マジでこんなガキとは金輪際《こんりんざい》手を切りたい、一刻も早く。

「またのご来店を、お待ちしておりますやお〜！☆」

そんな矢野《やの》先輩の優しい声に見送られながら、斯《か》くして藤崎の策は本日も見事に失敗に終わったのだった。

◇　◇　◇

だが、この程度のことでへこたれる藤崎ではない。

やつの粘着質なしつこさは、芸能人の不倫を叩《たた》くネットイナゴたちのそれと比肩する。

この程度のことで諦《あきら》めるわけもなく、きっと次の策が——

「…………………………………………………………」

「あれ？　藤崎？　どうしたどうした、急に黙り込みやがってこいつぅ〜」

アンミラからの帰り道、やたら藤崎は静かだった。

というか、心なしか元気がなさそうだった。あと、心なしかへにゃへにゃと力なく歩いていた。

どころか、心なしか尻を地面にぺたりとつけて、柳ヶ瀬《やながせ》街道のど真ん中で捨て猫のように途方に暮れていたけれど、もうそれは心なしかというカンジではなかった。

もうガッツリだった。藤崎、ガッツリ気落ちしていた。瞳からハイライトが消えて、軽く魂まで抜けたような面差しだった。

「……藤崎。もしかしてだけど」

いや、というかもしかしなくても、これは――嫌な予感がしたその瞬間。

いじいじ。いじいじ、と。

「……私、役立たずなのであるからして。もう、あかんのであるからして。私、存在価値ないのであるからして……」

地面に「の」の字を書いて、いじけきっていた。

藤崎小夜子《ふじさきさよこ》、ここに来て悟る。

――やっぱコレ、無理なのでは？　どうしようもないのでは？　と。

今更ながら、それは結構当然の結論なのだった。

紛失物：鉛筆（わりと重大な伏線）

「試験時間は六十分です。机の上には筆記具、受験票以外はなにも置かないように。問題用紙は合図があるまで裏返したままにしてください。時間は十分にあるので、慎重によく見直しながら回答するよう。不正行為等が発見された場合、その場で失格とさせていただきます。それでは――」

――はじめ、という合図とともに、俺たちの高校受験《人生の土壇場》はあっけなく始まってしまった。

ここから数時間で、俺たちの人生は決まる。

だっていうのに、緊張も焦燥《しょうそう》もなく、興奮も高揚もなく、ただ淡々と。

それは、まるでなんでもないことのような当然さで。

その突き放したような静けさを、なによりも鮮烈に覚えている。

問　傍線部における登場人物の心境を次の①～④から適切なものを一つ選んで記入しなさい

目の前の文章を読んで、自分の頭がそれを理解しているのかもよくわからず、ただ正解めいたなにかを、或《ある》いは不正解めいたなにかを、俺は紙面に記していく。

自分が正しいことをしているのか、間違っているのか、麻痺した心ではそんなことさえわからない。

ただ、問いを解く。

問　《無理数の計算》次の計算をしなさい
$(10/\sqrt{5} - 5/\sqrt{3})(2/\sqrt{3} + 4/\sqrt{5})$

問いを解けなければ、飛ばす。

問　次のア～エの文章は顕微鏡の操作について記したものである。正しい手順を並べ、その記号を書きなさい

解く、飛ばす、飛ばす、解く、解く、解く、飛ばす、飛ばす、飛ばす、飛ばす、飛ばす、解く。

なにか、とてつもなく大きなものに抗《あらが》えず流されている、という感覚だけが絶えずあった。流される自分の身体《からだ》を、ただ見つめているような気がした。

最後の問題を飛ばして見返すと、答案用紙の半分以上が空欄だった。

考えてもわからない。正当を引き当てる糸口さえ、見つけられなかった。

――無理だな。

俺は思った。

それでも、後悔はなかったのである。

心にあったのは、諦念《ていねん》だけ。それは、どこか自由めいてさえいた。

そうして、俺は驚くほどすんなりと、すべてを投げ出すことにした。

持参した何本かの鉛筆に目を落とす。どの鉛筆にも、上端に小さくマジックで数字が振ってある。

いざという時のおまじない。サイコロ鉛筆というやつである。

ダメなものはしょうがない。だから、最後はすべてを賽《さい》の目に託す――というこの土壇場での選択肢は、俺にとってはあらゆるテストにおける作法だった。あるいは、処世においてさえ、そうなのかもしれない。

どの鉛筆に将来を託そうか。

どれだってなにも変わらないけれど、どうにか縁起を担《かつ》ごうという心理が働いて、俺は一本一本の鉛筆をつぶさに吟味して。

――あれ？　鉛筆、一本足りない。

そんなどうでもいいことがやたら気になったりもして。
そうして、その行為の無意味さに厭《いと》いたとき、俺は一本の鉛筆を手に取った。
自分の運命を託すには、それはあまりにも軽く。
けれど、躊躇《ためら》うことなく、机の真ん中に目掛けて転がした。
そうして俺はあまりにも軽率に自分の運命を手放した。

後に、高校受験合格はまぐれか裏口入学か、などと中学の同級生たちから囁《ささや》かれた、俺の奇跡の受験劇の裏側は、案外こんなもんだったのである。

第四話　とある落ちこぼれの人格形成《言い訳》について

「だーらさァ。仲里《なかさと》。いい加減、現実を見ようや？　な？」

「…………」

「まず、こんな時期に何度も呼び出されとるっちゅー自分のヤバさを自覚しようや。自覚せんと始まらんとこまで来とるんやて。ぶっちゃけ。キミは」

「…………」

「お――――い、仲里さーん？　先生が喋《しゃべ》っとるけどー？」

「……はい」

「いや、はい、やなくて。そんな勉強嫌やったらいっそ辞めるか？　学校。するか？　就職」

「…………」

「お――――い」

「……はい」

「だから、はい、やなくて。どうすんの？　学校辞めたいん？　就職すんならいいとこ紹介するけど」

「…………」

「あのさぁ」

「……はい」

「その、はい、ってのはなに？　マジで学校辞めてぇっちゅーこと？」

「…………」

「なぁ？　なぁて。そうやって黙っとって済むと思っとったら――」


「う――わきっっっっっっつ～……」

あまりにねちっこい説教に、思わずドン引きの声が出た。

昼休みも最中の生徒指導室。扉の隙間《すきま》から垣間見える室内では、地獄みたいな修羅場が繰り広げられていた。

流石《さすが》は我が校随一のパワハラ教師にして教育現場のガンの呼び声高い学年主任・梶田《かじた》。通称梶《かじ》ティー。説教と恫喝《パワハラ》の分水嶺《ぶんすいれい》を行ったり来たりする、見事な指導っぷりだった。

「梶田ってああいうタイプの説教すんすね。一喝する系じゃなくって、すげぇネチネチ言ってくる系ってか……」

なんて、素直な感想を口にしてみれば。

「ね～、怖いね～。世の中でなにが一番怖いって、ヒスるおっさんが一番こえ～」

隣りで同じく中の様子を盗み見ていたゆとりちゃん先生もまたそんな感想を漏らしてらっしゃった。

「言っとくけど新人教師とかにもああだからね。あの中年。てか泣くまでやめないからアレ。なんなら私もこの前泣かされた。職員室で。他の先生方ご観覧のなかで」

「ひえぇ～、後遺症エグいやつじゃん……」

HR直後、教室から出て廊下を歩いていたところ、『ちょちょちょ、狭山《さやま》君、やべぇよ見てみて！』思わぬバッティングを果たしたゆとりちゃん先生にそう手招きされて見てみれば、室内はご覧の有り様。

いやいや生徒が説教されてる現場を『見てみて！』って、教師の倫理観としてどうなのよ？と思うけど、なるほどたしかに『見てみて！』と言いたくなるくらいには修羅場だった。

「……ちなみになんすけど、仲里《なかさと》のやつ、なんであんなキレられてんすか？」

「さぁ？　なんだろ。でもフツーに成績のことっぽいよね、話してる内容的に」

「っすよねぇ……」

そういや、仲里本人も前に言ってたっけ。教師に呼び出されて説教されたとかなんとか。最初に相談室に現れたあの日に。にしたって、ここまでキツく詰《なじ》られてるなんて思いも寄らなかったが。本人の口ぶり的にも。

「うーん、これなぁ～。私が割って入ってもそれはそれで拗《こじ》れるしな～。一律背反だわ。だる」

「っすね～、マジで」

俺は再び、指導室のなかに目を向ける。

知ってるやつがめちゃくちゃ説教されてる現場を目撃してしまったとき特有の、この気まずさは果たしてなんだろう。

帰りの会で吊し上げにされ、萎縮《いしゅく》したクラスのお調子者の痛ましさとでも言おうか。

普段ウザいくらいテンション高めの仲里《なかさと》が、こうして梶田《かじた》を前にしゅんとしてしまっている、というこの構図がやけに痛々しい。

だからといって、パワハラ紛《まが》いの説教が温くなるわけもなく。

「学校やめてぇの？」と、梶田。

「……やめたくないです」と、仲里。

「やめたくねぇならなんでここまで勉強してこんかったんや？」沈黙。「なんで？　って聞いとるけど？」「……すみません」「いやすみませんやなくて。質問の答えになってへんやん。いまやれるんならなんでいままで勉強してこんかったんや？　って聞いとるんやて、こっちは」

いったいどう答えて欲しいのよ、その問いに対して。仮にそれに答えさせたとして、なんの意味があんのよ。手前の嗜虐心《しぎゃくしん》を満足させる以外に。

客観的に見ればそんな感想しか思い浮かばない言葉の暴力も、当事者ふたりの間では無理なく成立する。

なぜなら正論だから。

人間は正論が大好きだ。間違っているやつを正論で叩《たた》き潰《つぶ》すのも、間違っているやつが正論で叩き潰されるのを見るのも大好きだ。

その性質の美醜は今更どうでもいい。それが人間という生き物の構造的特徴である、というだけの話。

かくして今日もＳＮＳでスカッとジャパン的投稿は鬼バズりし、梶田も大手を振って気持ちよくお説教できる、という、ただそれだけの話。

「叱ってる本人もめちゃめちゃ楽しんでんだろうね～、アレ。ＪＫを恫喝《どうかつ》できるとか、一風変わったキャバクラじゃん。中年の性欲、怖いっすわ～」

「この教職員、ものの見方が穿《うが》ち過ぎでは……？」

発想がゲス過ぎるなんてもんじゃねぇ。そして、それを生徒前で言ってしまうコンプラ意識の低さ、令和が生んだゆとり教師、あまりにも尖《とが》り過ぎている。

なんにせよ、梶田のお説教なんて聞いてて気持ちいいもんでもなし、そろそろ――

「あんさ～、仲里？　お前、焦ったりせんのか？　すぐ上にあんなお手本がおって、」

そのとき、梶田の詰《なじ》る声がやけにはっきりと聞こえた。

「こんな成績でなんで平気でおれんのよ、おめえは？　たまには本気で考えてみろて。将来のこととか、進路のこととととか――」

そこで、梶田《かじた》の嫌みったらしい台詞《せりふ》は途切れる。

次の瞬間、立て続けに起こったことを羅列すればこうだ。

立ち上がる仲里《なかさと》。なにをか叫ぶ梶田。宙に浮く椅子《いす》。床に落下する椅子。けたたましい衝撃音。沈黙。沈黙。沈黙。

急に椅子を蹴《け》飛《と》ばした仲里に、梶田どころかそれを盗み見ていた俺たちさえ声が出ない。

一瞬の後、梶田が気を取り直したように言う。

「……おーい、急になにしとんの、キミ?」

唐突なことに驚いてしまったという恥を取り繕《つくろ》うように平静な調子。

「癪《しゃく》にさわったかて？　なぁ？　そうなんやったら──」

嫌みったらしい説教は続く。

仲里はなにも言わない。仲里は答えない。仲里は押し黙り、ただ静かに立っている。

そのツインテールが、震える身体《からだ》にあわせてふるふると揺れていた。

◇　◇　◇

仲里芹奈《せりな》は夜に産まれた。だから、姉になった。

仲里杏奈《あんな》は朝に産まれた。だから、妹になった。

二人は双子。けれど、誕生日は違う。

姉の芹奈は、母親が産気づくと呆気《あっけ》ないほど難なく生まれた。安全で理想的な出産だった。

けれど、遅れて生まれた妹の杏奈はそうではなかった。難産だったのだ。

結局、彼女が産まれるまでに日付は変わり、出産が終わるまでにほぼ半日を費やした。

父母も、医者も、助産師も、辛《つら》い夜を超えて、朝を迎えて、やっと産まれたのが彼女だ。

そのときのことをなぞらえて、母親は二人に言ったという。


――芹奈ちゃんは、元気で優しくて、なんでもすぐに器用にこなしちゃう子だから。だから、産まれるときも怖がらずにすぐに産まれてきてくれたんだね。

――杏奈ちゃんは、大人しくて引っ込み思案で、ちょっとだけ不器用な子だから。だから、産まれるときもとっても大変だったね。


母親というのは不思議なもので、こういう我が子の産まれたときの苦労を、我が子自身によく語りたがる。きっと、そういう愛情表現が、世の中にあるのだ。

だから、二人はそんな母の苦労話を幼い頃によく聞いた。

二人の人生を暗示するようなその瞬間の出来事は、たぶん偶然でしかなかったはずなのに、その偶然でしかない出来事を、母親らしい感傷で運命めいた色に染めながら。

思い出の写真を指で愛《め》でるように優しく、何度も。

それは、子供にとって祝福の物語であるとともに、呪いのような響きさえ伴っていることには気づかない。


——杏奈《あんな》ちゃんは、産まれたときからそうだったね。

——だから、杏奈ちゃんは一生、そういう風に生きていくんだね。


仲里《なかさと》杏奈は、そう言われているように思った。

仲里杏奈はそういう風に育った。

二人は本当に、鏡合わせのように逆さまな子供だった。

姉がスプーンを右手に持つと、妹はスプーンを左手に持った。

姉は右利き、妹は左利き。

ミラーツイン。このように非対称性を多く持つ双子はそう呼ばれる。

親戚の大人は左手にスプーンを持つ妹を見て言った。

——それはアカンね。

──左利きは不便なことも多いから。

──直したほうがええね。

右が正しくて、左は間違っているんだな、と彼女は思った。

姉が正しくて、私は間違っているんだな、と彼女は思った。

なにをやっても、そうだった。

そういう人生だった。

昔は仲里も習っていたピアノ。でも、上手《うま》くはなれなくて。その横で、姉はいくつものコンクールで入選。だから、仲里はピアノを弾かなくなった。

学校から帰ったあとも友達と会えるから大好きだった英会話。けど、姉ほど上手くは喋《しゃべ》れない。だから、仲里は英会話に行かなくなった。

運動会の徒競走も、学芸会の演劇も、部活も。

勉強は、その最たる例だった。

だから、それは地雷だった。

仲里杏奈と仲里芹奈《せりな》、二者を並べて、他人からどうこう言われるのは、彼女にとっては決して避けられない、そして最も厭《いと》わしいことだった。

黙って聞き流すことは出来ない。苛立ちを抑えることも出来ない。許すことも出来ない。

◇　◇　◇

かくして、梶田《かじた》からのお説教を終えた仲里《なかさと》はというと。

「は――も――……。は――も――、やっちゃった絶対コレヤバいって、絶対あとで余計に怒られるやつだって、も――……」

ヘラっていた。

「つかもおおおおお！　梶田うぜぇきめぇ死ねぇ～～～～～～～!!」

というかキレていた。

「あ、いや死ねはよくなかった。いまのナシ。……いやでもやっぱうぜぇ～～～!!」

というか、もはや情緒不安定だった。

そこは、生徒指導室からほど近い、人気《ひとけ》のない廊下の一角。

梶田から解放された仲里は、溜《た》まりまくったフラストレーションにいまにも爆発しかねない勢いだった。

「なんつーか、相変わらずその地雷踏まれると一瞬で爆発すんのね、キミ……」

「だってッ！　ムカつくんッ！　だもんッッッ！！！」

ダム！　ダム！　ダム！　文節ごとに壁を音高く蹴飛《けと》ばして。

「スーッ。痛った……。やば、痣《あざ》出来たかも。あ、出来てないわ。でも痛った……」

「いやもう落ち着けよ……」

こえーんだわ。梶田の嫌みでブチギレたときの余熱が冷めやらねぇわ。次の瞬間には、壁の代わりに俺が蹴られかねないキレっぷりで、あんまり距離を詰めたくねぇんだわ。

「なんか、前にもこんなんあったよなぁ、そういや……」

「そだっけ？」

「ほら、一年のとき——」

高校最初の定期テスト。その後、行われた補習授業。そこで、まだ名前も知らぬギャルだった仲里は、補習担当の教師からまたぞろ無神経な双子いじりをされていて。

結局、さっきのアレとそっくりそのままな調子でキレて教室を出て行って、『はぇ～、高校ってあんなヤンキーみたいなやついるんだなぁ～』なんて俺は暢気《のんき》にそれを見ていて。

その少し後、用足しに立った俺は女子トイレ脇でやっぱりいまと同じように情緒不安定にしてる仲里を見てしまい、仲里もそんな俺に気づいて目があって。

——は？　え？　えっ、ええええええ!?　ちょ、うそ!?　なんで!?　え、こんな偶然ある!?

……なんて話はいまは脱線なのでさておこう。

仲里《なかさと》との第一次接触《ファーストコンタクト》、それは懐かしむほど昔の話というわけでもない。

「……それで？　なんであんな説教されてたん？」

「んーなん、決まってンじゃん」

答えるのも物憂いのだろう仲里のそんな返事の通り、それは大方の予想に反しない経緯だった。

元々、梶田《かじた》にとって仲里はお気に入りの女子だ。この場合におけるお気に入り、という言葉は限りなく「叩《たた》きやすいサンドバッグ」に近いニュアンス。

四限にて行われた小テスト。そこで、またもや0点をとるという落ちこぼれぶりを見せた仲里に対して、梶田のねちっこいお説教は始まった。

お前、この前あれだけ説教されてまだ真面目《まじめ》に勉強やっとらんのか、云々《うんぬん》。

高校二年でそれって終わっとるぞお前、云々。

お説教は授業が終わっても続き、ついには生徒指導室へと連行。先程の精神的拷問にまで発展した、と。

実にしんどい話である。

なにがしんどいって、梶田にどれだけ説教されたところで、実際問題として期末に向けたテスト勉強が少しも進んでいないことである。藤崎《ふじさき》も万策尽きて、打つ手なし。

だっていうのに、期末テストはどんどん近づいていくる。

マジでどうすべ？　そう尋ねれば、仲里から返ってきた答えは淡泊だった。

「……まぁ、どーにもなんないんじゃない？」

「完全に諦《あきら》めモード入ってんじゃん」

「そりゃそーじゃん。つか、ウチら、いままでだってずっとそーだったんじゃん？」

ずっとそうだった。

その言葉に反論さえできず、たしかに、と俺は頷《うなず》くばかりだった。

テスト前のこの時期になれば、毎度のように焦りはするものの、だからといってなにをするわけでもなかった。やばいやばいと思うだけ思って、でもなにもしない。なにもしないまま、テスト当日を迎え、結局、どうにもならない。

俺たち落ちこぼれにとって、テストというのはそういうものだった。

だから、今回もなにも変わらない。反論も、反感もない。ただ、そういえばそうだった、と納得する。

いままでずっとそうだった。これからもずっとそうなんだろう。

そういう風に、納得する。

「でも、だったら――」

だったら、どうして？　そんな言葉が、喉奥《のどおく》から出そうになる。

だったら、どうしてお前はあのチラシを見て……あの『偏差値三十アップ！』なんて、怪しい文言に騙《だま》されて、あの部屋にやってきたんだよ？　と。

ずっとそうだった。だから、これからもずっとそう。そうやって、本当に思い切れているのなら――。

「なんかさ」

仲里《なかさと》はなんでもないような口調で言った。

「受験ンときも、そーだったよね」

と。

「受験のときも、どうしようどうしようってなって、でもどうにも出来なくて、それで――」


――なんか、フツーに終わっちゃったね。


ふと、脳裏に過ぎる記憶。どこぞで、誰かと交わした会話。その記憶はどうしてだかやたら曖昧《あいまい》で、断片的で。

誰かが言った。

『なんか、すごい呆気《あっけ》なかったね』

本当に、そうだと思った。

高校受験。それは俺たちにとって、初めて味わう人生の分岐点のはずだった。

だっていうのに、呆気なくそれは始まって、呆気なく終わってしまった。

漫画やドラマみたいに気の利いた演出も、カタルシスもなく。

ただ、淡々と。淡々と。

なんでもないことのように、ただ過ぎ去っていく。

本当にこれでいいんだろうか？　俺は思った。けれど、そんな俺の気持ちなんて一顧だにせず、時間は進んでいって。

ただ、淡々と。淡々と。

きっと、こうやって、こうやって——

『こうやって、人生、決まってっちゃうんだね。これからもずっと』

誰だっけ？

『自分だけは特別で、もしかしたら、なにかすごいことが起きて、なにもかも人生がいい方向に進んでくかもなんて、きっと誰でも思ってんだろうけど』

誰だっけ？

『でもホントは自分の人生って、すごいフツーに決まっちゃう。呆気なくらい、フツーに。もっと勉強すればよかったとか思うけど、そうやってウチらが思うのなんて全部無関係に、フツーに』

そんなことを俺に言ったのは。

『人生って、フツーにそんなもんなんだろうね。そうやって――』

――そうやって、俺たちは流されていく。

流される俺たちは、ただの数字だった。

今年の受験の合格者数は何人です。不合格者数は何人です。

世界の人口は何人です。

そのうちの一人が俺で、そのうちの一人があなたで、だから俺たちは『一』です。

そういう統計学上の存在に、いつの間にかなっていく。

本当に、それだけだったんだろうか？　本当に、俺たちってそれだけなんだろうか？

ただの『一』でしかない俺たちは思う。でも、それは所詮《しょせん》ただの『一』でしかないから、きっと誰にも見つけられず、いつか埋もれて消えて行くしかないから。

そうして、そんなことなどお構いなしに地球は回る。昨日と同じように今日も回り、明日も回り続けるのだろう。

そんな話を、いつか誰かとしたような気がした。

それは、気まぐれなニューロンが見せた、一秒未満の走馬灯。

本当にあった出来事なのかどうかさえわからないワンシーン。曖昧模糊《あいまいもこ》とした記憶。

或《あ》いは、それはいつか見た夢だったのかもしれない。

「どした明人《あきと》クン？」

「ん？」

「急に黙るじゃん」

そんな仲里《なかさと》の声にはっとした。

「あ、いや、なんも……」

目の前の会話に集中しようと頭を切り替えたときには、すでに再生された夢のような記憶は半分以上忘れている。

「……ええ、なにいまの。デジャブ？　っつーか、なんか。なんか思い出しそうだったんだけど、全然思い出せない、みたいな……。うわ気持ち悪。なにいまの？」

「わからんわからん。ウチに聞かれてもわからんて」

「はー、なんだろ。すげぇ脳の不思議を感じたわ、いま」

「あの、明人クン。全然なにゆってるかワカランけど……」

ワカランと言われても、俺にだってワカランのだからしょうがない。

さておき、目下重要なのは期末テストのことである。

現状、どうにもならないという話はさんざした。であるならば、話を次へと進めよう。

では、この場合の次とはなにか。簡単だ。

どうにもならない問題をどうにかする努力を、俺たちはするかどうか？

焦点は、そこ以外にはあり得ない。

「どうにかするって……。だから、どうしようもないンじゃね？　っつーハナシしたんじゃん？」

それは全くもってその通り。

結局、このままなズルズルと期末テストの日までなにもせず、結果、どうにもならない。なんてのはそれこそいつものお決まりパターン。

俺たちはいつもそうだった。だから、今回だってそうだろう。

そうやって諦《あきら》めるのもナシじゃない。

だが、まだ手札が全て切れたわけでもない。

出来ればその手は使いたくないし。そもそも本当に使えるかどうかもわからない。

どれだけ頼み込んだって、アイツはうんと言わないかもしれない。というか、絶対に言わないとは思う。

しかし、やってみなければ確率は０から絶対に動かない。

「は？」

と、そこで仲里《なかさと》は首を傾《かし》げて。

「えっ、アイツって誰？」

◇　◇　◇

「もしもし小野寺《おのでら》？　……いや、その声、寝起き過ぎるだろ。なに、保健室いんの？　あ、そう。つか悪いちょい用事あんだけど。うん。うん。や、どうかな。とりま、いまから行くわ」

手短に用件だけ伝えて、通話を切る。

スマホをポケットに仕舞いながら、「なぁ、仲里」俺は事の次第を静かに見守っていた仲里にこう問うていた。

「お前、人に頼みごとするとき土下座《どげざ》とか出来るタイプ？」

もっとも、小野寺《アイツ》は土下座した程度で他人の要求を呑むほど、優しいやつではないけれど。

第五話　続・何もかもめんどくさい夜に

そもそも、藤崎《ふじさき》の白羽の矢はすでに小野寺《おのでら》にも立っていたのだ。

仲里《なかさと》（と俺）の指導係。その的役として、最も近しい立場にいる小野寺にそのお鉢が回らないわけがない。

しかして、小野寺はそれを猛烈拒否。やつを知る人間であれば、当然の反応だろう。

その理由を、小野寺はこう語る。

『だって、めんどくさいから』

実に小野寺らしい、シンプルな理由。

『あと、わたし負け戦《いくさ》ってしないタイプだから』

それも、まぁ納得の理由で。

『ていうか、そもそもなんだけど、仲里さん勉強やる気あるの？　ホントにやる気あるんなら、もっと必死に自習とかするんじゃないの？』

さてはモラハラ夫だな、てめぇ？　そう言いたくなるほどの正論パンチのラッシュに次ぐラッシュ。思わず架空の離婚届を役所へ提出したくなる勢い。

これには藤崎もひとたまりもなく、講師として小野寺を任命する作戦は、あえなく断念となったのだった。

そんな現場を見た当初の俺は言ったものだ。

『まぁ、しょうがねぇよ。わかるわ。お前、マジで仲里と仲悪いもんな』

『む？　そうだったのであるからして？』

と、初耳情報に食いつく藤崎を小野寺は手で制し。

『やめて、そういう決定的な言葉使うのやめて。別に仲悪くはないから。ていうか、言っとくけどわたしはなんにも思ってないから。向こうは思うところありそうな感じだけど』

『え、そうなん!?　おっ前、そういう面白そうな話は早く言えよ』

俺、そういう身近な人間のゴシップ大好きホモサピエンスですよ、なんてワクワクしながら話を聞けば、出てきた証言はどうにも煮え切らなくて。

『よくわかんないけど、なんか遠巻きに見られてる感っていうか……』

『なにそれ？　お前、仲里になんかしたん？』

『してない』

なんにせよ、そんな経緯もある故《ゆえ》、やつとの交渉は、困難を極めるだろうと予測された。

が、しかし。

「俺は仲里から直で頼んじまったら上手《うま》くいく気がするんだよな」

「ほーん。そうなん？　なんか、ウチ的には小野寺さんに迷惑かけるのちょっと……つーか、ぶっちゃけかなりビミョいんだけど」

「それだよ」

それなんですよ、ポイントは。そのお互いにちょっと遠慮している感じ。キモはそこだ。

仲里《なかさと》が小野寺《おのでら》になにを思っているかは知らないが、それは小野寺にもそれとなく伝わってい
て、だからこそお互いに気を遣いあっているわけで。

更に、そこにはクラス内における微妙な人間関係やら立場やらも加わって、実にめんどくさ
い力場が発生しているわけだ。

単刀直入に申せば、マジで断りにくいはず。仲里からの申し出に、小野寺だってそう簡単に
ノーとは言えないはず。

勝機があるとすればそこだろう。

結論から言えばその予感は的中した。

「ホント迷惑だと思うけど」

と。

「全然、無理だったら断ってくれていいんだけど」

と。

「や、てか、こんなん頼んじゃうのもホントおこがましいってか、全然小野寺さん的に関係な
いってか、ウチに興味もないと思うからアレなんだけど」

と、そんな長ったらしい前置きとともに、仲里は頭を下げて。

「その、小野寺さんさえよかったら、勉強教えてくれるとすごい助かるっていうか。その、ぶっちゃけ、めっちゃ教えて欲しい」

保健室で待っていた小野寺は押し黙り、長い長い沈黙。

それは、どれくらい続いたろう？　そうして、ついに。

「…………………………………………………………………………いいけど」

その日、帰宅した俺は一件のＬＩＮＥ通知が来ていることに気づいた。

なんの気なしに開いてみる。差出人は言わずもがな。

そこには、短くこう記されてあった。

『許さない』

ひしひしと伝わってくる、小野寺の静かなる怒り。

斯《か》くして、諸々《もろもろ》回り道はありつつも仲里（と俺）の指導係はめでたく決定したのであった。

◇　◇　◇

ところで、ここらでちょっとした過去話《カコバナ》でもひとつ。

コレは、いまよりちょっとだけ昔、いまよりちょっとだけキャラの違った小野寺薫《おのでらかおる》の小話《エピソード》。

当時のアイツといえば、正に中学女子陸上界に現れた超新星。

界隈《かいわい》では知れた存在だったらしく、同年代の陸上部女子からは羨望《せんぼう》と嫉妬《しっと》と敵意と好意とを集めに集めまくっていた。

そして、そんな小野寺が怪我《けが》をする前の全盛期、中学二年の春のこと。

俺たちの中学の女子陸上部に、ひとりの新入生が入部してきた。

たった数か月前まで小学生だった彼女は、初めての練習の日。そこにいた小野寺を一目見るや、目を輝かせてこう言ったのだそうだ。

『ファンです』と。

いやいや、ファンって。なんだよ？　芸能人じゃないじゃん。小野寺じゃん。駆けっこはえーだけの女じゃん。いや、たしかに芸能人《モデル》みたいな見た目はしてっけど。……などと、この話を噂で聞いたとき、すでに小野寺との敵対関係が成立していた俺は私怨《しえん》もりもりでそうツッコんだものだが、別に本筋に関係ないので割愛。

詳しく聞けばこの新入りちゃん、小野寺の活躍ぶりを見て——その上、小野寺が自身の通うことになる中学の先輩であることを知って——絶対に陸上部に入ろう、と夢見ていたという。

なんという大美談。次いで、その女子はこんなことまで、小野寺に問うたそうな。

『小野寺先輩みたくなりたいんです。どうしたらいいですか？（意訳）』

実に信者的な愛らしい問いである。まぁ、そんな羨望を小野寺に向ける女子がいる、という事実が俺の敗北感を倍増させたことは言うまでもないが。

そして、小野寺はこう答えた。

『ふーん。そうなの？　じゃあ、弟子にしてあげる』

バカかよ。バカなのかよ、当時のアイツは。

後輩によいしょされて気をよくして、『弟子にしてあげる』って、バカじゃん。ネトゲのベテランプレイヤーが初心者からの褒《ほ》め言葉に気をよくしていうやつじゃん。バカじゃん。

が、それも許してあげて欲しい。アイツも当時は若く、そして青かった。

てかもう、単純に初めてできた後輩に褒められまくって死ぬほど嬉しかったんだと思う。

繰り返すが、当時の小野寺は口の悪さはさておき、いまとはキャラが違って、フツーにまぁまぁピュアだった。

斯《か》くして、小野寺とその後輩女子ちゃんとの師弟関係は始まった。

そして、わずか一週間で、それは終焉《しゅうえん》を迎えた。

なぜかと言えば簡単。弟子を鍛えようとやる気になりまくった小野寺は、溢《あふ》れる才能に比して、あまりにも指導センスがなかった。

その詳細までは探ることが出来なかったが、噂によると相当なスパルタだったという話である。

そのスパルタぶりは、後輩ちゃんが音をあげて秒速で退部届を叩《たた》きつけるほどだったらしい。

ちなみにこの後輩ちゃん、小野寺《おのでら》のファンといっても、別に元から陸上をやってたわけでも興味があったわけでもなく、華々しく地方新聞に取り上げられた小野寺の記事を見て「え、いいな！　じゃあ私も陸上やる！」くらいの甘ったれた気持ちで入部してきた超にわか女子だったらしい……という事実を知ったのは、彼女が退部してかなり経《た》ったあとの話。

可愛《かわい》がっていた弟子を一週間でなくした小野寺は人知れず涙した（ところを、同級生に目撃され言いふらされていた）。

指導に熱を入れるばかり退部までされたというのが心に相当来たのか、その悲しみは深く、長いこと落ち込んでいたらしい。

いと哀れなる師匠心。余談だが、弱る小野寺に対して、

『あっ、小野寺ッパイセン、ちっすちっす～！　いやァ～なんかお弟子ちゃん、はやくも部活やめちまったそっすねェ～い!?』

などと、傷口に塩を塗り込もうとする心ない男子生徒も極一部いたとのことだが……誰なんだ、いったい？　許せない……。ちなみに、その男子生徒、その後とんでもない制裁を受けて泣かされたらしいという話だが、本当に誰なんだ、いったい……？　許せない……。

このような経緯があって、小野寺は心に決めたらしい。

もう二度と弟子なんてとらない――、と。

振り返ってみれば、それは実に小野寺らしからぬズッコケエピソード。

後輩女子に逃げられて泣いてたなんて、いまの小野寺からはちょっと想像もできないお話だろう。が、ここで着目すべきはその小野寺が涙目になってたとかいう、エキサイティングな部分では無論ない。

後輩女子が裸足《はだし》で逃げ出した、とされるスパルタ指導のほう。

そりゃ、当時の小野寺といったら陸上一筋。割りとスポ根してたというのは、俺らの中学じゃ有名だ。翻《ひるがえ》って、その指導だって厳しいものになったことだろう。

だが、それがいったいどういったものだったかは、いまとなっちゃ当人たち以外の誰にもわからない。

そして、俺はすっかり失念していた。

そのスパルタっぷりが、陸上のみならず、勉強のほうにも向けられるのかもしれない、なんて可能性を。

◇　◇　◇

――放課後。相談室にて。

「なんだかんだ言って、テスト勉強なんて基本は気合いだから」

などと、第一声。小野寺《おのでら》は臆面《おくめん》もなく言い放ったのである。

どこか昭和のスポ根漫画的な封建テイストを感じる言動。この時点で、なんだか嫌な予感はしていたのである。

なにせ、俺は生まれついての負け犬どクズ男。流れが悪いときは匂《にお》いでわかる。あ、これあかんやつや、と。わかりやすく言ってしまえば負けフラグ。

続けて、小野寺は問題集を鞄《かばん》から一冊引き抜くと。

「まずは現国だけど……。まぁ、こんなの勉強しなくても八割はとれるような教科だし、私から教えることとか、特にないと思う」

「「えっ？」」

思わず声もハモるさ。隣りに座ってた仲里《なかさと》と、ものの見事なシンクロさ。

そんな困惑気味な俺らになんてお構いなしの小野寺さ。

「じゃあ、ひとまずこれから三時間くらいひたすら問題解いといて。それだけやれば、多少はコツも摑《つか》めるでしょ」

「「えっ？　えっ？」」

「じゃ、頑張って」

ひらひら手を振って、小野寺は鞄を担《かつ》いで相談室から出ていこうと扉に手を掛けた。

どこへ行くつもりかと尋ねれば。

「ここ、クーラーなくて暑いから保健室に退避してくる。大丈夫、ひと眠りしたら戻ってくるし、その間の監視はあの子がやってくれるから」

あの子、と指差す先にはなぜか男性教師風のシャツとスラックスに着替え、更には額に「必勝！」のハチマキ、手には竹刀《しない》を握った藤崎《ふじさき》がいた。

「まかせ〜〜〜〜い！！！　なのです！」

バシィン!!　床を竹刀でぶっ叩《たた》きつつ一声。かなり昭和のかほる教師像だった。

「ね？」

ね？　じゃねえ。

目の前に置かれた問題集は、分厚さにしてざっと三センチほど。これから三時間、いかに根詰めようが、このうち１％も進められる気がしない、ずっしりお得なボリューム感。

パラパラとページをめくって中を改めるが、こんなもん一問も解く自信などなかった。

「あの、小野寺……」

「なに？」

「無理だ……」

こんな問題集、ただひたすら解けと言われてはいそうですかと頷《うなず》けるようなら、いま俺たちは落ちこぼれてなどいない。

俺たちは勉強を教えて欲しいのではない。楽してテストで点を取りたいのである。

こういうスポ根的なやつは無理だ。漫画『タッチ』に出てくるグラサンコーチ（後に失明するあの人）の指導法まんまじゃねぇか。

しかし、もはや小野寺《おのでら》は取り付く島もなかった。手にした下敷きで顔を扇《あお》ぎつつ、「あっつー」とつぶやく小野寺は、いつも通りのけだるげな表情で言った。

「だいじょうぶだいじょうぶ。いけるいける」

とても大丈夫とは思えぬ平板なトーンだった。

「それじゃ、頑張って」

かくして、指導係は去った。

「「…………………………」」

あまりの指導法に、絶句する教え子二人を残して。

俺と仲里《なかさと》は、互いに顔を見合わせた。

絶望の二文字が、俺たちの顔に張り付いていた。

俺は叫んだ。

「あ、愛がねぇ……っ！！！！」

鬼教官・小野寺軍曹から賜《たまわ》ったのは、ちょっぴり行き過ぎた放任主義とスパルタが入り混じる、愛なき地獄の指導法でした。


——三時間後。

「もういやだ……。傍線部における登場人物の心情はもういやだ……」

「死ぬ……。これ以上、本文中の語句を使って空欄を埋めてたら死んじゃう……」

制限時間終了のアラームをスマホが知らせたとき、俺たちは死んでいた。

心臓が動いて、息をしていることを生きていると言うのではない。

心から笑えること、自由になにかを楽しむこと、そういった素敵な一切合切を指して『生きている』というのである。

だから俺たちは死んでいた。死んで、腐り果てていた。少なくとも心的には死を迎えた。

二人、肩を寄せ合い震える俺たちの瞳からは、限りなく涙的な水分が零《こぼ》れていた。

これは涙だろうか？　いいや。これは、俺たちの心が流した血である。

「ふぁ〜、あふ……。おつかれ」

だから、保健室でぐっすりだったのだろう小野寺が、起き抜け丸出しの顔で相談室に戻ってきたとき、俺の怒りは頂点に達した。

刺す。さう思った。必ず、かの邪知暴虐《じゃちぼうぎゃく》の王を除かねばならぬと決意した。

指にペンダコつくるまで俺たちを苦しめた筆記具であり、いまや凶器でもあるシャーペン片手に俺が立ち上がると、小野寺《おのでら》は缶ジュース二本をこちらに差し出してきた。

「ふぁ?.」

「はい、糖分。普段やってなかったぶん、頭使うの疲れたでしょ。糖分とって、血糖値上げて」

そんな施《ほどこ》しがいるか！　この諸悪の根源め、めちゃくちゃなゴア表現を伴いながらハントしてやる!!

普段の俺ならば、そう強がって見せただろう。だが、この蒸し暑い室内で、三時間休憩なしのスパルタを強いられた俺たちに、その甘ったるそうな冷たいジュースはまさに天からの贈り物。砂漠のオアシス。荒野に咲く一輪の花。他のなににも代えられない、まさしく宝だった。

「お、小野寺ァ……っ。お前ってやつは……っ！　好き……っ！」

「尊《てえ》ぇ。小野寺さんの優しさが尊《てえ》ぇ！　マジ、推せる……っ！」

俺たちは、遮二無二差し出された缶ジュースを受け取ると、ガブガブとそれを飲んだ。

汗だくで勉強していた俺たちの身体《からだ》に、冷たい糖分と水分が染み渡る。

「ありがてぇ……！　ありがてぇ……！」

「おいしすぎゆ……。タピオカ七兆粒ぶんくらいおいしいゆ……」

美味《うま》い、などと簡単な言葉では、その味を言い表すことはできない。百円ちょっとで、どこ

ででも味わえるそのチープな味が、あまりにも美味《うま》かった。

身体《からだ》が、四肢が、内臓が、そしてなにより脳が、歓喜の叫びをあげる。

なにらか違法な薬物由来の多幸感だと言われたら、そのまま信じて自首しかねないほどの美味と、快感。悪魔的な心地よさ。だが、小野寺《おのでら》からの褒美はこれだけでは終わらなかった。

「チョコもコンビニで買ってきておいたから。はい」

「す、スニッカーズだ……！　俺、これめっちゃ好き！　小野寺、好き……っ！」

「尊《てえ》え……！　小野寺さん、あまりにも尊《てえ》え……！」

そうしてひとしきり甘いものを食べ終える頃には、こんな小野寺の勉強方針も悪くないような気がしてきたのである。

完全な放任主義なのかと思えば、問題集には一枚のルーズリーフが挟んであって、現国の問題はどう解くべきか？　問題文からどう解を抽出すべきか？　といったコツのようなものが記されていた。

俺たちはそれを元にひたすら問題を解いたのが、その時間はたしかに己の血となり肉となった、ような気がした。

それらのことを鑑《かんが》みれば、さっきまで小野寺を殺害しようとしていた己がバカらしい。俺はなんて愚かなことをしでかそうとしていたんだ。

獅子は我が子を千尋《せんじん》の谷に突き落とすという。

きっと小野寺は、教え子たる俺たちに対して期待をすればこそ、ああした厳しい指導を施《ほどこ》したのだ。漫画『タッチ』のグラサンのひとだって、冷たいように見えて、結局あの人の指導のもとで達也《たつや》は一皮も二皮も剝《む》けたじゃないか。

信じよう、小野寺を。ついていこう、小野寺に。それが、きっと己を助くこととなろう。

「か、勝ったわ……」

「や、や〜、勝ったね。明人《あきと》クン」

出来の悪い教え子ふたりは、そうして顔を見合わせてひっそりと囁《ささや》きあったのである。

「……んむ〜。なるほど〜。これが洗脳なのであるからして〜」

傍《そば》でそんな様子を見ていた藤崎《ふじさき》は、そんなことを呟《つぶや》いていたけれども。


はてさて、そんな感じで一日を終えて、今日のところはここまで。

いつもだったら深夜アニメを見るために夜更かしするところだが、流石《さすが》に疲れていることだし、早めに寝てしまおう。

そう思って、自室で布団《ふとん》に潜り込んだとき、スマホが鳴った。

ＬＩＮＥにメッセージが一件。目を擦《こす》りながら開けば、そこにはこんな文字が。

小野寺《おのでら》：今日の復習始めるから。いますぐ教科書広げて。問題文送る

「…………………………」

本気か、こいつ？　俺は思った。

結論から言えば、小野寺はどこまでも本気だったのである。

それから、今日の勉強がどれだけ身に付いたかを試されるテストをみっちり受けさせられた。ＬＩＮＥのボイチャを駆使したリモート指導である。無論、そこには仲里《なかさと》も参加させられ、夜遅くまでそれは続いた。

目が覚めると、俺は机で眠っていた。どうやら、途中で寝落ちしてしまったらしい。

顔を上げると、頬《ほお》にくっついたノートがペリッと剝《は》がれる。おかしな姿勢で寝ていたせいで、首にとんでもない違和感がある。身体《からだ》中もバキバキだ。

時刻を見ると、朝五時。もはやほとんど眠れないが、せめてもう少し布団《ふとん》で眠りたい。

電車は諦《あきら》めて自転車で学校まで行くことにすれば、もうちょい眠れるだろう（俺の家からだと電車で学校に通う方が楽だが、ダイヤの都合的に通学時間を短縮できるのはチャリ通のほうなのだ）。

そうして、布団に入りかけるとＬＩＮＥが鳴った。いやな予感がした。パスワードを打ち込んでロック解除、ＬＩＮＥを立ち上げる。すると。

小野寺：起きて。朝は絶好の暗記タイムだから。古文の教科書開いて

「……………………………………………………………………………ぐぅ」

俺は意識を失った。

断言する。二度寝ではない。これから始まるであろう地獄の日々のショッキングさに気絶したのだ。俺はそう信じる。

◇　◇　◇

かくして始まってしまった地獄の日々。

その過酷極まる日々は、俺たちの身体にゆっくりと、しかし着実に変調をもたらしていったらしい。

一日目。

「あれ？　狭山《さやま》くん、なんか心なしか顔色悪いけど……」

「然《しか》り。なにやら酷《ひど》く疲れているようじゃが」

二日目。

「もしかして、寝不足？　あっ、銀ハルなら大量に余ってるけど、いる？」

「凶相……。人の子よ、うぬの貌《かお》からはなにか不吉な予兆が見て取れるぞえ？」

三日目。

「狭山《さやま》くん。もしかしてＯＤとか始めた？　気持ち悪くなるだけだから、市販薬はおすすめしないけど……」

「っ！　さては、たばかったな!?　この瘴気《しょうき》、正に悪鬼の類《たぐ》いのもの！　ええい悪霊退散！」

──以上の証言がいったいなにかと言えば、相田《あいだ》パイセン＆古賀《こが》さんから頂いた、ここ最近の俺の面相に関するご感想である。

つまり、俺はこの三日間で市販薬《ブロン》をＯＤしまくっている妖怪へとケミカルチェンジしてしまった、と客観的事実から類推することができるだろう。

どうしよう、もう社会復帰なんて出来ない。国は俺が最低限の人間的生活を送れるよう、毎月末に眩暈《めまい》がするほどの生活費を支払うべきだが、果たして妖怪変化《へんげ》したこの俺に人権が未《いま》だ保障されているかはわからない。

それほどに、それほどまでに、ここ三日間は俺にとって地獄の日々だったのだ。

そう、小野寺《おのでら》から……いいや、鬼軍曹・小野寺教官からのご指導の栄誉にあずかることのできた、この至福の三日間は──。

『現国なんて一度コツさえ摑《つか》んじゃえばあとは簡単なんだから。練習問題、ひたすら反復ね』

『古文漢文？　気合いでしょ？　反復して』

『日本史と世界史は、一番わかりやすく暗記教科だから。反復』

『英語は基本的に無理だと思って捨てて。今更追いつこうとしても、誇張抜きで何千時間もかかるから。でもまぁ英単語憶《おぼ》えるくらいできるでしょ。反復反復』


放課後、授業が終われば相談室で反復。

家に帰れば、寝るまでの時間、反復反復。

朝起きて、反復反復反復反復。

反復反復反復反復反復反復反復反復反復反復反復反復反復反復反復反復反復反復ひたすら反復……。

そうして、無心で反復を繰り返す俺たちを見て、小野寺はそっと呟《つぶや》くのである。

「脳って、筋肉と違って無限にいじめられるから好き……」

「もうお前病気だよ」

もし遠い将来、仮にこいつがなんらかの指導的立場につくようなことがあれば、日本の教育は終焉《しゅうえん》を迎える。頑張れ文科省。日本の未来は、この国の碩学《せきがく》であられるあなた方にかかっている。頼んだぞ文科省。

かくして、反復の日々は続く。

「んむ～。それでは頑張る二人に三・三・七拍子～～～!! なのであるからして。エールを君へ！　なのであるからして～」

「いや、べらぼうに気が散るな！」

急に応援団服に着替えホイッスルを鳴らし始める藤崎《ふじさき》――ちなみに、この直後「しゅ、しゅまんのであるからして……。部屋の隅っこでじっとしてるのであるからして……」とか言っていじいじ反省してた――とか。

「ねぇ。こんな問題もわかんないってなんなの？　チンパンジーにだって仲里《なかさと》さんより賢い個体、ザラにいると思うんだけど。……って、仲里さんに言って？」

「だぁら、こんな至近距離で伝書鳩飛ばそうとすんなや自分で言えや。……あ、いや言うな！　直接は言うな！　確実にギスる！」

未《いま》だ、仲里との距離感を掴《つか》みかねてる小野寺《おのでら》とか。

「狭山《さやま》君、大丈夫？　寝てる？　人間を食べたくなったりしてない？」

「ホラーなのじゃ。妖気、パねぇのじゃ」

変調しゆく俺たちの顔色をひたすら不気味がる相田《あいだ》パイセン&古賀《こが》さんとか。

そんな諸々《もろもろ》ありつつ、一週間が経《た》った。

社畜精神あふるる日本人だもの。週末にだって休みはない。小野寺からはたっぷりと頂いた宿題の山を切り崩す作業に明け暮れた。

勿論《もちろん》、サボろうと思ったさ。勉強中、何度Ｔｗｉｔｔｅｒを開いてプリコネのエチエチ絵にいいね！　したかわからんさ。だが、そうしてサボろうとする度《たび》に。

ちゃんとやってる？

小野寺からの進捗《しんちょく》伺いのＬＩＮＥ通知がスマホ画面上部に現れるのである。

やってます

ん

じゃあいま解いてる問題、送って

ノート直撮りね

サボれんよ。こんな確認のＬＩＮＥが一時間毎に届くんだもの。そりゃサボれんわ。

ついには、小野寺からのＬＩＮＥが来るのさえ怖くなって、スマホを手に取るのも嫌になった。

斯《か》くして週明け。

変調していたのは、俺たちの顔色だけじゃなかったらしい。それが判明したのは、月曜最初のコマである英語の小テスト中のこと。

以下の英単語を日本語に、日本語を英単語に訳しなさい

問① 追加

答：addition

「……ん？」
ペンを片手に回答欄に答えを記す。

あれ、と思った。なんだか、普通に答えがわかる。綴《つづ》りも間違っているとは思われない。その後の問題十問分、ずっとそんな感じ。暗記科目につきものの、あのなんとか記憶を掘り起こす作業もまるでない。ただ、ふっと正解を覚えてるので、記す。なんの手応えもない。ただただ、すでに知っていることを紙に書き写すだけの作業。
ひどく不気味な思いがした。が、一方で、こうも思う。そういえばまだ勉強についていけて

いた小学生時代、テストがうまくいってるときの感覚はこんなもんだったっけ、なんて――。

「わかる。わかりみが深い。明人《あきと》クン、さすがにわかり手すぎる」

なんて、放課後の相談室で俺にそう言ったのは仲里《なかさと》だ。

互いに『十点』と記された英語の小テストを見せ合いながら、俺たちはうんうんと頷《うなず》いた。

「なんか、嬉しいは嬉しいけど、なんか手応えがないんだよな。暖簾《のれん》に腕押し感っつーか、糠に釘《くぎ》っつかーか……」

「ね～。ほ～んそれ。小テストで満点とかウチ史上でいうとウン年ぶりなのに、なんか、別に……。みたいな。え、なんこれ。もっとフツーに喜べると思ったんですけど」

満点なんて、これまでの人生でいくつとったことがあろうだろうか、なんてその小テストを見やりつつ俺たち言う。

「や、嬉しくないワケじゃないすけどね」

「うん、嬉しくないワケじゃ～ないよね」

ただこう、なんだろう。なんなんでしょうね、この感じ。

手応えがなかった、という率直な心情とはまったく別のところで、なんだか素直に喜んじゃいけないような気がするというか。

これじゃまるで、マジで上手《うま》くいっちゃうみたいな――そこまで考えたところで、本日もかったるそうなツラして横で佇《たたず》んでいた小野寺《おのでら》が言った。

「あれだけ英単語の暗記にだけ集中してたら満点くらい取れるでしょ。ていうか、逆に英語は単語覚える以外なにもしてないんだから、それくらい取ってもらわないと困るんだけど。本番のテストで言ったら、単語問題なんて配点二十もないんだし……って、仲里《なかさと》さんに言って？」

自分で言えや。とは思うものの、そんな小野寺《おのでら》の嫌みな釘《くぎ》刺しが、かえってありがたかったりもするのである。

思うに、この複雑怪奇な心理を無粋《ぶすい》ながら説明するとすれば、『男に騙《だま》され続けてきた女性は簡単に男を信用しない理論』とでも言おうか。

いや、ほら俺と仲里といえば、お勉強において負け続けてきたという共通点がございますからね。ちょっと小テストでいい点とったからってそう簡単に成果が出てきたなんて、信じられないといいますか。

自分の人生にあまり見慣れぬ好事が起こったとき、人はそれを素直には受け取れないものですよね、といいますか。なんか、『そんな上手《うま》くいかんだろ』って疑ってかかってしまうといいますか。

とにかく、そんなバツの悪さめいた感情に。

「……や、でも嬉しくないワケでもないすけどね」

「……うん、でも嬉しくないワケじゃ～ないよね」

結局、ビミョーな顔で頷《うなず》きあう、俺と仲里だったわけである。

かくして、反復の日々は続く。

授業が終われば放課後、反復反復反復反復。

「どもども〜。狭山《さやま》君たち、やってる〜？　今日は講習ないから先輩が勉強教えに来たよ〜」

「おおおお、相田《あいだ》パイセン、タイミング神かよ！　ちょ、ここの漢文の文法教えて！」

「おけおけおっけ〜」

なんて、たまに発生するレアキャラ的に登場する相田パイセンにわかんないところを教えてもらったりだとか。

「んむ。ではは改めてはじめましてなのじゃ。妾こそ、齢《よわい》八百を超える大妖怪にしてV界に颯爽《さっそう》登場する予定の大型Ｖｔｕｂｅｒ・古守《こもり》たまもなのじゃ！」

「ぴゃ!?　え、ちょモデルきゃわわわ！　なんこれ!?　明人《あきと》クン、なんこの子！　チャンネル登録者数30万人超えのオーラやばばばば!!」

「可愛《かわい》い女子好きがV方面にまで及んでるの怖ぇわ。ってか、コレ中身めちゃくちゃ男っすからね。バ美肉っすからね……」

前回は中途半端に終わってしまった古賀《こが》さんと仲里の顔合わせをなんとか済ませて、たまに勉強教えてもらったりだとか。

「ふーん。世界史は結構暗記出来てるみたい。チンパンから原始人くらいにまでは進化したかも。……って、仲里《なかさと》さんに言って？」

「あのさ？　それはもう普通に褒《ほ》めればよくない？　それはもう余分な辛口スパイスをひとつまみしてしまったお前が悪くない？」

なんて、相も変わらぬ距離感の小野寺《おのでら》と仲里に挟まれて気まずく勉強したりだとか。

そんな感じで、日々は過ぎゆく。

成果、といっていいのかはわからんが、その効果は少しずつ出てきたようで。

「や〜べ、古文の小テスト、ウチわりとよかった。ウケる」

とか。

「世界史の授業で当てられて、フツーに答えられたんだけどさ。そんときの教室の空気よ。『は？　狭山《さやま》、急にどしたんこいつ？』みたいな。エグいわ。俺の教室での立ち位置、泣きたいわ」

とか。

「英単語、試験範囲はほぼほぼ完璧《かんぺき》かもなぁ。　ちょ、小野寺、一問一答クイズしてくんね？」

「現代文、ウチちょっとだけ慣れてきたかも。作文系はキツそうだけど、それ以外なら」

無論、そんな風に調子に乗る度《たび》に小野寺は釘《くぎ》を刺すように言う。

「成果出てるように見えるかもしれないけど、別にこれ本当に付け焼き刃だから。ていうか、最初のうちはなんだってそこそこ成果出るものでしょ。ここから上は絶対にテストまでの期間じゃ仕上がらないから」

まぁ、そんなもんだ。

なんだって最初は効果があるように見える。ある一定のラインから、その効果は見えづらくなって、モチベーションを維持するのも難しくなる。ダイエットとかにありがちな話。

だから、あんまり喜ぶなよ、と小野寺は言いたいらしい。伸び悩びはじめたとき、俺たちががっかりしないように、的なあいつなりの親心かもしれない。いや、単純に調子に乗る俺たちが目障《めざわ》りなだけかもしれないけど。

なんにせよ、ここ最近の好調をまったく喜ばずにいる、っていうのも難しい話かもしれない。

少なくとも、仲里にとってはそうらしい。

「いや〜〜〜〜、小野寺さんハンパねぇ。ガチ推せる。てかもう初めて見たときから一生推してるけど。小野寺さんしか勝たん」

「ヨイショがわざとらしすぎでは？　最近、ちょっと調子がいいからって……」

なんて放課後の相談室にて、古文の文法問題など解きつつ、仲里はそう言ったのである。

今日は、小野寺も俺らをほったらかして保健室で寝てるし、藤崎《ふじさき》も「今日は少し桃子《ももこ》ちゃん(例のご近所に出没してる不審者)に会ってくるのであるからして。スクーターに乗せてもらうのであるからして」などと不穏《ふおん》なことを言って出て行った。

よって、落ちこぼれ二人きりでのお勉強。

「や〜待った待った。別にヨイショしてるわけじゃないから。あ、いやしてるけど、ウチが小野寺《おのでら》さん推しなのはガチだから」

「はぁ」

その、めちゃくちゃ身近な人間に対して『推し』って表現すんの、やめてもらっていいすかね。なんか、言い知れぬぞわぞわ感が背中に走るので。

「って、わりになんか君ら、別に仲良くはなくない？」

あと藤崎《ふじさき》相手にしてるときみたく、瞳をハートにして「2S《ツーショ》しよ！」みたいなこともしなくない？　推してるっていうわりに。

「あーねー。それねー」

普段、あまりに触れぬようにしているが今日は小野寺もいないし、ってことでちょっと思いきったところに踏み込んでみれば、大いにそこは自覚しているらしい。仲里《なかさと》は眉尻《まゆじり》を下げた。

「いや、小野寺さんにそんなんできんじゃん、フツーに……」

「……なんで？」

尋ねれば、仲里はなんかもじもじしつつこう答えていた。

「だ、だって、小野寺さんってレベチで可愛《かわい》いし、すげ緊張するってーか……。ウチみたいのが気軽に絡《から》んでいいのか、未《いま》だにちょっと距離感わかんないってーか……」

「なに、その童貞みたいな理由……？」

俺、こんなしょうもない理由で微妙な距離感な二人の板挟みになってたの？　ここまでの数週間、ずっと。

「や、だって小野寺さんはガチじゃん！　アレは本物じゃん！　マジもんの可愛い子なんだよ、アレは！」

「いや、それは別に仲里も同じようなもんじゃん……」

同じような顔面貴族、という意味で。

「ぴゃ!?」

そんな俺の発言に、なぜか仲里は耳まで赤くしてビビり散らしていたけれど。

「えっ、あ、そお？　明人《あきと》クン的にはそう見えてるん……？」

「はぁ。そっすね。俺からしたらそう見えますね」

「ふ――――――――――――ん……？」

なに、そのリアクション。その、『こいつ全然わかってねぇな』みたいなニュアンスと、『でも悪い気はしない』みたいな感情が複雑に絡み合った、その感じ。

なんか、女子って顔を褒《ほ》められると露骨に喜びますね、みたいな。

「まぁ、んふ。ウチとお姉の見分けもつかん明人クンに言われてもビミョいいけどね。んふ」

「あの〜、キモい笑い零《こぼ》すのやめてもらえます？」

別に褒めたつもりもないんだわ。顔を褒めるなんて俺みたいなキワモノフェイスからしたらやっかみの一表現に過ぎないんだわ。『顔（は）いい（けど、人格やその他諸々《もろもろ》はアレなので結局顔だけですね）』くらいのニュアンスなんだわ。喜ぶな。読み取れ。傍線部にに込められた登場人物の心情を。

というか流石《さすが》にお前ら姉妹の見分けくらいつくわ。そこまで似てねぇだろ君ら。

「まぁでも、そういや小野寺《おのでら》って、中学の頃から女子人気すごかった気すんな……」

「だ～～～～しょ～～～～～～～～～～～～っ！？！？！！？！？」

「うるっさ。急に声でっか」

唐突なクソデカボイスにイラッとして抗議するも、そんなのお構いなしで仲里《なかさと》は続ける。

「小野寺さんはね～、女子の理想がほっとんど詰まってンだよね～」

「はー、アレが？　どのへんが？」

「全部っ！！！！！！！！！！！！」

「答えになってねぇ……」

そしてやっぱり声でっか。なんなの、なんか可愛《かわい》い女子好き志向は存じあげてたけど、小野寺の話になった途端にいままでとは違う特殊なスイッチ入っちゃったみたいな、これはなんなの？　すげぇシンプルに怖いんですけど。

「いやも～さ～～、小野寺さんはさ～～、顔もメイクもつよつよでしんどいしさ～～」

不気味がる俺に、しかして仲里は尚もそう強弁するのである。

「てかもう、小野寺さんは見ればー発でわかんじゃん？」

「なにが？」

「なんだろ。わからんけど。でもなんか、ホンモノっていうか。ウチとは全然違うトコで生きてる人だよな〜、みたいな？」

「ふーん……」

ホンモノ、ねぇ。その認識はどこかで聞いた覚えがあるような気もしないじゃないが。

ま、たしかに小野寺を見てそう思う気持ちも悔しいがわかる。

で、そういうやつを見て、どこかの誰かさんがルサンチマン丸出しで気に入らねぇと嘯《うそぶ》けば、その反対側にいる誰かさんはこうして憧《あこが》れたりもするわけだ。

ふと、なんの脈絡もなく脳裏に蘇《よみがえ》る昔の記憶。

中学時代に交わした、小野寺との数少ない交流風景。

ガヤガヤと同級生たちの行き交う昼休みの廊下――。

目の前から颯爽《さっそう》と早歩きしてくるあいつと、ボーッと歩いてた俺――。

ぶつかる肩、尻餅《しりもち》つく俺、それを見下ろす小野寺はあの頃、ショートカットの髪で――。

そして――

『あ、ごめん小五くん。ちっちゃすぎて見えなかった』

「あばばばばばば～～～～ッッッ！！！！」

「おおう、明人《あきと》クンどしたどした⁉」

「す、すげぇトラウマが再生されたわ……。いま！　まさに！」

そうだわ、そうでした。

あまりにも忌々《いまいま》しい記憶のため封印していたけれども、中学時代、成長期を迎える前の低身長《ちんちくりん》だった俺と、あの頃にはすでに165センチオーバーだったデカ女の小野寺《おのでら》。

150ギリあるかないかだった当時の俺は、小野寺に『小五くん』という人権蹂躙《じゅうりん》も甚《はなは》だしいあだ名（だいたい小五くらいの身長のドチビ、の意です）で呼ばれ、さんざいじめられたのだ。中三で急成長を迎え、身長を追い越したあの日まで……。

「ありがとう、成長期……。ありがとう、カルシウム……。ホント、マジでそこそこ身長《タッパ》伸びてよかった……」

「はー、よくわからんけど。てか、そーえば明人クンと小野寺さんって結局付き合ってんの？」

「めっっっちゃくちゃ話飛んだな、いま……」

俺の感涙成長物語の話はスルーっすか、ってのは置いといて、そういやそんな話もありましたね。話す機会なかったからちゃんとその誤解も解けてなかったけど。ホント、寒すぎて心が病みそうな勘違いである。

「なんかウチ的にはさ〜、小野寺さんのかれぴは完璧《かんぺき》イケメン超人であって欲しみ〜、みたいな謎《なぞ》のファン心理的なんもなくないんだけど、まぁでも明人クンなら逆にありじゃね？　的な気持ちもなくなくないんだよね〜」

わからんわからん。どういう手順を踏んだらそういう気持ちになるのかわからんわからん。

現代国語が難解過ぎるだろそれは。

「あの〜、複雑極まるお気持ち表明はありがたいんすけど、残念ながらマジで僕ら付き合ってないんで」

「ほーん。じゃあその手前ってカンジだ？」

「そっすね、その五京歩手前くらいっすかね」

「ごけーほ？」

「……全然付き合ってないし、その手前でもなんでもないっすね、って意味」

「えーそうなん？　でもこの前さ――」

以下、仲里《なかさと》言うところの『この前』にあたる数日前に交わした、俺と小野寺の会話。

『ねえ、狭山《さやま》』

『……なに』

『ペイペイってわかる？』

『は？　今更？　いやキャッシュレス決済のやつだろ』

『うん』

『………』

『わたしも入れたいんだけど』

『ふうん』

『レジで小銭出すのめんどくさいから』

『またお前くさい理由で……。じゃあ入れろよ』

『入れ方わかんない』

『わかんないわけねぇべ。どんだけスマホオンチだよ。つか、この前教えたろ。アップルストアから……』

『わかんないからやって』

『いや、俺いま英単語覚えてっから。あとでな』

『いまやって』

『あとで』

『やって』

『……やるよ』

「ほら、ね？」

「なにが、ね？、なのかがわからない……」

小野寺《おのでら》が令和を生きる若者としては驚異のスマホオンチさんであることが発覚したのが、つい先月のこと。

『Ｓａｆａｒｉ重いんだけど』と半ギレで言われて見てみれば膨大《ぼうだい》な量のタブが開きっぱなしで放置されてたりだとか、なんらかアプリを入れるときは『これ、入れても危なくないやつ？』といちいち聞いてきたりだとか、とかく携帯ショップでたまに見かけるおばあちゃんみたいなことをよく言う。

どうも一回なんかの手違いで一万円もアップルストアに突っ込んでしまったらしく、そこから微妙にアプリ恐怖症っぽい。で、度々《たびたび》、『入れ方わかんない』とかワケわからん言い訳とともにアプリ導入を命令されているのだ、ここ最近。

こんなクソめんどいだけのやりとりのなにが、『ね？』なのかマジでわからない。

「いやいやいやいやいや」

だっていうのに、仲里《なかさと》はいやいやいや右手を顔の前で振って否定のニュアンスだったけども。

「カレカノじゃん!!　なんか!!　会話が!!」

「はー、んーな会話でカレカノならエディオンのスマホ売り場とかカップルだらけじゃないっすかねー」

「いや、違くて違くて、会話の内容どーでもよくて！　なんか、こう！　なんか、カレカノじゃね!?　会話が!!」

「はぁ？」

「てか、なんか空気感!?　なんか、こう、なんか、カレカノじゃね!?」

「あの〜、結局なにが言いたいのか全然わからんですよ？」

「いや、だ〜から、さ〜〜〜〜！！！」

この後、延々わけのわからん話をされて一向に勉強が進まず、小野寺《おのでら》から大目玉を食らったのは内緒です。

◇　◇　◇

と、まぁそんな感じのことを、仲里《なかさと》とはべしゃくっていたわけだけれども。

仲里に言わせりゃ、

『小野寺さん、完璧《かんぺき》じゃん？　てか最強じゃん？　そりゃ推せるじゃん、しんどいじゃん？』

ってことらしいけれども。

残念ながらそれは儚《はかな》い幻想だ。

少なくとも、俺に言わせればそうだ。

強いやつはいても、無限に強くあれるやつなんていないるわけない。

誰だって、どんなやつだって、泣いて過ごす夜くらいあるはずなのだ。

だって、そうじゃなきゃ悲しいじゃないか。

きっと、人知れず泣いてしまう夜もある俺たちが、あまりにも哀れじゃないか。

小野寺だって、そんな夜を幾度も越えてきたに違いないのだと、誰あろうこの俺は知っているはずじゃないか――。

◇　◇　◇

朝だった。

揺れる電車。働く老若男女で押し合いへし合いする車内。電車の走行音。走行音。誰かのイヤホンから漏れる微《かす》かな音楽。すぐそこから顔にかかる中年の煙草《たばこ》臭《くさ》い吐息。グイグイと腰に押し当てられる鞄《かばん》の角。走行音。走行音。

そのなにもかもに無関心なフリで、吊り革片手にスマホをいじる俺。TwitterのTL。芸能人の自殺を告げる芸能ニュース、ネタツイ、アニメ感想、ソシャゲと漫画の広告。

ウザくなってスリープボタンを押す。そうして――。

サラリーマンっぽい誰か、大学生っぽい誰か、主婦、キャリアウーマン、音大生らしき女性、スマホで漫画を読む誰か、イヤホンで音楽を聴く誰か、誰か、誰か、誰か。

そんな誰かだらけのなかから、俺はそいつをふっと見つめた。

車内の一角、椅子《いす》に身をもたせ、顔を伏せたまま微動だにしない小野寺《おのでら》を、そっと。

減速し始める車内。制動にあわせて傾く人垣。吊り革をぎゅっと握る。

電車が止まる。アナウンスが流れる。


——名古屋、名古屋です。新幹線にお乗りの方はここで降りられるのです。


「…………」

ため息ともつかぬ息を吐く。

名古屋。そう、名古屋です。岐阜は名古屋の植民地、でお馴染《なじ》み名古屋ですよ。岐阜県を実効支配し、迫害を続ける主国にして敵国。

名古屋。平日の、朝。通学途中のはずなのに。本来降りるべき駅を通り過ぎ、どころか県境さえも超えて、尾張一宮《おわりいちのみや》も稲沢《いなざわ》も超えて、名古屋。なぜ？　なんで？　知らねぇよ。

けれど、こんなところにまで電車がやって来ても、小野寺は立ち上がる気配がない。

電車を降りようとする素振りも、電車が目的の駅を通り過ぎたことを気にしている風でもない。

『お前、降りねぇの？』

もちろん、そう声は掛けた。たまたま車内でニアミスした小野寺が、学校の最寄り駅で停車したというのに、一切降りようとしないのに見かねて。

寝ているのかとも思った。が、そうではなかった。だというのに、小野寺からの反応はなかった。

ただ、黙って微動だにしない。

そうして電車が駅を出て行こうとして、俺だって降りればよかった。でも、そうしなかった。で、いまもこうして、遠くの席から小野寺を見ている。

理由は知らない。タイミングを逃しただけとも言えるし、小野寺の尋常ならざる様子が気になったからとも言える。

人間の行動の動機なんて曖昧《あいまい》なものだ。どれだけそれっぽいものを拵《こしら》えたつもりでも、どこかが、なんだかウソ臭《くさ》くって白々しい。

だから、理由なんてないし、知らない。必要だとも思われない。

斯《か》くして、電車はごそっと乗客を降ろして名古屋を出て行く。ここから先の町々を、俺はよく知らない。知らない町へと、俺たちは運ばれていく。

理由は、やっぱりわからない。だから――。

「…………」

眠っているようにしか見えない小野寺《おのでら》。その隣席に、他に座る場所など余りまくってるというのにわざわざ腰を下ろした中年の男を見た瞬間、俺が異常なイラつきを感じた理由もまったくもって不明だった。

無言で小野寺の席に近づく。革靴の踵《かかと》で、わざとらしく床を蹴《け》って足音を立てる。

正面から男を見た。髭《ひげ》ひとつない小綺麗な顔と整った髪、小柄な身体《からだ》を包む品のあるスーツ。細い手首に似合わないゴツい腕時計。手に持った高級そうな鞄《かばん》が小野寺のスカートに触れていた。

男と目があう。人懐っこそうな、丸いくりくりとした瞳。咄嗟《とっさ》に目を逸《そ》らしそうになるのを必死に堪《こら》えて、俺はポケットからスマホを取り出した。

目をあわせたまま、レンズだけ男に向ける。カメラなんて起動してはいないけれど、きっとそんなことするまでもない。

男が立ち上がった。すみません、といって俺の横を早足に通り過ぎた。そのまま、隣の車両へと消えて行く。その背中が、小刻みに震えいてるのが見えた。

ふと、視線をやると、小野寺が俺を見ていた。

どうしてだか、いまなにか声を掛けられてしまったら、走ってここから逃げ出さなければならない気がした。

小野寺はなにも言わず、そのままふっと視線を落とした。

そのことにほっとして、けれど席には戻らずに、小野寺に背を向けてその場に立ったままでいることにした。傍《はた》から見れば、それは小野寺の隣席へは誰にも座らせまいと、通せんぼしているように見えるかも知れない。

そうして、一つ目の町を通り過ぎて、二つ目の町も通り過ぎた。

「ねぇ」

背後から、そんな小さな声が掛かったのはそのときだ。

振り返って、小野寺を見る。いつもの気怠《けだる》げな表情の小野寺が静かに言った。

「座って？」

隣の席をポンと叩《たた》く。

いいの？　と、咄嗟に聞きかけて、まさかそれを察されたわけでもなかろうが、

「いいから」

言われて、俺は「おう」とも「うん」とも言わず、席に座った。

小野寺と肩が触れる。出来るだけ間を開けようと、身体を反対側に寄せて肩を縮めて、そうしてまた電車は走り出す。

小野寺は、なにも言わなかった。ただ黙ったたまま、なにも見てないみたいな瞳で、前を向いている。

その横顔越しに、俺は過ぎゆく風景を車窓から見た。

住宅街が、徐々に田舎《いなか》らしい田園風景へ。時折、汚い工場が突然、風景に紛れ込んで、川を越えて、橋を渡って、また田んぼ。

時折、人が歩いているのが見えて、誰かもわからぬその人はどこかもわからぬその町で、どんなものとも知れぬ生活を送っているという事実に、なにか妙な気持ちになったりして。

ふと、小野寺《おのでら》が言った。

「朝、目が覚めるとき——」

「へ？」

「朝、目が覚めるときが、一番しんどくて」

そう言う小野寺は、俺を見てはいなかった。

片肘《ひじ》を突いて、なんでもないことを話すみたいに車窓に目をやったまま。

だから、俺もずっち向こうにある風景に視線を投じて——。

「目が覚めるとき、意識、ボーッとしてて。なにもかも曖昧《あいまい》っていうか。だから、嫌なこととか、どうしようもないこととか、そういうの忘れられるんだけど」

田んぼ、人、田んぼ、田んぼ。

「でも、どんどん目が覚めてきて、うすらぼんやりしてたものも、はっきり見えてくるようになって」

田んぼ、田んぼ、家、家、田んぼ。

「それで、私、ちょっとずつ思い出すの。もう、走れないってこと、ちょっとずつ」

人、駅、人、人、人。

「それは、どんどん息が苦しくなってくる感じにほんの少し似てて。……夢のなかの私はまだ走ってた気がするのに。でもちょっとずつ、思い出す。私はもう、ダメになったんだって。

そんなのわかりきってたはずなのに、やっぱり、いちいちそれにがっかりもして」

田んぼ田んぼ田んぼ――そんな風景を見せる車窓にうっすら映った、小野寺の顔。

「それが、私の朝」

小野寺の肌、小野寺の髪、小野寺の口、小野寺の瞳。

「だから、時々、どうしても立ち上がれない日があって。今日は、なんか、そういう朝だった
……んだと、思う」

それが理由だった。

俺たちが、いまも見知らぬ町から、見知らぬ町へと運ばれている、たったひとつの。

「そっか」

毎日毎日、来る日も来る日も。

なにかを失ったことを忘れて、失ったことを思い出して、だからもう一度、なにかを失って。

毎日毎日、来る日も来る日も。

悲しくて、身体《からだ》がすくんで、動けなくなって。

来る日も来る日も。来る日も来る日も。

「そうか……」

ふと、当たり前のことを思い出す。

俺は弱いから、傲慢《ごうまん》にもほんの少しだけ、そんな小野寺《おのでら》の弱さを知っているような気がする。

だって、その弱さをきっと俺も持っているはずから。

でも、俺は強者ではないから。誰かを救ってあげられる強者にはどうしたってなれないから。

だから、そんな小野寺にかけるべき言葉を、俺は知らなかった。

助けてやることも出来なかった。

誰にも、きっと小野寺自身でさえも、小野寺を救うことなんて出来なかった。

それが、いまだった。

その悲しみが、これだった。

これが、小野寺薫《かおる》の朝だった。

◇　◇　◇

乗り越し分の運賃を支払って、来た道を戻るように反対側の電車に揺られる。

今頃、学校では二限目の授業が始まっている頃合いだろう。

ここから学校に向かったとして、職員室で小言をもらって、それが終わる頃には三限も始まり、気まずく授業中の教室に入っていく……という自分を想像して、げっそりした。

そうしている間にも小野寺はなにも言わない。

もはや、俺ら以外にほとんど乗客のいない車内。隣の席に座る小野寺は、ひたすらスマホでYouTubeなど見ていた。

なにか話しかけようとして、けど別に話すこともなくてやめる。

そんなことを繰り返しているうちに、電車は駅から駅へと走りゆく。

名古屋駅に到着して、扉が開く。乗客がまばらに乗り込んでくる。

もし、このまま学校に着いたら――。そんなことを、俺はふと想像した。

学校じゃ保健室で寝てばかりいるという小野寺。

ベッドで寝転び、けれど少しも眠れずに、さっきみたいな顔をしている小野寺。

そうして、ずっと身動きもとれずに過ごしている小野寺。

「あ――」

そんな声がなぜだか口から漏れていた瞬間には、もう俺は立ち上がっていた。

立ち上がった俺を小野寺が見上げる。

「……狭山《さやま》？」

どうしたの？　と言わんばかりの瞳が俺に注がれる。

「あのさ……」

俺が小野寺《おのでら》になにもしてやれないことはわかってる。小野寺に、かけるべき言葉を持たないことだってわかってる。

俺は悲しい誰かを見ても、それでも手を差し伸べることさえできない弱い人間だってことも、嫌って言うほどわかってる。

いいや、そもそもそんなことを考えることさえおこがましい。

いま一度、俺は俺自身を戒める。

そもそも仲里《なかさと》の邪推は残念ながら的外れで、俺たちは別に深い仲でもなんでもない。たまたま藤崎《ふじさき》という傍迷惑《はためいわく》な怪人に巻き込まれて、たまたま小野寺の選択を俺は目撃した。

それは、小野寺にとっては大きな意味を持つ分岐路だったかもしれない。

でも、それだけ。ただ、それだけの他人だ、俺は。

中学の頃、こいつに嫉妬《しっと》していたあの頃も、こうして同じ電車で揺られているいまも。

他人だ。ずっと他人だ。俺の人生が始まってから終わるまで、こいつは他人だ。こいつにとっての俺は他人だ。

それを悲しいとは思わない。そこから踏み込もうとも、俺は思わない。

だけど――気づけば俺はこんなことを言っていたのだった。

「なぁ、小野寺。学校、サボっちまおうぜ」

◇　◇　◇

「──もしもし、お世話になっております。二年E組の狭山明人《さやまあきと》の母ですが、はい。はい。ええ、今朝から体調が優れないようで、熱もちょっと出てきてまして。ひとまず今日は大事をとって、はい、欠席ということで。よろしくお願いいたします。はい、失礼します」

それだけ言って電話を切って、ふう、一息吐く小野寺に。

「お〜〜〜〜」

パチパチパチ、と思わず心からの拍手を送ってしまった。

そこは、名古屋駅構内にある、昔ながらの喫茶店。

モーニングでパンケーキとコーヒーとフルーツがついて、540円という名古屋一帯を探せば他に三百軒くらいはありそうな価格設定がウリのよくある店だった。

「や〜、名演技でしたねマジで」

「……そっちは大根過ぎて見てられなかったけど」

学校をサボるにしたって、無断欠席はマズい。なんて意外にも常識的なことを言い出した小野寺に従って、互いの親になりすまし──小野寺のほうの欠席連絡は俺が父親のフリをした──学校に電話、欠席の旨を伝えるという実にめんどくさい作業をこなして、現在。

「で、どうするの？」

太るからコーヒーだけで、などと名古屋名物・モーニングの概念を一蹴《いっしゅう》した美濃《みの》武将こと小野寺《おのでら》は、その割りに俺のセットについてきたマンゴーを見るや「狭山《さやま》、それ食べないの？」「あ？　いや、微妙。あんまマンゴー好きじゃないし残すかも」「じゃあ頂戴《ちょうだい》」言ってパクつき始め、もりもり果糖を摂取しながら、そんなことを問うてきた。

「どうするって？」

「いや、だから。これから。これから……」

「これから？　や、特に予定はねぇけど」

「…………」

なんでしょう、小野寺さんの表情が急に曇り始めましたけども。もしかして催《もよお》しちゃったのかな、便意。

「おー、トイレならさっきそこで見たぞ。ほれ、入り口の奥の……」

「トイレどうでもいい」

「お、おう」

「で、どうするの？　これから」

「はぁ。だァら、知らねぇって。あ、つかマジでトイレならいま空いたくせぇから急いで、」

「トイレどうでもいい」

はぁぁ〜……、とこれ見よがしなため息一発。

小野寺はマンゴーの最後の一粒をフォークで一刺し二刺し、変にいじくりまわして口にはむっと放《ほう》り込むと、

「ついてくるんじゃなかった……」

ひとこと、暗い声で呟《つぶや》いてらっしゃった。

どうも、先程言うだけ言って電車を降りてしまった俺に無言でついてきたことに、今更後悔してるみたい。

「まぁぁまぁぁまぁ」

俺はパンケーキについてきたホイップをスプーンで持ち上げ、そのまま口に入れようとしてものの見事に膝に落っことす、というアホみたいな失態を演じつつ言った。

「や〜、任せろよ。実は名古屋で行ってみたいメシ屋とかすげぇあんだけど、俺、すぐ迷子になるしさ〜。一人でここらへん歩き回るの怖くて行けてなかったんだよ。お前いたらめちゃくちゃ心強いし、とりまどっか食い行きてぇよ俺」

「……ねぇ。もしかして、私いますごい体《てい》よく引っ張りだされてる？」

「いやいや、まさかまさか、そんなことあるわきゃないじゃないっすかァ〜。……つか、このホイップ食っちゃまずいかな？　床に落ちてないからセーフくね？」

「汚いからダメ」

「はい」

そんなわけで、名古屋メシである。

と言っても岐阜県民的に語るならば、名古屋は敵国。岐阜を己が下僕と目し、ひたすらに迫害を搾取《さくしゅ》を繰り返してきたという歴史がある。

名古屋巻きの発祥は実は名古屋ではなく岐阜の柳津《やないづ》にある美容院が元ネタだし、この喫茶店における『モーニング』も岐阜が発祥であるという説も根強い。

岐阜は名古屋の植民地、という言葉さえ冗談交じりに流布される、憎き相手……にもかかわらず、岐阜県民にはあくまで名古屋におもねり続けるという歪《ゆが》んだ奴隷思想が蔓延《はびこ》っている。

現に、岐阜駅前に燦然《さんぜん》と輝く金ぴか織田信長《おだのぶなが》像は、どうにかして名古屋の尻馬に乗って上手《うま》いことやれないもんか？　という、腰巾着的アティチュードが見え隠れしてはいないだろうか？

戦国の世、戦場になることの多かった岐阜は時の権力者たる大名がひっきりなしに入れ代わり、その大名の誰もに従僕になって生活してきた。その歴史的背景が、この岐阜県民の弱腰を植え付けた、と指摘する歴史家もいる。

が、俺は美濃《みの》の毒蝮《どくまむし》・斎藤道三《さいとうどうさん》に誓って、このような一方的搾取を見過ごすわけにはいかない。

第三の都市、などと自らを誇りながらも福岡市民に見下されている名古屋市民に、媚《こ》びへつらってなどやらないのだ。

あと織田信長が傾奇者《かぶきもの》として才覚を発揮した、という幻想を追っているのかなんなのか、『なんか変だけど誰もやってないしこれ新しいよね⁉』という押し付けが鬱陶《うっとう》しい名古屋の風土、その最たる例である名古屋メシも好きじゃない。浅い、とさえ思う。

あんかけパスタだ、台湾ラーメンだ、そんなわけのわからんもんに尻尾《しっぽ》を振っていれば、岐阜はいつまでも負け犬のままだ。てか元祖名古屋・台湾ラーメンってなに？　もう語義矛盾《むじゅん》だよそれは。美味《うま》いけど、矛盾だよ。

「ってわけで名古屋メシなんぞ俺は食わねぇ。名古屋県民は味噌《みそ》だけ舐《な》めてろ」

「名古屋県民ね……。で、じゃあどこ行くの？」

「いや〜、よくぞ聞いてくれた。実はすげぇ気になってる店あってさ……」

グーグルを立ち上げて、かねてより憶《おぼ》えていた店名を検索する。

その店で出される食事の画像を見せると、「え？　なにこれ？」意外に小野寺《おのでら》の食いつきもよくて――。

――で、一時間後。

目当ての店から戻って、さっきとまったく同じ店、まったく同じ席にて。

「動けんて……。死ぬて……」

「絶対太った……。絶対太った……。最悪最悪最悪……」

ものの見事に轟沈《ごうちん》を果たした俺たちは、後悔の渦の真ん中にいた。

なぜか？　チャレンジした店がマズかったからか？　いいや、違う。

だが、俺たちは舐《な》めていた。甘く見ていたのである。

『うどん　いちすけ』と言えば、一部ラーメン好き界隈《かいわい》からはアツい視線を注がれている、名古屋市内のうどん屋である。

うどん屋なのに、なぜラーメン好きから？　その問いの答えは簡単。店主が元二郎店主だから。

そして、いちすけのうどんは二郎系ラーメンとうどんのハイブリッドとも呼ぶべき、まったく新しいうどんだから。

二郎系に興味はあるけど、岐阜にはほとんど店がないし、そもそも食細いから食べ切る自信もないし、なんかコールだなんだって特殊なルールありそうだから怖いし……と、敬遠していた俺が、いちすけを知ったときの汲めど尽きせぬ興味を言葉で表すことはできない。

うどんならラーメンよかヘルシーそうだし、いけそうじゃん。シンプルにそう思った。

ってわけで、店に向かった。

早く来たおかげか、意外に早く入れた店内で出された『うどん』は、期待通りの見た目。

黄金色のつゆに浮かぶ、白色が眩《まぶ》しいツヤのある麵。その上に躍る野菜。そして、光る肉汁が宝石めくどデカチャーシュー。

ゴクリ。生唾《なまつば》を飲んで手を合わせて箸を持つ。

『は？　マジ？　バカうめぇ』

『ホント。美味しいかも……』

一口目を食ってみたならば、その美味《うま》さたるや筆舌に尽くしがたい。

コシのあるうどん、そこに絡《から》むつゆは意外な繊細《せんさい》でもって俺たちの舌を心地よく刺激する。

これは、マジで美味いやつ。

俺はそう確信した。

その美味さに最初こそ暢気《のんき》に騒いで写真とか撮ったりもしていたのだ。

が、しかし、それも長くは続かなかった。

次第に口数も少なくなり、箸を動かし続け、そして俺たちは同時に思った。

──あれ、このうどん、量減らんくね？　と。

──むしろ水分吸って、量増えてね？　と。

胃袋が徐々に悲鳴を上げ始める、あの感覚。無理かもしれない、が、絶対に無理、へと徐々にグラデーションで変わっていく、あの瞬間。

その昔、小学生の時分。翌日の授業の予定を連絡帳に記すのを失念した俺は、その解決法としてランドセルに全教科の教科書を無理矢理突っ込んだものだ。

そして時を経て、あのランドセルは俺への復讐《ふくしゅう》を果たしたのかもしれない。

俺の胃袋こそが、あの日、パンパンに教科書を突っ込まれ悲鳴を上げていたランドセルそのものだった。

周囲を見渡せば、なにやら玄人《くろうと》っぽい客ばかりがいそいそと完食していく。完食完食、また完食。「お残しはゆるしまへんで！」といわんばかりの完飲完食。店全体に広がる、とても食べ残しが出来るとは思えぬ空気感。

『く、食うしか……』

『ない、かも……』

そんな地獄の苦しみを経て、現在。

「小野寺《おのでら》、てめぇ最後の肉がっつり押し付けやがって。押し付けるんなら序盤に言えや。ラスト付近で肉追加とか、エクゼ3でフォルテ倒したあとプロト出てきたときくらい絶望したわ」

「わかんない。その喩《たと》え、わかんない。……てか吐いてくる。さっきのカロリー、全部なかったことにする。トイレどこ?」

「おー、やめろやめろ。ぜってぇ食道痛めて変になるわ、その緊急ダイエット法」

「だって、カロリー……」

そんな感じで、とにかくチャージ料代わりとばかりに頼んだアイスティーに口もつけず、落ち着くまで呻《うめ》いてすごすことしばらく。

喉奥《のどおく》から迫りくるポロロッカの気配をひたすら堪える、辛《つら》い時間だった。

「あー、ぎづい。つかヤバい。暇だわ。ネトフリでも見て時間潰《つぶ》すべ」

と、かくなる上は店のＷｉ－Ｆｉを借りつつ、映画でも見て時間を潰す作戦。

流石《さすが》に映画一本見終わる頃には、体調だって戻ってるはずだし、どっちにしろこんな早い時間に家に帰るわけにもいかない。学校相手に親を騙《かた》ってサボってるわけだし。小野寺だってそうだろう。

「なに見る？　てか、なんか好きなもん選べよ」

言って、スマホを差し出す。

無言で画面をスワイプする小野寺が「じゃあ、コレ」と示したの見てみれば、それは滅茶苦《めちゃく》茶《ちゃ》怖くて、後味悪くて、見たあとは絶対鬱《うつ》になるとバチクソ有名なホラー映画だった。

「…………」

ちなみに余談だが、狭山《さやま》くん家の明人《あきと》くんと言えば、ちょっとだけオバケが怖かったりする。なんなら夜に一人でトイレに行くのが未《いま》だに怖かったりする。もしかすると、俺は平成初期の萌えキャラ（死語）なんだろうか？　萌えキャラなのかもしれません。萌えろ。

「え、なんかまずいの？」押し黙る俺に小野寺が問うてくる。

「いや、別にまずくは……」

「じゃ、なに？　嫌なの？」

「は？　嫌なんて言ってないが？　は？　嫌って言いましたか俺が？　は？　は？」

「ふうん。なら、これで」

すっ、と小野寺《おのでら》はスマホを俺の目の前にスライドさせる。

押せと、再生ボタンを。再生しろと、この激鬱《げきうつ》クソ怖映画を。

「……いいぜ。上等だよ。かかって来いよ」

「なんなの、その殺気？　なんなの……？」

ゴクリ。俺は生唾《なまつば》を飲み込み、スマホを互いの真ん中に立て、再生ボタンをタップした。

——その後、俺の晒《さら》した醜態《しゅうたい》については、筆舌に尽くしがたい。あえて、わざわざ語りたくないともいう。


「ったく、ほんとホラーってくだらねぇわ。マジで演出的意図丸わかりじゃん、しょうもね。展開強引過ぎて怖いもんも全然怖くなひっ！？！？！　なんかいた!!　やばばばばば！」

「つえ？　えっ？　いま、首、えっ？　えっ？　ええええええ、うそじゃん。きも……」

「いるいるいる、振り向いたらいるってこれ……うっ！　あ、いやいない！　いやいたわ！！！　いたわ〜〜〜も〜〜〜〜〜！」

斯様《かよう》に俺が惨《みじ》めにも騒ぎたてる横で、当の小野寺といえば片肘《ひじ》突いて余裕顔。

画面と俺を3：7くらいの割合でちらちら見つつ、氷の溶けつつあるアイスティーなど啜《すす》っていた。

「んーだよ。なに見てんだよ。映画に集中しろや」

「なら、いちいち面白いリアクションするのやめて」

「………」

どうやら、俺の鑑賞態度は傍から見れば実にエキサイティングらしい。屈辱《くつじょく》以外のなにものでもない。

そんな感じで、あまりにも無駄極まりない時間はダラダラと過ぎていく。

よくよく考えれば、こんな平日の昼間、学校をサボって、しかも名古屋で小野寺とこうして二人でいる、というこの状況の意味不明さに、はっと我に返ったりもする。

そんなことをお構いなしに、映画は進んでいく。

小さな娘と、高校生の息子を抱える主役の女性。

冒頭で死んだ女性の母親である老婆が、画面にちらりちらりと映る。

老婆は、この映画における恐怖の象徴だった。生前からの彼女の奇行が徐々に明かされていく。

映画も中盤に差し掛かり、ふと、小野寺は口を開くと。

「私の希望としては」

「……あ？」

「今後はなにひとつ苦労せず、楽して一生を終えたいんだけど」

そんなことを宣《のたま》ったのだった。

画面の中では、いまにも主演女優が心霊現象に見舞われで命を懸けているというのに。ガーナのチョコレート畑では、いまも少年達が過酷な労働を強いられ貧困に喘《あえ》いでいるというのに。堂々と。真顔で。じっと俺を見ながら。

「脈絡がなさ過ぎるだろ……」

もしかして、この人、どこかで頭でも強打したんだろうか？　或《あ》るいは、過剰なカロリー摂取によるストレスで脳髄死んだんだろうか？

「あの、なんて言ったらいいかわかんねンだけど。……え、なに？　頭いかれたん？」

「じゃなくて、真面目《まじめ》な話」

「………………」

そうか。俺がいまこの耳で聞いた怠惰《たいだ》極まる文言は、「真面目な話」というラベリングが為《な》されているのか。

俺はこいつを侮っていたかもしれない。俺はいま「今後はなにひとつ苦労したくない」と大真面目に言ってしまえる相手を目の前にしている。どうやら、兜《かぶと》の緒《お》を締める必要がありそうである。

「……で、つまり？」

「ほら。この前、あの電波に渡されたでしょ。なんか分厚い本」

この前？　分厚い本？　……ってーと、アレですかね。

遡《さかのぼ》ること数週間前。小野寺《おのでら》が陸上部を退部すると決め、部員達にその意を伝えに行き、紆《う》余《よ》曲《きょく》折《せつ》あって俺がボコボコにされ、小野寺はビンタを食らい、そして最期はスニーカーを捨てた、あの日。の、翌日。

我らが救世主こと藤崎小夜子《ふじさきさよこ》は、挫折《ざせつ》したばかりの小野寺にこんなことを宣った。

『私には、薫《かおる》のために出来ることがあるはずなのです。いつか必ず薫を救済してみせるのです』

そんな言葉とともに贈られたのが、『13歳のハローワーク（村上龍・著）』という一冊の本である。

それは、どこの学校の図書館にも置いてある、村上龍の名著。

そこには、藤崎言うところの『新しい夢』……つまりは、ありとあらゆる色々な職業が記されている。

『夢破れても、新しい夢を見つければよいのです。そこに薫の救いがきっとあるのです』

それが、藤崎小夜子の提示した、ひとつの救いの形だったわけだが。

「アレ、まぁ一応パラ見くらいはしてみたんだけど」

「ほーん。そうなん？」

たしかあの本、結構高かったよな。ハードカバーだったし。

それをパラ見程度で済ますとは、随分な費用対効果である。藤崎《ふじさき》の自腹で買ったもんだろうに。いいえ、いいんですけどね、別に。俺が買ったわけじゃないし……。

で、どうだったんだよ？　尋ねれば、返ってきた答えはシンプルに二文字。

「無理」

「結論出すのが早すぎるだろ……」

パラ見程度で、バッサリ無理て。重ねて藤崎の出費が浮かばれねぇよ。いえ、重ねていいんですけどね、別に。

「いままで陸上しかやったことなかったのに、今更他に夢見つけろって言われても、って感じ」

「まぁ、だよな」

焦る必要はない、と思う。

いままで人生のほとんどをかけてきたもの、それに釣り合う代替物。そんなの簡単に見つけられるはずはないとも思う。

新しい夢――夢なんて、一生をかけても見つけられないやつもいる。現に、俺だってなんの夢もない。

ふと、スマホの画面が視界に入る。大映しになった女優のお綺麗な西洋顔。

「あー、女優……、とか？」

「は？」

「あとアイドルとか、声優とかモデルとか？」

言った途端、小野寺《おのでら》が見せた『こいつなに言ってんの？』と言わんばかりのシラけ顔ときたら、もう。

「私、割と真面目《まじめ》な話してるけど」

「俺もいたって真面目に言ってるんだけど……」

だって、かけっこ速いって特技を差し引いたら、お前の美点、もう顔面以外ないじゃん……。

いや、小野寺って勉強でもなんでも、キホンやらせりゃなんでもそつなくこなせるタイプだけど、なかでも飛び抜けてるったら、やっぱそこじゃん……。

「まぁ、たしかにそうだけど」

「認めちゃったしよ……」

可愛《かわい》いってところも、それ以外に特になんもないのも、顔色ひとつ変えずに呑み込んでらっしゃってるしよ。自分で言っといてアレだけど、謙遜《けんそん》ゼロで素直に頷《うなず》かれるのも結構微妙なもんありますよ。

「って言っても、別に私も芸能人レベルじゃないし」

「え、そうなん？」

「そうでしょ。ハシカンと並べられたら、私だってフツーにパンピー」

「えっ？」「えっ？」

映画から目を離して、小野寺《おのでら》と見つめ合うことコンマ数秒。

俺はしげしげと、そのやたら整った冷たい美貌《びぼう》を眺めつつ、ハシカンの「許さないかんな～！」の顔を思い浮かべてみる。

「……べ、別にそんな大差なくね？」

いや、顔のタイプは違うけど。なんかこう、可愛《かわい》いレベル、みたいな意味で。

「は……？」

そんな言葉に、小野寺、なにか奇っ怪な生き物でも見るかのような顔で俺を見ていたけれども。そのまま、『こいつなにいってんの？』みたいなニュアンスを隠すことなく小野寺は一言。

「そんなわけなくない？」

「そんなわけねぇ、の……？」

「……本気で言ってる？　正気？」

「えっ、は？　な、なんで？」

なんだろう。この、自分のなかに規定されてある一般常識が割りと世間とズレてるのを感じてしまった時に特有の微妙な気持ち。

「………………」

なにか思案するように黙った小野寺は、おもむろにスマホを操作し始めた。

「……じゃあ、この子は？」

そう言って見せられた画面に映っていたのはグーグルの画像検索結果。香椎何某《かしいなにがし》とかいう女子のお綺麗な顔がいくつも並んでいた。

その画像と、すぐそこにある小野寺の顔とを見比べる。

「……いや、可愛いとは思うけど、お前と同じくらいじゃね？」

「じゃあ、こっちの子は？」

「一緒だろ別に」

「……なら、これは？」

「あー、ぴったり同じくらいじゃん」

そんなやりとりを繰り返すこと二、三回。

ふー、と細く息を吐くと、小野寺は肩を竦《すく》める。次いで、すっと俺を指差すと言った。

「狭山《さやま》。美的センス、貧しすぎ」

ズバーン!!　そんな短いセンテンスに込められた強烈なｄｉｓの意を、俺が理解できないはずもない。

うぞ……？　俺、美的センスなかったの？　そんなわけないだろうがよ！　ラノベの表紙を見ればそれがヒットするか否かを一瞬で見抜くことが出来る審美眼の持ち主と俺界隈《かいわい》で専《もっぱ》らの噂でしょうがよ！……と、激しく抗弁したい気持ちも無論ある、が。

不意にリフレインする、数日前、仲里《なかさと》から言われたこんな台詞《せりふ》。

『あんね～、たぶんだけどアレ。男の子……てか明人《あきと》クンのなかではさ～、女の子って可愛《かわい》かったらもうザックリ全員100点！　みたいなカンジでほっとんど変わんないんだろうね～』

と。

『でも、一口に可愛いっても色々ジャンルあっし？　そん中で百点の子もいれば、七兆点優勝！　みたいな子もいるんよ～。っていう、この女子的こだわり、わからん？　てか、わかれ。伝われ』

伝わったさ。いや、伝わってはないけども、言いたいことはなんかわかったさ。

言われた当初は『なに言ってんだこいつ？』としか思わなかった言葉に、朧《おぼろ》気《げ》ながら合点がいって、ちょっと手を叩《たた》きたくなる気持ち。

「マジか……。俺、美的センスなかったのか……」

軽くショック。

が、考えて見ればしょうがないことなのだ、それも。

思えば、昔からテレビで美人な女優やタレントを見ても「ふーん美人さんっすね～」くらいの感情はありつつも、別にそこまで興味を持ったこともない。むしろ、「顔がいいからってよ～！　俺の親父の生涯年収を十代かそこらで稼ぎ切りやがってよ～！」みたいなルサンチマンが発動してしまって、純粋な目で見ることなく育った、というのが実情なのである。

なもんで、中学に入学当初、初めて小野寺《おのでら》という美人を生で見た際、『ほへぇ～、これが美人ってやつっすか～』なんて遅ればせながら人生で初めて思ったくらいなのだ。

故《ゆえ》に、俺のなかにある『美人か、そうじゃないか』の判断基準の真ん中に、ガッツリ小野寺が食い込んでいる節があるというかなんというか。

故に、芸能人と小野寺を並べて『どっちが可愛いか？』とか聞かれても、俺にはもはやよくわからんのである。

「なに、その。なに……？」

なんて自己分析を素直に伝えてみたならば、小野寺はなにか悩まし気にこめかみに手を当てていたけれども。

「ていうか。な、なんなの……？」

微妙に耳を赤くして、照れ臭そうにもしてたけど。

「だからってハシカンと顔のレベルで並べられるの、流石《さすが》に荷が重いんだけど」

「ほーん。なんか、よくわからんけどそうなん？」

なんにせよ褒《ほ》めてるつもりもマジでないから、あんま真に受けないで欲しい。

仲里にも言ったけど、俺が顔を褒めるなんてちょっと一工夫加えた悪口みたいなもんなんですよ。顔はいいけど、その他ちょっとアレですね……くらいのニュアンスで受け取ってもらわないと困るんですよ。

「は？　狭山《さやま》、バカなの？　顔さえよければ、その他のことなんてどうでもいいでしょ」

「そんな顔で勝ってる自分にどこまでも甘い主張を……？　平然と……？」

ルッキズム、ここに極まれり。今後、こいつの顔面を褒《ほ》めるのは控えようと思った。

「まぁ、にしたって芸能界はないけど」

「っすよねぇ～」

顔がいいだけじゃ、きっとやってけるわけでもない芸能界。テレビとかあんま見ない俺も、それくらいはなんとなく察してる。

「あと私、メディアに出たら一瞬で炎上すると思う。マイク向けられたら嫌いな芸能人の悪口、長文で言うと思う」

「容易に想像できるな……」

インターネットの治安の悪いところでは熱狂的に支持されそうだけど、まぁそれはそれでどうなん？　という話ではある。

「んじゃ、芸能人って線はねぇとして。じゃあ、お前、他に好きなこととかねぇの？」

その問いに、小野寺《おのでら》は少し考えるように間を空けて。

「特にない、かも」

「ダメじゃん」

「うん」

「…………」

そんなことを話してるうちに、いよいよ映画は大詰めだった。

主役の女性はおそらく殺され、視点はその息子へ。死んだはずの老婆は実は悪魔教団のどうたらこうたら。実は息子はなんやらかんやら。

途中からロクに見てなかったおかげで、もはやストーリーラインなどなにもわからない。

そうこうしているうちにエンドロールは流れ始める。

そのとき、小野寺《おのでら》がぽつりと言った。

「なんか、色々めんどくさい。ホントに」

「…………」

「ま、わかってたことだけど」

◇　◇　◇

「なんか、振り返っと名古屋くんだりまで来てなにしてたんだろうなー、俺たち」

名古屋駅構内。人込みに紛れ込みながら、岐阜行きの電車をホームで待ちつつ、俺がそんなことを言ったらば。

「完っ全にこっちの台詞《せりふ》なんだけど、それ」

げっそり疲れた顔の小野寺は、吐き捨てるにようにそう言ったのだった。

元を辿《たど》れば、お前がヘラってたからなんだけど……とは申しますまい。

結局、今日の俺の行いは自己満以外のなにものでもなかった。

それも、終わってみれば意味のないことだったと、改めて思う。

まぁ、それもわかっていたことだ。俺が小野寺にしてやれることなんて、なにも——。

ドン、とそのとき、背中に軽い衝撃。通りかかった誰かの肩が俺の背中にぶつかって身体《からだ》が傾《かし》ぐ。

振り返ると、疎《うと》ましそうな表情の男と目が合った。チッ、と次いで聞こえる忌々《いまいま》し気な舌打ち。

そのとき、こんな声が聞こえた気がした。

——思いあがるなよ、低能《俺》。

あぁ、そうだ。再び、俺は俺自身を戒める。

俺は弱者だ。だから、弱者の痛みをわかった気にはなれても、その弱者を救うことなんてできない。

俺は他人だ。だから小野寺の悲しみを見ても、それを一緒に背負ってやることなんて出来ない。

だから、この感傷に意味はない。誰も救えず、だから価値もない。俺は自覚しなければならない。俺という存在の無意味さを。俺という存在が如何《いか》に無価値であるかを。俺という存在がどれほどゴミであるかを。

わかってる。わかってるはずなのだ、そんなことは、全部。

それでも。

「あのさ、小野寺《おのでら》」

「なに?」

「もし、また今日みたいな日があってさ」

それでも。

「んでそんとき気が向いたらさ。俺に言えよ」

「…………」

「いや、俺に出来ることなんて、なんもないんだけどさ。それでも——」

——それでも、一緒にダメでいてやることだけは出来るはずだから。

きっと救いにも慰めにもならないけれど、それは俺たちのような弱者に許された、たったひとつの行いだと思うから。

意味がなくても、なんの力添えにもなれなくても、それでも俺はその愚かしさを尊いことだと思いたいから。

弱者でも他人でも、それを言い訳に小野寺の悲しみから目を逸《そ》らすことなんて、死んでもしたくないと思うから。

「いや、ホント、マジでなんの意味もないと思うけど。でも一緒に学校サボるくらい、いつだって付き合えるしさ。……そんだけ」

しばし、瞠目《どうもく》して小野寺は俺を見る。

が、次の瞬間、ふっ、と表情を和らげて、ほんの少しだけ笑みを浮かべると。

「──絶対、イヤ」

差し伸べられた手をぴしゃりとはねのけた小野寺は、それでもやっぱり少しだけ笑っているように俺には見えて。

なんだか、それは俺にとって──いいや。これは、ただそれだけの話なのである。

第六話　たぶん贈らなくてもよいけれど贈る、君に贈る言葉

「仕上がった、感じしてきたかも」

小野寺《おのでら》が言った。

「まぁ、英語以外は」

ちょっと煮え切らなかったけれど。

期末テストを二日後に控えた放課後の相談室にて。いましがた採点し終えた過去問（一昨年前のもの）の答案用紙を見て下した裁定がそれだった。

各教科の点数を見ていけば、良くて六十点前後、悪くて四十点強、ただし英語は赤点ライン、といった案配。

俺と仲里《なかさと》、比べれば全体的に仲里のほうがちょっと点を稼げてるだろうか。

ここしばらくの鬼もスパルタ教育の成果として、これを仕上がったと言っていいかは諸説あろう、が――。

「やべえ、勝ったわ……」

俺はそう呟《つぶや》いてた。

「ヤバじゃん、勝ったじゃん……」

仲里も呟いていた。

俺たちは互いに目配せしあうと――ニヤリ、ここまで苦楽を共にした同士の絆を再確認。

「か――――っ!!　ちょれぇわ。チョロ過ぎんだわ。ったくよォ～！　この俺がちょっとばかし勉強すれば結局コレ！　なんすわ！　オイオイこんな簡単でいいんすかねィ!?　テストってやつはよォ～!?」

「まぁまぁまぁまぁ明人《あきと》クン、落ち着きー？　そんな別に本番で百点とったわけでもないんだからさァ～？　つか進路どっすりゅー？　東大？　や、もう東大超えてアレ？　あのほらアレ。アメリカの。あのナントカ大の研究によればぁ～、ってやつ。オックスフォード？　そこいっときゅ～？」

俺たちはイキっていた。

英語においては余裕で赤点ラインだという現実さえ忘れ、遠く西洋の世界最強大学でのキャンパスライフなどに想いを馳《は》せていた。ちなみに、オックスフォードはイギリスの大学だった。が、そんなことは関係ないとばかりに、いまこそこの世の春とばかりに、俺たちはイキり散らしていた。

「もう可哀想《かわいそう》でしょ、これ……」

一方、それを眺める小野寺は呆《あき》れるを通り越して、もはや哀れみの感情さえ抱いていた。

この程度のことで野放図に調子に乗る俺たちは、小野寺の目から見ればファストフードのハンバーガーを最高級のご馳走《ちそう》だと喜ぶ、発展途上国の子供にも等しい感じらしかった。

なんにせよ、色々紆余曲折《うよきょくせつ》あったテスト対策。

いよいよ期末を目前に控えた俺たちの近況といえばそんな感じなのだった。

◇　◇　◇

――英語だけはどうにもならないから。

テスト勉強を本格的に始める前、指導係の小野寺《おのでら》からは予《あらかじ》めそう釘《くぎ》を刺されていた。

他のあらゆる文系教科と違って、英語は付け焼き刃がほぼ不可能に近いのだという。

『シンプルに物量、桁違いだから。一応、大学受験ベースで話すと、まず憶《おぼ》えなきゃいけない単語量が数千レベル。中学までに習うやつだけでも千以上。ついでに熟語も千くらい。で、憶えなきゃいけない文法もバカみたいにあって、そういう諸々《もろもろ》をまず前提として憶えて、やっとスタート地点。長文問題を解く権利がもらえるって感じ』

だから、無理。

ウチの高校の期末基準で考えれば、流石《さすが》にそこまでのレベルは要求されるはずもないけれど、とにかく英語というのはそういう教科だということ。

この圧倒的な物量を、中学三年、高校三年、計六年という長い時間をかけてゆっくり溶かしていく――それが、英語との付き合い方である。

というのが、小野寺の持論。それ故《ゆえ》に、英語の対策は単純な暗記で点を拾える英単語に絞ってあとは切り捨て、残りのリソースは他教科に割いた。

むしろ、残りの教科においては成果が出ていることのほうに小野寺は意外な顔をした。

正確には、期末までの短期間とはいえ途中で投げ出すこともなく、仲里《なかさと》がここまで真面目《まじめ》に勉強に取り組んだことに。

その点については概《おおむ》ね同意である。俺も他人様《ひとさま》のことを言えた身分でもないが、いくらケツに火がついたからって、仲里がここまで頑張れたのは結構意外だ。まぁ、そんな落ちこぼれの仲里が頑張ってしまっている以上、俺も頑張らなきゃやべぇべ……的な心理が働いて、騙《だま》し騙し今日までやってきた俺もいるのだが――。

「……ジェラるよね」

そんな仲里の予想外の努力に、なにやら不満げなやつもいた。

「お姉ちゃんがいくら口酸っぱくして、勉強しろ～！　って言っても絶対しなかった姫が、狭《さ》山《やま》君と一緒だからってちゃんと頑張ってるの、ジェラるよね!?　ねぇ!?　どう思う狭山君!?」

「知らねぇよ……」

掃除当番故、中庭で掃き掃除なぞに勤《いそ》しんでいると「やほ。どう？　勉強頑張ってる？」なんて声を掛けてきた副会長さま。なんでも家では勉強のことを聞いても、うんともすんとも答えない仲里《なかさと》に代わって事の経過を報告すれば、出てきた感想がそれだった。

「まぁ、仲里もいい加減、ケツに火がついた的なことじゃね？」

そんな俺の考察に、しかし副会長さまは「ふ――――ん……」未《いま》だに不満げに。

「……てか前からずっと言おうと思ってたんだけど、姫を『仲里』って呼んでるの聞くと、識別ちょっと手間取っちゃうよね。仲里って、私のこと？　ってなるもん。一瞬」

「ハァ」

兄弟あるあるっぽな、それ。仲里姉妹は双子なんで、普通の姉妹よりそういう機会も多そうだし。

「というわけで、我々姉妹の呼称の変更を申請したい今日この頃の副会長です」

わお、なかなかダルいこと仰《おっしゃ》るじゃないですか……。

「変更って、たとえば？」

「んー。芹奈《せりな》ちゃん、とか？」

「うわキショ」

「…………………………………………」

俺のあまりにも直截過ぎる感想に、副会長さま、表情が無だった。感情が完全に虚無だった。

ちょっと怖かった。

「……まぁ、いいけど。ていうか、狭山《さやま》君も大概だよ？　一年のときとか、私が色々言っても『いや努力とかしねぇですし俺！　陽キャエリート、滅びろ〜！』みたいなリアクションだったのに」

「それ俺のモノマネか？」

「そりゃ、狭山君が頑張ってくれてるなら、私としても嬉しいけど……」

「それ俺のモノマネか？」

問い糾《ただ》す俺はしつこかった。

執拗《しつよう》に確認したくなるほど、それは侮辱的《ぶじょくてき》な模写だった。あまりにも解像度の低いモノマネが逆鱗《げきりん》に触れた。

そんな浅い陽キャ批判をこの俺がするだなんて、まさかそんなはずあろうもない。

……いや、そうか？　こんなもんか？　もしかして俺のルサンチマン芸って、客観的に見ればこんなもんか？

そんな会話をしているうちに、掃除時間がそろそろ終わろうとしていた。

「ねえ、狭山君？」

「あ？」

「姫、今回はきっと上手《うま》くいくよね？」

今回は、と、副会長さまはそう言った。

「だって、姫、すごい頑張ってるんでしょう？」

俺は、さぁ？　どうだろう、と肩を竦《すく》めた。

別に、頑張ったって必ず上手《うま》くいく保証なんてないだろ、と。

「またそういうこと言う〜。狭山《さやま》君、根暗〜」

「や、そりゃ上手くいったらそれが一番だと思うけど」

「ふうん？」

「……んーすか、そのビミョいリアクション」

「ううん？　ただ、狭山君も宗旨替えしたのかな〜って、思っただけ。だって狭山君、優等生っぽい子、嫌いなんでしょ？」

「そりゃ嫌いだけど」

「でも、姫が頑張るのは否定しないんだ？」

それが、さも意外なことでもあるように副会長さまは問うてくる。

「だって、姫がこれから勉強頑張ったら、すっごい優等生になっちゃうかもしれないよ？　なのに応援するの？」

たしかに、それはその通り。

もし仮に、仲里《なかさと》がここから猛烈に勉強して、たとえば高偏差値の大学に合格でもするミラクルがあれば、俺は死ぬほど悪口を言うだろう。

元々、同じ落ちこぼれという境遇からそんな裏切りを受ければ、さぞ俺の悪口は苛烈《かれつ》になるに違いない。

「……まぁ、だからって、上手くいくなとまでは思わねぇよ」

「でも、それって矛盾《むじゅん》してない？」

「してるけど、少しも矛盾してねぇやつなんていねぇよ」

「あは。それもそっか」

そうして掃除時間も終わり、俺は箒を片付けに用具箱へ向かう。

その別れ際、副会長さまは「あ、そうだ狭山君。ところで、副会長から提案です」なんでもないことのように、意外なことを俺に言った。

こんな言葉だった。

「狭山君。そろそろ私と仲直りなど、おひとついかが？」

◇　◇　◇

「あのさ。小野寺《おのでら》さん」

――夢と現《うつつ》のあわいから、そんな声が聞こえてきた。

それは、仲里の声だった。

朦朧《もうろう》とした意識のなか、聞こえてきた彼女の声はどうにも要領を得なくて、わたわたしていて。

「……なに？」

訊ね返す小野寺《おのでら》の声には少し戸惑うような色が混じっていた。

夢じゃない――頭ではわかっているものの、頭は半分眠っているらしく、身体《からだ》も動かず声も出ない。

明日に迫った期末テスト。今日は出来る限り追い込みをかけようってことで、遅くまで居残ることにしたものの、俺はいつの間にか机に突っ伏し、いよいよ意識は陥落寸前らしかった。

「あのー、なんてーか、こーゆうの言うのはハズいってか、キショいって思われるかもなんだけどー……」

そんな俺の頭の上で、仲里《なかさと》がなにかを言おうとしている。

言うか言うまいか、さんざ迷って、そもそもどう言えばいいのかもわからず、そんなに困っているのは、相手が小野寺だからかもしれなくて。

けれど、必死に足りない頭でなにかを言葉にしようとしていた。

「その、勉強こんなに教えてくれガチ感謝っつーか……」

はぁ、とごにょごにょ言い募《つの》る仲里に、小野寺もまた微妙な相槌《あいづち》しか打てない。

意を決したような声色で、仲里は言った。

「……ウチ、ホントはずっと気にしてたん、よね。たぶん」

そんな声を、朦朧とした意識のなかで聞いていた。

「学校の成績とか。テストの点とか。そういうの、ずっと……」

──誰もが、そんなの気にしてないよう振る舞っているように彼女は見えた。

仲里の瞳から見えた風景はそうだった。

みんな、誰も彼もが。

たとえば、クラスでの立ち位置とか。今日は顔可愛《かわい》いとか可愛くないとか。あの子の使ってる化粧水はどこのとか。香水はなにとか。誰が誰のことを好きで、誰が誰を振って、誰が誰の彼女で、元彼で。インスタの投稿に誰がいいねをつけて、誰がつけなかったとか。

そんな話ばかりで溢《あふ》れていて、だから、他のことを気にしている自分がおかしいみたいに思えて、だから気にしていないフリをした。

でも、心のなかに、それはずっとあった。

「だって、コレだけは曖昧《あいまい》じゃないから。ちゃんと数字として目に見えちゃうから。友達が多いとか、今日は顔可愛いとか可愛くないとか、そういうンじゃなくて……。絶対、そこにあるから。比べられちゃうから。自分がどんだけダメなのか、わかっちゃうから。コレだけは……」

そういうことを、仲里は懸命に話していた。

俺たちは、いくつもの価値観に囲まれて生きている。友達は何人。クラスで属するグループはどこ。入ってる部活はなに。

俺たちの回りにある価値観はどれもこれもがなんだか曖昧《あいまい》で、曖昧だから目を逸《そ》らすことも出来る。誤魔化《ごまか》すことだって出来る。逃げることも、見て見ぬ振りすることだって出来る。

だけど、それだけは違った。

テストの点数。成績の優劣——それだけは、なんの曖昧さもなく無機質な数字として示されてしまうから。

俺たちに、あまりにも平等に与えられた、たったひとつの絶対値。高校生の俺たちはどこまで行っても、その価値観から逃げられない。

そうして、それは、いつか俺たちの将来をどうしようもなく決めてしまう。

「そうゆうの、考えないようにしてた。怖かったから。見ないようにして、だからなんにも変わんなくて……」

君の成績はこれくらい。だから、君の入れる大学はこれくらい。だから、君の就職できる企業はこれくらい。君の働く企業でもらえる年収はこれくらい。君の年収で出来る生活はこれくらい。

——だから、君の人生はこれくらい。

俺たちの頭のなかではいつだって、そう囁《ささや》く誰かの声がする。

スマホ片手にＳＮＳのＴＬを眺める、その瞬間。ＰＳ４のスイッチを入れる、その瞬間。ガチャを回し、アニメを見て漫画やラノベを読む、その瞬間。

その一瞬、一瞬に、仄《ほの》見える。

そんな、これくらいの未来の俺が、こっちへ来いと薄膜の向こうから手を振っている。

「きっとウチの人生、そういうの怖がって、でもどうしようもなくて、どうしようもないまんま決まっちゃうって思った。ホントは思ってることとかあったはずなのに、あったはずのことも、なかったみたくなって、そうやって――」

そうやって、俺たちは流される。

流される自分の身体《からだ》を、ただ俺たちは見つめている。

流されるしかない俺たちは、世界を構成する『二』だった。

俺たちが感じたことも、思ったことも、全部ただのそんな数字に押し込められて、まるでなかったみたいに世界は俺たちを置き去りに、今日も明日も回り続ける。

そういう統計学上の存在に、いつの間にかなっていく。

「本当は、ウチそれが怖かったんだと、思う。お姉のことなんて関係なくて、ホントはそれが――」

それが、仲里《なかさと》の痛み。仲里の葛藤。仲里の敗北。

「や、つか、こんなん話したかったワケじゃなくて、だから、なんてゆうか、あのォ～」

言葉はいつだって不完全な変換装置だ。そこにあるなにかを、完璧《かんぺき》には伝えられない。

仲里《なかさと》の言葉はたどたどしくて、きっとたくさんのものを取りこぼした。

だから、すべては伝わらない。すべては伝わらないけれど。

「――ううん。わかる」

小野寺《おのでら》は、ただ静かにそれだけ言った。

ホント？　と仲里は訊ねた。

うん。と頷《うなず》く小野寺だって、心のどこかに傷を抱えていた。

そっか。と、仲里は呟《つぶや》く。

うん。と、小野寺はもう一度頷く。

二人は少しの間だけ黙り込む。

小野寺さん。仲里が名前を呼ぶ。

なに？　小野寺が答える。

そうして、本当はそれだけを伝えたかったたったひとことを、仲里はようやく口にする。

「勉強、教えてくれてありがとう」

「……どういたしまして」

◇　◇　◇

その日の帰り道、ぽつりと小野寺が言った。

「仲里さん、進学のこととかそろそろちょっと考えたい、みたいなこと言ってて――」

と。

「――だから、今度、一緒に本屋で参考書とか選ぶことに、なった」

めんどくさいけどね、小野寺は小さく呟いた。

第七話　彼らに残された、たったひとつの冴《さ》えないやり方

試験初日は、世界史と現国の二科目のテストが実施される。

付け焼き刃が比較的通用しやすいってことで、俺たちがもっとも重点的に勉強させられた教科であり、仕上がりに小野寺《おのでら》が最も確信を持っていたのもこのふたつである。

さしもの俺も、多少緊張する。付き合いでやっただけとはいえ、仲里《なかさと》と同じ程度には俺だって勉強してきたのだ。これまでの人生において、ここまで真面目《まじめ》に試験勉強をしたのは高校受験を除けば初めてだろう。

だから一限目開始前、教室で落ち着いてもいられずトイレに立つと、丁度廊下で仲里の姿を見つけた。

正面から、クラスの友人であろうギャルたちに囲まれなにやら楽し気に談笑している仲里。

こういうとき、俺たちはなんとなく他人のフリでスルーしあうのが暗黙の了解みたくなっているので、そのまま通り過ぎようとして、ふと、目があった。

にやり。仲里は突然口角をあげ、こっそりお腹の前でピースして。

――ばっちり。

と。なるほど、調子はバッチリ自信満々、と。

その笑みを見て、なんとなく……本当になんとなく、あぁ、これは上手《うま》くいくのかもしれないな、と思った。

そりゃ、あのビリギャルに高得点がとれるなんて、そこまで夢見がちなことは考えないけれど、でももしかしたら――。

なんの根拠もないけれど、傍目《はため》から見て、あいつが頑張っていたのは事実だ。

だから、そう思った。あとになって振り返ってみれば不思議だ。

どうして俺は、このとき、そんな甘いことを考えていたんだろうか？

頑張れば必ず結果が出るなんて、そんなの幻想にしか過ぎないと、誰あろうこの俺が一番よく知っているはずなのに。

そうして、何度も裏切られて、後悔してきたはずなのに。

◇　◇　◇

――ダメだった。

昼前にテストを終え、早々に相談室に集まった面子《メンツ》の前で、仲里はそれだけ言った。

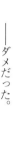

ダメだった。なにが？　テストが。

どうして？　わからない。

自信があったはずなのに？　でも、ダメだったらしい。

仲里《なかさと》がなにも言わない故《ゆえ》に、いまだに事情はわからない。

ただ、彼女はこう漏らした。

「どうしよう……？」

どうしよう。どうしよう。どうしよう？

どうしようもこうしようもない。今日のテストはカタいはずだったのだ。

最も力を入れた。自信もあった。もしここがダメだったら、つまり残りの教科だって……。

だから、ダメだったなんて、そんなの許されるはずがない。

「杏奈《あんな》、一度、落ち着くのです」

相談室で一人、今日のテストについて案じていただろう藤崎《ふじさき》が代表して問う。

「落ち着いて、どうしてダメだったのか、説明をするのです」

「う、うん……」

こんなにクソ暑いのに、青白い顔をした仲里の声は震えていた。その震える声で、ゆっくりと語り始める。

ときにちぐはぐに、ときに話の順序を前後して、つっかえつっかえに。

「テストが始まる前は、絶対大丈夫だって思って、安心してて……」

安心して、暗記した世界史上での出来事、そこに紐づけた年号を頭のなかで反芻《はんすう》して。

やれる、そう思っていた。

だが問題用紙が配られ始めたところで、ふと動悸《どうき》が速まっている自分に気づいた。

大丈夫。そう己に言い聞かせて、落ち着いて頭のなかで整理された情報をもう一度だけ吟味する。

でも――。

「では、試験を開始します。始め」

その教師の声を聴いた瞬間、自分のなかでなにかが弾けた。

震える左手でシャーペンを持とうとして床に落とす。予備のシャーペンを机に置かなかったことを後悔する。挙手で教師を呼び、シャーペンを拾ってもらう。この時点でわずかなタイムロス。取り戻そうと急ぎ第一問に目を落とす。解ける問題だった。ペンの頭をノックして解答しようとして、シャー芯が切れていることに気付く。焦る。急いで補充しようとして、取り出した芯を折ってしまう。更に焦る。

この時点で、五分も経過していない。かかって精々、二～三分だ。焦る必要もない。深呼吸して時計でも見ればよかったのだ。

しかし、それが出来なかった。

人間の心は、時に驚くほど脆《もろ》い。些細《ささい》な事で亀裂《きれつ》を作り、それを自ら広げていく。

やっと一問目の答えを書こうとして、はたと気づいた。たった数十秒前までわかっていたはずの答えが、頭から抜け落ちている。

そして自分の頭が真っ白になっている事にも気づく。気づけば焦る。焦れば、思い出せるものも思い出せなくなる。焦りだけが募《つの》る。

一問目を飛ばして、二問目に移った。これは端《はな》からわからない問題だった。更に飛ばして三問目。答えを知っているはずなのに、どうしても思い出せなかった。

こうなるともう総崩れだ。思い出そうとヤケになればなるほど、集中力を欠いていく。

結果、よくよく文章を読めば解けたであろう問題すら取りこぼす。焦ってロクに問題に目も通せないからだ。

もう少し時間をかけてゆっくり考えれば、記憶の奥底から答えを掬《すく》える問いもあっただろう。けれど、それができない。ゆっくり問題を解く時間がないという気持ちが、ひとつの問題に粘り強く取り組む冷静さを奪うからだ。

少しの時間考えてわからなければ飛ばす。それを猛スピードで繰り返して、末尾にまで辿《たど》り着くと、頭からもう一度それを繰り返す。結果、ひとつひとつの問題にかける時間は、ひどく乱雑に分散する。そうして、無駄な時間がどんどん過ぎていく。悪循環だ。

パニックのなかで、なんとか手繰《たぐ》り寄せた記憶をもとに仲里《なかさと》は回答欄を埋めた。

テストが終わる頃、その紙面は半分も埋まっていなかったという。

「いま見たら、解ける問題、あったはずなのに。いっぱい……」

指の隙間《すきま》から砂が零《こぼ》れ落ちていくように、仲里の手からはなにかが零れていった。

問題と、その答え答え答え、書けたはずの答え。それが、ひとつずつ、落ちていく。

答えられたはずの問題を取りこぼして、床には目に見えない数字が散らばった。

俺たちの価値を決めてくれるという、数字。

試験の点数。そんなものが仲里の手から零れ落ちていく。そういう情景が、いま見える。そんな気がした。

二つ目の教科は、直前のテストの出来に引っ張られ、散々だったという。

「ねえ、ウチどうしよう？　どうしよう、ウチ、どうすればいい？」

問われたって、誰も答えられない。

こんなはずじゃなかった。もう一度、やり直させて欲しい。そう言ったって、どうにもならないのが試験だ。取返しなんてつかない。

重たい沈黙が、相談室の床に澱《おり》のように溜《た》まっていく。

藤崎《ふじさき》は眉《まゆ》を顰《ひそ》め、仲里はいまにも泣き出しそうだった。

どうしよう。どうしよう。どうしよう。どうしよう。

そんな声なき声が、部屋の中に充満していくような気がして。

「……校舎、今日は何時に閉まるの？」

不意に、そんな声が聞こえた。音の発生源に目を向ければ、無表情の小野寺《おのでら》が通学鞄《かばん》を肩に掛ける。

「テスト期間は早く閉まるんでしょ？」

俺が頷《うなず》くと、仲里《なかさと》は言った。

「じゃあ、今日からは駅前のコメダに場所移して自習するから」

だから早く、それだけ言って小野寺は相談室を出ていく。

終わってしまったことに、いまさらグダグダ言ってもどうにもならない——そう言わんばかりの調子に、「う、うん……」仲里はおずおずと頷き従う。

そうだ、小野寺は正しい。まだ期末テストは始まったばかりなのだ。終わった教科より、残った教科のほうが多い。であるならば、ここで足踏みするわけにはいかない。

これで終わりじゃない。明日からも試験は続く。

それが仲里にとって、幸運なことかどうかはわからないけれど。

◇　◇　◇

翌日も、予想通りの展開だった。

予想通り、仲里の試験は上手《うま》くいかなかった。

マシなものもいくつかあったらしい。けれど、残りはボロボロで。

「どうしよう」

傍《そば》で見ていると、仲里は時折、そんな言葉を漏らす。

駅前のコメダで勉強している間も、突然、気づけばそんな声を発していて、その声に自分で驚いたりもする。

どうしよう。

なにが、どうしよう、なのかなんて聞かずともわかる。

このまま試験がすべてダメだったらどうしよう、だ。

その問いに、誰も答えられはしない。

「……教科書、開いて」

だから、小野寺はただ静かにそれだけ言った。

「う、うん……」

仲里は顔を曇らせたまま、机に向かう。

そんな風に、試験期間が過ぎてゆく。

際限なく膨《ふく》らんでいく風船を、すぐ近くで見ているような気がしていた。

絶対にいつかは割れてしまうのに、どんどん空気を入れられて、耐えられないほど膨らんで。

いつかは大きな音を立てて、割れてしまう。その限度線がどこにあるのかは誰にもわからない。けど、いつかは必ず割れる。そんな風船。

試験の初日を終えたあとの仲里《なかさと》は、たぶん、それと同じだった。

いつか割れる風船。不安という空気を身体《からだ》にため込んで、いつか必ず爆発する。

——それを爆発させたのは、やはりというべきか彼女だった。

◇　◇　◇

最終日に残されたテスト教科、そのうちのひとつは英語だった。

よりにもよって、最も力を入れることが出来なかった教科だ。

あらゆる文系教科のうち、英語だけは付け焼き刃ではどうにもならない、という理由でほとんど小野寺《おのでら》も切り捨てている。

だが、もはやそんなことは言ってはいられない。

だから、その日の仲里は必死に英語の教科書とにらみ合っていた。コメダの店内で、俺たちはそんな仲里を見守っていた。

不安は、言葉にせずとも募《つの》っていたはずだ。

人生にはタイミングってものがある。まったく同じことをしても許されるタイミングと、許されないタイミング。

そのタイミングのなかでも、最悪な瞬間に立ち会ってしまった。

副会長さま――仲里杏奈《あんな》の姉にして、最も彼女のコンプレックスを刺激しているであろう最悪の女が。

「あれ？　姫？」

きっとそれは偶然だ。

おそらくはテストに向けて、友人たちと勉強でもしに来たのだろう、俺たちと同じように。

店内に現れた副会長さまは、いつもの如《ごと》くの気さくさでもってして俺たちに話しかけてきた。

「ほ〜、頑張ってますなぁ、姫〜。お姉ちゃん、ちょっと感動……」

そう言う表情は、本心から嬉しそうでもあった。

「それでどう？　自信のほどは？」

それは、姉として妹を案じた、なんでもない問いだったのだろう。

でも、そんななんでもない言葉が、人を殺すことだってきっとある。

「……え？　ダメだったって、どうして？」

どうして。

「上手《うま》くいかなかったって、え、どうして？」

どうして。

なにもかも上手《うま》くいかない。そう思っている日に、決して問いかけてはいけない問いを、どうしてこの女は問いかけてしまったのだろうか？

簡単だ。そんなの、こいつは端《はな》から思いもしてなかったからだ。

こいつは、信じているのだ。頑張ればなんだって成し遂げられると。

だって、こいつは頑張って頑張って、それでなんでも上手くやってきて、そして勝ってきたのだ。

他の誰かに。大勢の誰かに。誰よりも己の妹に。

上手くいかない人は頑張ってないからで、頑張った人は上手くいく。頑張ったのに上手くいかないなんてありえない。

頑張っても上手くいかないのなら、努力の方法が間違っている。

だから、努力した人は必ず報われる。

ここはそういう、美しい世界だから。

それが彼女の思想。彼女の言い分。彼女の世界。

『大丈夫。狭山《さやま》君は、全然ダメ人間なんかじゃないと思う』

——だから、ふと忘れてしまう。

頑張っても、上手くいかないこともある、そんな当たり前のことを。

それは悪いことなんかじゃない。

むしろ正しい。強いというのは、そういうことだ。

強さとは、弱さへの不感症と同義だ。共感など、弱い個体のみが持つ器質的欠点の言い換えに過ぎない。

だから、彼女は正しい。誰より正しい。

努力を、その美しさを疑うことは醜悪だ。誤謬《ごびゅう》だ。なによりも弱さの証明だ。
○と×の二者択一を迫られれば、迷わず○を選ぶことができるのがこの女だ。
だから――。

「どうして、なんてウチが一番思ってるに決まってる……」

だから――。

「頑張ったのに、どうして出来ないのって、そんなの、ウチが一番思ってるに決まってる……」

だから――妹は姉を憎まずにいられない。

「双子なのに、なんでお姉みたくなれないのって、そんなのうちが一番思ってるに決まってる……！」

そういう憎しみが、ここにあった。

割れた風船は、そんな感情をまき散らした。

効き過ぎた空調の温度が更に下がったような錯覚。冷気が棘《とげ》になって、俺たちの肌に突き刺さる、そんな錯覚。

ソファに力なく項垂《うなだ》れる仲里《なかさと》と、その正面に立つ副会長さまを、俺たちはただ見守った。藤崎《ふじさき》も、小野寺《おのでら》も、俺も、ただ無言で。

「お姉と一緒に育って……」

そのなかで、その中心で、憎悪《ぞうお》だけがぐるぐると渦巻いていた。

「お姉は賢くてしっかりしてるのに、なんでウチだけバカでドジなのって言われて……」

それは嫉妬《しっと》だった。

「なんでも上手《うま》くやれるお姉に比べられたくないから、じゃあ、もうなんにもやりたくないって思っちゃって……」

そして、それはなによりも自己弁護だった。

「だからこんな風になったんじゃん、全部、お姉がいたから……」

稚拙で、醜《みにく》くて、腐った卵の匂《にお》いがする——。

「ウチがこんなダメになったの、全部、お姉のせいじゃんか！」

——くだらない、ガキの泣き言だった。

幼子が親に駄々をこねるのと、なにも変わらない。そんな風に泣いたって、なんの意味もない。自分の身を守れるわけでも、誰かが救ってくれるわけでもない。

いつしか大粒の涙を流ししゃくりをあげていた仲里に、誰も声なんてかけられなかった。

徹頭徹尾、この話の蚊帳《かや》の外に、俺たちはいるから。

それは世界でただ一人、仲里芹奈《せりな》にのみ向けられた感情だったから。

そして、そんな感情をぶつけられた姉は――

「……そうだね。知ってた」

――それでも優しく微笑《ほほえ》んでいた。

「姫が私を見て悔しい思いしてたのも、だから、私のこと嫌いだってことも」

日を受けて輝く仲里のツインテール。一際、風が強く吹いて揺れたそのうちの一房を、姉は優しく撫《な》でる。

穏やかに、仲里芹奈はこう続けた。

「他人と自分を比べちゃうのはわかるよ。それで、悔しい思いをするのも」

「………………」

「だから、姫が勉強から逃げちゃったのだって、私はしょうがなかったのかもって思ってる」

「………………」

「でもね？」

○と×。強さと弱さ。右と左。姉と妹。
彼女はいつだって正しい。
仲里《なかさと》は、俺にそう言った。そう俺に言った仲里に、双子の姉はこう言った。
「でもね、そうやって誰かに嫉妬《しっと》してたって、意味なんてないんだよ？」

――ここで選択問題です。以下の問いに○か×で答えなさい。

問1．誰かに嫉妬することに、意味はありますか？
「誰かを妬《ねた》んでるだけじゃ、意味ないよ。その誰かに負けないくらい、なーちゃんも頑張らないと」

問2．頑張れば、きっとうまくいきますか？
「大丈夫、姫なら頑張ればなんだって出来るようになるよ。勉強もその他のことも。絶対」

問3．では、最後の問題です。――本当に？

「いつかきっと、姫も幸せを摑《つか》めるって、私、信じてる。頑張れば、姫もきっと変われる。でも、そうやって誰かを恨んでるだけじゃ、絶対に幸せになんてなれないんだよ?」

そのとき、不意に誰かの声がして、副会長様の声が途切れた。

驚いた。俺の声だった。知らず知らずのうちに、声が出ていた。

こんな声だった。

「やめろ、そんな簡単に言うな」

と。

「頑張れば上手《うま》くいくなんて、そんな簡単に言うな」

と。

「絶対大丈夫だからなんて、いつかきっと変われるからなんて、そんな簡単に言うな」

と。

副会長さまの瞳をまっすぐに見つめて、俺は言った。

「——そんな中途半端な優しさなんかで触るな」

副会長さまが俺を見る。一瞬、驚いた表情を見せた彼女の瞳に映ったのは、たぶん——時折、こいつはそんな瞳で俺を見る。俺はそれが不思議だった。

だが、彼女はなにも言わなかった。

俺も黙った。仲里《なかさと》も、藤崎《ふじさき》も、小野寺《おのでら》も。

ただ、意味のない沈黙が降りて来た。

だから、この話はここでお終《しま》いだった。

そうして、どうしようもなく時は過ぎてゆく。


——翌日、仲里は試験から逃げ出した。

◇　◇　◇

『仲里さん試験の途中で教室抜けた』

『そのあと戻ってこない』

『トイレにもいない』

小野寺から、そんな連絡《LINE》が来たのは、一限目のテストが終わった直後の休み時間のこと。

「……ダメだ、教室棟にはいねぇ。そっちは？」

『おらんのであるからして。相談室《ここ》には来た痕跡もないのであるからして……』

スマホ越しに聞こえるそんな藤崎の声に、「くっそ……」俺は思わず毒づいてしまう。

小野寺から聞いた話によれば経緯はこうだ。

一限目のテスト の最中、テスト時間も半ば過ぎ去った頃。

——トイレ、行かせてください。

仲里は教師にそう言ったのだという。一度退室すれば、もう教室に入っては来れない。テスト用紙も即回収になって、この科目に限っては続きから再開することも出来ない。

そんな説明を受けても仲里は構わず、結局、教室を出て行った。

それっきり、戻ってこない。

逃げやがった——そう理解したときには俺は教室を飛び出して、仲里を捜していた。藤崎に連絡を入れて、手伝うように頼んだけれども、足取りは一向につかめない。

だっていうのに、残された時間はもうあまりない。

「……しゃあねぇ。俺、保健室捜すから悪いけどお前は下駄箱行って、上履きの確認してくれ。校内にいないかもしれねぇから」

「それはかまわんのですが、明人《あきと》こそ試験が……」

「つったたって、お前だけで捜すんじゃ絶対間に合わねぇぞコレ」

俺は俺で時間ヤバくなったら教室に戻る、それだけ告げて、保健室に走った。

が、仲里はそこにもいなかった。保健室に声を掛けてみる。ここには来てもいないという。

ダメだ。わからない。他に、仲里が行きそうな場所に心当たりなんてない。時計を見る。休み時間がもうあと五分で終わる。

スマホが鳴った。ＬＩＮＥ一件。

『上履き有り。靴、確認できず』

簡素な藤崎《ふじさき》からの文章に、思わず俺は舌打ちした。

「あんのヘタレギャル……！」

いまは言ったってしょうがない。それはわかっているが、文句があとからあとから絶え間なく浮かんでくる。

焦っていた。そして、怒ってもいるらしい。俺は。

腹からふつふつと沸き起こる、この煮えたぎるような出所不明の感情。いまは、それと向き合う時間さえ惜しい。

とにかく、連れ戻す。連れ戻して、テストを受けさせる。なにがなんでも。

どうせ上手《うま》くいかないのに？　頭のなかの誰かがそうも言う。

関係ない。あいつはテストを受けなければならない。理屈なんてない。そんなの、あとからつけてしまえばいい。俺はそう結論づける。あいつの意見なんて知らない。興味もない。

だが、どうやって？　あいつがどこに行ったかなんて、知りようが——

『人生って、フツーにそんなもんなんだろうね。そうやって——』

——え？

ふと、そのとき脳裏になにかが過ぎ去った。

なんだっけ？　なんだっけ？　なんだっけ？　いまのは、言葉だ。誰の？　わからない。わからない。わからない。わからない。

脳みそが、ぐるんとひっくり返ったような感覚。

なんだ？　なにか、俺は見落としてる。直感だ。根拠はない。だが俺は確信してる。でもなにを見落としてる？

『狭山《さやま》、美的センス、貧しすぎ』

再び、なにかが瞬《また》いて消える。いまのは小野寺《おのでら》が言った台詞《せりふ》。

『まぁ、んふ。ウチとお姉の見分けもつかん明人《あきと》クンに言われてもビミョいいけどね。んふ』

なにかがおかしい。でもなにが？　わからない。

『初めまして、わたし仲里芹奈《なかさとせりな》っていいます。よろしく』

差し出される右手。握らなかった右手。

それは、図書室で副会長さまと出会ったときの記憶。

……初めまして？　俺はあのとき訊ね返して。

だって、そうだ。初めましてじゃないと思ったのだ。それより前に、ずっと前に……。

俺は探るように、記憶を掘り起こす。もっともっと奥深く。

もっともっともっと。そして――

『――は？　え？　えっ、えええええ!?　ちょ、うぞ!?　なんで!?　え、こんな偶然ある!?』

――そして、その記憶が蘇《よみがえ》った。

記憶のなかの俺は、まだ高校に入学したてで、それは高校生になって初めての補習授業を受けた日の放課後で。

怒って補習を抜け出した一人のギャル。そいつと、トイレ近くで目があって。

『うわすっごい偶然！　ちょちょちょ、ねぇウチんこと憶《おぼ》えてる!?　ほら、去年会ったじゃん！』

仲里《なかさと》だ。丁度、一年ほど前の。初対面だった。初対面のはずなのに、記憶のなかの仲里は言う。

憶えてる？　去年会ったじゃん。

「去年、会った……？」

去年会った、去年会った、去年会った。去年去年去年去年、一年前の去年、高校一年の前年、中学三年生……

『──フラミンゴなんだよね』


誰かが言った。

「あ」

それは、この世界の誰にも聞こえないような幽《かす》かな声だった。


『だから、この鳥は──』


だからきっと、世界はその声を聞き逃した。

それを聞いていたのは、この世界でただひとり──

「ああああああっ！！！！！」

俺は叫んだ。

バカか、終わってるだろ俺！　こんなアホ丸出し勘違いを何年も……汲めど尽きせぬ泉のように、湧き起こるのは後悔と羞恥《しゅうち》。

やべぇだろ美的センスなさすぎるだろ俺——とか。

いや、美的センス云々《うんぬん》以前に、もうちょい人の顔見て喋《しゃべ》れよ——とか。

言いたいことはいくらでもあった。だが、それは全部後回しにして、俺は駆け出す。

保健室の扉を勢い任せで開ける。すると、そこに丁度やってきたらしいやつが立っていて。

「……狭山《さやま》君⁉」

驚いた表情で、声をあげる副会長さま。が、すぐに気を取り直して言った。

「さっき小野寺《おのでら》さんとトイレで会って事情聞いた！　姫、いた⁉」

いなかった。そう答えるのも煩《わずら》わしくて、そんなことを答えてる余裕さえなくて、「なぁ、確認！」俺は逆に尋ね返していた。

「俺たちが初めて会ったの、どこだった⁉」

唐突な質問だったろう。「……は？」と、副会長さまがことの深刻さも忘れて、素《す》っ頓狂《とんきょう》な声をあげるほどに。

「え、なに急に。その重い彼氏みたいな……」

「いやもう、うるせぇうるせぇうるせぇ、そういう少女漫画みたいな質問じゃなくて……。いいから、どこだった⁉」

こっちの聞き方が悪かったのは重々承知、それでも俺は重ねて問う。

「初めて会ったとき……」

暫時、考えるような顔をして副会長さまは答える。

「……図書館でしょ？」

「正解《ピンポン》！！！」

言うが早いか走り出す。

そうだ、初めまして、だったのだ。あのときが。間違っていたのは俺で、正しかったのは副会長さまと仲里《なかさと》。

それは一本の糸に縋《すが》るような愚かしさ。なにかひとつ、ボタンを掛け違えてしまえばすべて無駄になる。むしろ、そっちのほうが可能性としては全然高い。いまからそこに行けば、絶対にもうテストには間に合わない。そこに仲里がいたところで、もうきっと間に合わない。

それでもよかった。

だから、俺は走った。

それは、アフリカのどこぞにある塩の砂漠。鳥たちが羽を休める、薄暗い地下の空。

そこに、仲里はいる。俺は、そう確信していた。

だから、走りだした。

◇　◇　◇

──その地下道は、かつては近隣の小学生たちが使う通学路のひとつだったらしい。

が、ここら一帯にあった大規模な道路工事と、そのおかげで歩行者にとっても通りのよくなった交通事情の変遷で、いつからか通学路からも外れ、ついには誰にも使われなくなったらしい。

学校からは徒歩で十分ほど。国道の真下を通る地下道に着いたとき、俺はチャリで学校に来た幸運に感謝した。

階段を下る。夏の太陽は遮られ、薄暗い地下道内から、心地よい涼風が流れる。

階段を降り切る。すると、通路の壁には色々とりどりの鳥たちが一面に羽ばたいていた。

絵だ。児童が描いたものと思われる、幼いタッチで描かれた鳥たち。

『近隣の小学生たちが描いてくれました』

そう記されたプラスチックのプレートは、もはやカビで茶色い。

そこにいたのは、赤いカラス、青いフクロウ、緑のインコ、ピンクのフラミンゴ、そして
──

「……明人《あきと》クン？」

そして、そんな鳥たちに囲まれて、いた。

果たして、仲里杏奈《なかさとあんな》がそこに立っていた。

「え、なんでここに……。じゃなくて、なんでここがわかったん？　だって明人クン──」

俺は答えない。ただ、早足に歩み寄って、仲との手首に手を伸ばす。

もう、問答なんてしてる余裕はない。時計は、とっくにテスト時間が始まったことを告げている。

「やだ！」

摑《つか》もうとした瞬間、仲里の手首が引っ込んだ。

「行かない！」

そんな叫びが、地下道に木霊《こだま》する。

無視した。俺は無理矢理、仲里の腕を摑んで来た道を戻ろうとする。

「やだっつってんじゃん！　ちょ、明人クン、マジキレるよ!?」

言われても、俺はその手を離さない。仲里は暴れた。殴られたし蹴《け》り飛ばされた。抓《つね》られた。

それでも、俺は歩みを止めない。

「いい加減にしてよっ！」

叫ぶ仲里は、いつしか大粒の涙を流していた。嗚咽《おえつ》交じりに、仲里は訴える。

「もう意味ないってわかったんじゃん！」

と。

「もうダメだったんじゃん！　もうわかったんじゃんそれ！」

と。

「今更、テスト受けたって……」

そのとき、俺は叫んでいた。

「――お前、卑怯《ひきょう》だぞ!!」

「え?」

仲里《なかさと》の拒絶する力が弱まる。俺は振り返って、彼女を見る。

泣きじゃくる仲里はまるで子供のようで、哀れで、見ていられないほどに弱々しくてそれでも俺は同情なんてしてやらなかった。


『ウチがこんなダメになったの、全部、お姉のせいじゃんか!』


こいつの心の奥底に、その一番深い深い部分には、いつもその言葉がある。

たしかに、それはその通りなんだろう。

自分より優れた人間がいれば嫉妬《しっと》する。当たり前だ。

嫉妬して、諦《あきら》めて、心が腐って、身動きがとれなくなる。当たり前だ。

あんな姉が、もしも自分の一番近くにいたら、誰だっていまの仲里みたいになっちまう。

そんなの当たり前のことだ。

そんな弱さを、俺たちは抱えて生きている。

だったら、俺たちがこんな惨《みじ》めな生き物になったのは、全部そんな誰かのせいなのか？

こいつがダメなのは姉貴のせいで、俺がダメなのは社会のせいで、俺たちが敗《ま》けてるのは、そんな俺たち以外のなにかのせいで。

だから――。

「だから、そうやって逃げるのかよ。敗けたことさえ、なかったことにすんのかよ。そうやって、なにかも諦めて、そうやって――」

そうやって、俺たちは流される。

流される身体《からだ》を、俺たちはただ見ている。

流される俺たちは、だからこの世界を構成する『一』だった。

他のなにかのせいだから。自分じゃどうしようもないことだから。結局、俺たちは何者でもない、ただの数字に過ぎないから。

だったら、俺たちはそれだけなのか？　俺たちの人生は、他になんにもなかったのか？

違う。絶対、それだけじゃない。

俺も、こいつも、絶対それだけなんかじゃない。

「だって、悔しかったのはお前だ。勉強をしなかったのも、誰かに嫉妬したのも、頑張れなかったのも、それが苦しくしょうがなかったのも、全部お前で、俺で、俺たちだ」

授業で教師に当てられて、「わかりません」、その言葉を発さなければいけないのが苦しかったのは俺だ。

テストが返ってきたとき、誰にも見られないように点数を指で隠して、余計に惨《みじ》めな思いがしたのも俺だ。

たまに机に向かっても、どうせいまさら努力したところで他のやつらには敵《かな》わないと、腐ってやめてしまったのも俺だ。

少しずつ閉じていく未来が、怖くてしょうがなかったのも俺だ。

この劣等感も、後悔も焦りも苦悩も、全部俺たちだけのものだ。

それは絶対に、なかったことになんてならない。

「だから、どんなに辛《つら》くたって、他の誰かに押し付けちゃダメなんだよ。そうやって敗《ま》けることからさえも逃げようだなんて許されるわけがないんだよ」

「…………」

「だって、俺たちにはもうそれしかないじゃねぇか」

「…………」

「てめぇの敗北さえ背負えなかったら、俺たちはなにを誇って生きていけばいいんだよ!?」

◇　◇　◇

道路交通法？　知らんねぇなぁ、そんなもん。

そんな気持ちでペダルを漕ぐ。荷台にはあれからひとことも喋《しゃべ》らず、それでも大人しくついてきた仲里《なかさと》を乗せて、人生初の記念すべき女子との二人乗り。

だっていうのに、現実は甘くない。

もはやスマホで時間を確認する余裕さえないが、きっとテスト時間の半分はもう終わってる。

それでも、俺はペダルを踏む。いままで人を乗せて走ったこともない自転車は事あるごとによれるし、そんなに速度も出ない。

それでも漕ぐ。

それでも俺は漕ぐ。運動不足の心臓が悲鳴を上げる。息も出来ない。バランスは保てない。

学校まではまだ遠い。体力がもつ自信もないが、いまは頼れるやつもいない。とにかく一心不乱に足をまわして、横断歩道を――

「明人《あきと》クンッ?!」

「えっ？」

誓って言う、信号は青だった。

だっていうのに、俺たちは宙を舞っていた。

ＷＨＹ？　理由は簡単。横から走ってきた、宅配トラックに見事に轢《ひ》かれてしまったから。

一瞬、頭を駆け巡る走馬灯――わりぃ、俺、死んだ。海賊王になる男風のモノローグとともに、狭山明人《さやまあきと》（享年・十六歳）の人生は幕を閉じたのだった。

……というわけもなく、多少小突かれた程度で滞空時間など余裕で一秒未満。

ちょっと自転車が横倒しになった程度。地面に肘《ひじ》と手から落ちたんで、多少の軽傷あれど損傷軽微。

「痛った痛った痛った！　くっそ産まれて初めて車に轢かれたわ！　仲里《なかさと》、怪我《けが》は!?」

「だいじょぶ……だけど」

地面に尻もちついた仲里は、そのままチャリに視線を移す。

怪我のない俺たちと違って、車の衝撃をモロに受けたらしい俺のママチャリ（中学入学時購入の相棒）は前の籠《かご》が凹《へこ》み、タイヤも見事に歪《ゆが》んで完全に予後不良。長らくの付き合いだった相棒ともさよならの予感だった。

だが、そんな死する相棒もいまは二の次だ。

「……しゃあねぇ。仲里、先行け」

「え？」

「事故っちまったからには警察呼んだりしなきゃなんねぇかもだし、たぶん俺は動けねぇから、悪いけどあとは走って行ってくれ」

そう言って立ち上がる。ぶつかってしまったトラックの運転手のほうを確認すると、未《いま》だ呆《ぼう》然《ぜん》自失としている様子で一向に降りてこない。警察を呼ばれてからじゃ、仲里が現場を離れるのも難しくなるかもしれない。抜け出すのなら、いまのうちだ。

だが、仲里は首を振って。

「……いいって、もう」

その声は消え入りそうなほどか細かった。

ポケットから、スマホを取り出し時間を確認する。案の定、もうテスト時間は半分も残っていない。いまからじゃ、行ったところで教室にさえ入れてもらえないかもしれない。

「もう、今からじゃどうしようも、」

「それでもいいから、行かなきゃダメだ」

仲里の言葉を遮って、俺は言った。

どうしてそこまで？　仲里の瞳が問いかけてくる。

「仲里。お前、本当は悲しかったんだろ？」

ずっとずっと、なにをやっても姉貴に勝てないことが。

どれだけ焦っても焦っても勉強なんて出来ず、落ちこぼれてしまったことが。

そうして、少しずつ閉ざされていく未来が。

なによりも、自分を信じられないことが。信じさせてはくれないこの人生が。それでも回ってしまうこの世界が。

それが、俺たちは、悲しい。

「ホント、しょうもねぇわ。勉強とか、テストとか。登場人物の心情だとか、もうなくなった国のなんたらいう事件が何年に起こったとか、自動詞だとか他動詞だとか。自分だってどうせロクすっぽ憶《おぼ》えてもねぇくせに、『勉強しろ』とか言ってくる大人とか。そう思ってるはずなのに、テストで赤点とったら、やっぱりどっか傷ついちまう自分とか」

「………」

「ホント、世の中くだらねぇわ」

それでも、本当はわかっているのだ、俺たちは。

勉強をしなくちゃいけないってことも。社会のせいにすることに、意味がないのも。

何者でもない俺たちは、ただ世の中のあるがままに、従うしかないってことも。

そうして流されていくしかないってことも。

どこまでいっても、俺たちは世界を構成する『一』でしかないってことも。

だけど、それに納得していない自分もいる。

問①、問②、問③、問④。○と×。正解と不正解。

それを積み重ねて、君は何点。あの子は何点。俺は何点。

そんなもんで、俺たちを測ってくれるなと。

そういう気持ちがたしかにあるんだ。

いくら押し殺そうとしたって、忘れようとしたって、それでもそこにあるから。

この世界の誰も知らなくたって、それでもそこにあるから。なかったフリで誤魔化《ごまか》すことはどうしたって出来ないから。

それを、誰かに見つけて欲しい。わかってほしい。許して欲しい。

これは、そんな当たり前の話だ。

これはとてもありふれた、きっと何者にもなれない俺たちの物語。

そして、それだけが理由なのだ。

それだけが、ちっぽけで脆弱《ぜいじゃく》で、きっと世界を変えられない俺たちが、それでも統計学上の存在になんかならない、たったひとつの——。

「なぁ、仲里《なかさと》」

俺は仲里を見た。仲里の、その猫を思わせる瞳を。

「お前、自分でもどうすればいいのかわかんなくて辛《つら》かったんだろ？」

「…………」

「先のことが怖くて、眠れない夜だってあったろ？」

「…………」

「それでも、今回だけは本気でやってみてぇって思ったんだろ？」

仲里《なかさと》は答えない。その瞳から、はらりはらりと涙が零《こぼ》れる。

抑えられない嗚咽《おえつ》に、声も出ない。それでも、仲里は懸命に首を縦に振って。

——うん。

声なき声とともに頷《うなず》いた。

「だったら行け。もう間に合わんかもだけど、それでもいいから行かなきゃダメだ。行って、ちゃんと負けてこい。じゃなきゃ、なんにも変わらねぇ。


——お前の明日は、いつまで経《た》っても昨日のままだ」


仲里の瞳が、その焦点が、俺の瞳と合致する。

涙で潤む両眼が、陽の光を反射してきらきらと光っていた。

——電気が点《つ》いたみたいだ。俺は思った。その光は、太陽の如《ごと》く力強くはありえない。

弱く小さな光。それでもこの夜を照らす灯り。昏《くら》い昏い夜に灯る光。

その光の下に誰かがいる。この夜はきっと俺だけのものじゃない。その灯りの下で、今日も眠れない誰かが、懸命にこの夜を越えようとしている。

そう思わせてくれる光。

仲里は、俺の瞳を、きっとそこにも灯っている光を見て。

「――うん！」

そう、大きく頷いた。

くるりと踵《きびす》を返して走り出す。もう間に合わない。意味もない。それでも、仲里は走り出して――。


どるるんどるるん！！！


――は？

そのとき、そんな音が聞こえた。

どるるんどるるん。どるるんどるるん。

いいや、それは音と言うより声だ。バイクの排気音の稚拙極まる口真似《くちまね》だ。

そして、俺はもっとおかしなものを見た。

いつぞや聞いた噂話。ここらへん一帯を、ピンクのベスパで走り回る謎《なぞ》の怪人。通称・ピンクおばさん。

髪も服も全部がピンクな奇怪なそのおばちゃんの駆るベスパのサイドカーに座っていたのは、あまりにも見覚えのある電波さんで――。

「――私、参上！　なのです！」

なんだか、久方ぶりに聞いたその口上に、俺と仲里《なかさと》は思わず叫んでいた。

「このクレイジーサイコパス、よくやった！」

「神神神神！　もうおチビしか勝た～ん！！！」

この危急の事態に際して、どうやってか例の不審者さんの協力をとりつけたのだろう藤崎《ふじさき》は、そんな俺らからの特大の賛辞にじーんとなにやら感動してらっしゃった。

「うぅっ、ついに……ッ！　ついに私役に立ったのであるからしてッ。やはりこの世の救済に欠くべからざる私という存在に、ひいてはこの崇高なる私という自我に、私はいたく感動しているのであるからして……ッ」

いや、ちょっとなに言ってるかわかんないですけども、そんな電波ゆんゆん妄言もいまや気持ちいい。

そして、そんな藤崎を乗せたピンクおばさんはなにやら無言でこちらにサムズアップしている。校内の不審者ｆｅａｔ．町内の不審者さんの奇跡のコラボ。いまはそれがなによりもありがたい。

「さぁ、杏奈《あんな》！　乗りな！　なのであるからして！」

予備のヘルメットを投げて言う藤崎。渡されたメットは案の定というかなんというか、真っピンク。

「おっけ！」

サイドカーに入れ替わりで仲里が乗り込むと、その上に藤崎が座ってすっぽり収まる。

と、そのとき。

「明人《あきと》クン！」

仲里が俺の名を呼んだ。

へ？　と俺は反応する俺に彼女は満面の笑みを向ける。

その笑顔はいまから討ち死にしにいくやつとは思えないほど、晴れやかで、やっぱり副会長さまとは似てないな、なんて俺は思ってしまって。


「――明人クン、ウチ、バチクソ負けてくる！」


ぐっ！　とサムズアップ。

なにその台詞《せりふ》、バカみてぇ。だけど、それは実に仲里らしくて潔い敗北宣言。

「では！　発進～！」

そうして、エンジンを吹かすと急発進。ピンクのベスパは猛スピードで走り出した。それは、道交法などクソ食らえとばかりの速度で。

「ままま待って待って、おばちゃん、コレ大丈夫なの死なん死なん死なん!? 事故ったら死なん!?」

「なにを言うのです杏奈《あんな》。桃子《ももこ》ちゃんの運転技術に対して失礼なので、ふぉおおおお桃子ちゃん前見るのでして！」

「ええええええ、ちょ待、おチビ待って、やっぱ歩いて行かん!? ヤバいって絶対コレ、あああ、おチビ〜〜〜〜〜〜〜ッ!?」

……死ぬなよ、仲里《なかさと》。

俺は、天に坐《ざ》す神に祈った。

晴れ渡る空に、鳶《とんび》が弧を描いて飛んでいた。

◇　◇　◇

「ごめんね大丈夫だったー？ 怪我《けが》はない？ 頭ぶつけた？ あっ、そういうのはなさそうだから救急車は呼ばないで大丈夫そうだねよかった。それで信号だけど、君のほう赤だったでしょ？ ダメだよ、急いでるからって信号無視は。ドラレコはたまたま電源が切れてたから確認のしようがないけど、僕はちゃんと信号を確認してたから間違いないよ。それで警察を呼んだほうがいいと思うんだけど君はそれでも大丈夫？ さっきまで二人乗りしてたよね？ ていう

か高校生だよね？　学校サボって、二人乗りして信号無視で事故なんて、問題になっちゃうと思うんだけど」

それが放心から復活した相手の運転手さん（二十代男性）のご意見だった。

迸《ほとばし》る長文に、絶対に警察を介入させず内々で事を済ませようという意思がひしひしと感じられた。というか溢《あふ》れ出る保身ムーブがもはや恐怖だった。

「お、大人、えげつねぇ……」

こっちがガキだからって、丸め込めると思ってやがる。

だが、流石《さすが》にこの事態に警察を呼ばないのはまずいだろうし、そもそも自転車は壊れてるから保険だのなんだのの問題もあるだろうし、あと絶対信号は青だった。さらっと虚偽の報告しやがって法廷で不利な証言としてあげつらったろかいという気持ちだった。

「……いや、まぁつっても流石にこの状況で警察呼ばないのもアレなんで。とりあえず呼んだほうが……」

「ふーん、そう。ところで、さっき後ろに乗ってた女の子、バイク乗って行っちゃったね。明らかに危険運転に見えたけど大丈夫かな？　本当に警察を呼んでも」

「………………」

やばいて。えぐいて。大人、ハンパないって。的確に弱点を突いてきとるて。

俺の頭のなかに瞬《またた》く間に印刷されゆく新聞記事。

『学生二人・危険運転の末、死亡事故か？』

掲載された写真の片隅で、死んだ仲里《なかさと》の亡霊が映り込み泣いていた。その顔の横には吹き出しで。

『明人《あきと》クンどうしよ～？　スピード違反バレて退学なっちゃった～……』

そして新聞の本文を読み込むと、そこにはびっしり呪殺――の文字が。

あ、悪霊化しとる……って違う違う。なんで一足飛びに死んでんのよ、そしてなんで死んだあとなのに退学まで食らってんのよ、縁起でもねぇ……でもなくて、いまはそれよりもなによりも。

「呼ばないほうがいいかもっすね、警察……」

「ふーん。そっかそっか。そちらさんが呼ばないでっていうなら、そうしよっか？　じゃあ、こっちは駐車してる間にボールかなにかをぶつけられたってことにするから……」

と、俺はわずかにフロントが凹《へこ》んだ宅配トラックを見る。

なるほど。社用車で人身事故、と来ればこの人もタダじゃすまない。最悪、解雇も免れないだろう。

そりゃあ、高校生相手にここまで必死にいじめてきて当然か。

くっ。抑えろ俺！　落ち着け！　この人にだって生活があるんだ！　奥さんや子供を養わなければいけないのかもしれない。或《あ》いは老いた両親を。そう、この人も必死に生きている。その努力がこれなんだ。そう思えば、この胸糞《むなくそ》悪い主張もなんとか呑み下せ――

「へぇ、ボールが？」

そのとき、そんな聞き憶《おぼ》えのある声が聞こえた。次いで。

――ガンッ！！！

という、けたたましい音。

「ボーリングの球でも飛んできたの、もしかして？」

トラックのフロント部分に容赦《ようしゃ》なくヤクザキックをかますその女――小野寺《おのでら》は、俺を見ると少しも悪びれずにそう言った。

無論、そんなもんを静観するドライバーではない。なぜなら、彼はザ・大人。世の中の理不尽にノーを突き付け、己の理不尽だけはなにがなんでも通す真のアダルトなのだから。

ドライバーは、小野寺ににじり寄ると。

「お前、なにして――」

ガンッ!!　ガンッ!!　ガンッ!!

が、けたたましい音、再び。

「うわ～。壁打ちでもされたみたい。かわいそう……」

「……そのへんにしとかないと、警察」

「警察？」

そのとき、すっと小野寺は手に持っていたスマホを突き出した。これ見よがしにレンズを見せつけ、ついで、起動中のカメラ画面を見せる。

「ボールが当たったんでしょ？」

「…………」

「それとも、信号無視でチャリでも轢《ひ》いた？」

録画停止ボタンを押すと、ピコンと鳴る電子音。

それはまるで、いまのいままでカメラを回していたかのような素振りで、つまり事故の決定的な瞬間がそこに納められているかのような素振りでもあって——そのとき小野寺がこちらを見た。

目が合うと、口の動きだけで、

『ウ・ソ』

……怖～。なにあの人、怖いんですけど。大の大人相手にその大立ち回りとか、ちょっと好きになりそうというかなんならすでに相当好き。一生愛し抜きたい。

これにはドライバーさんも沈黙するほかなかった。

「怪我《けが》は？」

近くに寄ってきた小野寺《おのでら》がそれだけ短く訊ねてくる。たぶんない、と首をふるが、小野寺は疑わし気にこちらを観察し始めて。

「頭は？」

「打ってない」

「どっか痛いとこもない？」

「ない」

「ちょっと屈《かが》んで」

「…………」言われて大人しく屈伸運動をする。

「どう？」

「大丈夫、だと思う」

「わかった」

それだけ言って満足したのか、小野寺は再び運転手のほうに振り返ると、運転免許証を撮らせろと要求していた。もし後日、なにかあったときの為だろう。事故の影響が時間が経《た》ってから出ることもあると聞く。

運転手は渋ったが、小野寺が車体と車のナンバーの写真を撮り始めたのを見て、もはや逃げ切るのは無理と諦《あきら》めたのらしい。大人しく免許を差し出していた。

そんな諸々《もろもろ》の作業を終えると。

「じゃあ、狭山《さやま》」

宅配トラックを指差して、小野寺は言った。

「蹴《け》って？」

と。それは、普段ならあまり見られない小野寺の晴れやかな笑みで。

「狭山、知ってる？　他所《よそ》の車って、蹴飛ばすとかなり気持ちいいみたい」

さながら、それは悪魔の笑みだったといいます。

第八話　今日、君から聞く寓話《ぐうわ》　@　近所の地下道

はてさて。そういうわけで後日談というか、今回のオチ。

「な、なぬ!?　どういうことなのです!?」

ある日の放課後、そんな藤崎《ふじさき》の驚きの声が相談室に響いてた。

「やー、それがウチもびっくりしたんだけどさァ」

そして、その対面のソファに座る仲里《なかさと》は、テーブルに広げた答案用紙を一枚一枚をめくり。

「なんかあれだけ騒いどいてなんなんだけど、思ってたより試験の結果よかったくさくてさァ」

そう。そうなのである。

あれだけテストの結果がボロボロだ、どうしようどうしよう、大騒ぎして泣きわめいて、挙《あげ》句《く》逃亡までかましたくせに。

それなのに、テストが返却されるたびに、仲里のテンションは上がっていった。

曰《いわ》く、全然テストがうまくいってなかったと思ったはずが、たまたま、配点の高い問題を解けていたりだとか、間違ってたと思ってた解答が実はあっていたとか、そういうアレやコレやの積み重ねで、結局、ほとんど赤点もなかったんだとか。

そんなようなことを、仲里は嬉々《きき》として語った。

だが、そんな報告を快く思わない心狭き男もいた。

「……すぞ」

どころか、『殺すぞ』と殺意を剝《む》き出しにする始末だった。

「は？　あんだけ騒ぎ散らかしてそのオチって、は？　しょうもないんだが？　は？　は？
そして俺は全然余裕で赤点だらけなんだが？　は？　は？　はぁぁぁ!?」

言うまでもなく俺だった。

ここで付記しておくと、あの最終日のテスト。

仲里がほうほうの体《てい》で教室に辿《たど》り着き事情を説明すると、特別に別室にて試験を受けさせてもらえたのだという。一方で、俺と小野寺《おのでら》は普通に間に合わず問答無用の０点判定。

俺はともかく、小野寺、ものの見事なとばっちりだった。

俺はキレた。刺す。そう思った。必ず、この邪知暴虐《じゃちぼうぎゃく》の落ちこぼれを除かねばならぬ。

「っけんなよマジで！　仲里が俺よりいい点とったら今度は俺がビリになっちゃうかもしれねえだろうが！　引き続き見下させろや！　『俺よりバカいてよかった～』って思わせろや！
じゃなきゃ夜とか眠れなくなっちゃうだろうが！」

「明人《あきと》クン、それは流石《さすが》にクズ過ぎん……？」

かくして、俺はさんざ苦労した結果、補習仲間兼、仲里言うところのバカメンをひとり失うこととなったのだった。

◇　◇　◇

と、まぁそんなやりとりがあった日の帰り道。

『じゃあさ、明人《あきと》クン。お詫《わ》びにいいもの見せてあげよっか？』

急にそんなことを言った仲里《なかさと》に連れられたのは、やっぱりというかあの場所だった。

テスト最終日のあのとき、仲里がいた地下道。

そこは幼い頃から嫌なことがあると仲里が逃げ込んでいた、秘密基地みたいなもんだったのだという。

遡《さかのぼ》ること数年前、高校受験の日。

受験勉強などロクにせず、だから見事な討ち死にを果たしたあの日、仲里は逃げ込むようにこの場所に来た。

人生終わった――補欠合格なんて頭になかった当時は、本当に心からそう思って、涙も出ないほどショックを受けた。

「あんときは凹《へこ》んだねェ〜。マジ、ここまで歩いてきた記憶も飛んでるっつか。どうやって来たかも憶《おぼ》えてないってか。……で、そんとき、後ろからぬぼーって歩いてきたのが」

「――俺、か」

「そゆこと」

思い返せば、受験の日は俺にとっても人生最悪の日だった。

なにせ、出題された問題はさっぱりわからず、困った末に使ったのがサイコロ鉛筆だ。己が人生を運否天賦《うんぷてんぷ》に任せてしまったあのショック体験は、なかなか忘れられそうもない。

終わった後は呆然《ぼうぜん》自失。電車で帰るはずが、気づけば見知らぬ土地であるここら一帯を夢遊病患者のように練り歩き、そしてこの場所に迷い込んでいた。

そこで、俺たちは会っていたのだ。

それから時が過ぎ、俺たちは高校生になり、そうして高校最初の補習授業で再会し、そのとき仲里は俺を見て。

憶えてる？　去年会ったじゃん――なんてそう言った。

なにこの馴《な》れ馴れしいギャル……。前世でも来世でもいかなる世界線においても、こんなパリピと交友を結ぶことは絶対にないんですけど、と思った。つかマジ誰こいつ？　って感じだった。

『あれ？　ごめん、人違いかも……。いやでも、絶対あの子じゃん。ええ～……？』

そんな俺のリアクションに、仲里も逆にびっくり。

だが、それもしょうがない。なぜって、受験の日に会った仲里はいまとは全く違う出で立《いた》ち

——髪も地毛で、ツインテールでもなく、化粧っ気もない。

つまり、限りなくいまの副会長さまにそっくりな見た目をしていて。

「そりゃそうじゃん？　ウチだって受験にこんなアタマで行かんて」

「っすよね～」

が、なんにせよ、そういうわけで副会長さまと初めて会ったとき、『え、こいつ、あの時のやつじゃん』と俺は思った。

にもかかわらず、副会長さまからは『はじめまして』なんて初対面対応され——実際、はじめましてだったわけだが——じゃあ人違いか、驚くほどの他人の空似か、と納得。テスト最終日まですっかりそんなことがあったことも忘れていた。

我ながら、双子と聞いた時点でピンと来いやと言いたくなるが、そもそものときには、そんなやりとりがあったことさえ忘れていた。

かくして、間抜け過ぎるすれ違いは正されることもなく、テスト最終日のあの日まで続いたとそういうわけだった。

「でも、すごい偶然じゃんね？　最後のテストの日、たまったまウチもここに来てて、たまたま明人《あきと》クンも思い出すとか」

「たしかに」

偶然もこれだけ重なれば、ある種、必然めいて見えてくる。

まぁ、どっちだって構わないし、どっちだって同じことだろう。

俺は、壁に掛けられた鳥たちの絵に視線を投げる。

色とりどりの鳥たち。そのなかで一際目立つのは、ピンク色したフラミンゴ。

「コレ、ウチが描いたんだよ。小一くらいの頃」

「へぇ。……え、うまくね？　小一にしては」

「だしょ～？　で、こっちが――」

と、続いて仲里《なかさと》が指差したのは……なんだろう。ちょっと、よくわからない。

なんか、めちゃくちゃカラフルな渦巻きというか、迸《ほとばし》るパッションに任せたまま描いたグチャグチャな線というか、成功できなかった世界線のピカソというか、つまりそんなだった。

「こっちが、お姉の絵」

「え、マジ？」

「うん。ちなみに、オカメインコらしーよ」

「…………」

まぁ、なんだろう。小学一年生のやることですから、俺もあんまりこういうことは言いたくないけど、オカメインコ側が裁判を起こしたらちゃんとガッツリ負けると思う。

これをオカメインコというのは、なかなかに重大な名誉毀損《めいよきそん》だと思う。

そんなことを思っていると、「実はねェ……」仲里は密《ひそ》やかな声で言った。

「実はお姉、絵だけは苦手なんだよね。コレ、お姉の数少ない弱点なんだけど」

「マジか。え、いまも？」

「うん。全然ここから進歩してない」

それはそれはなんというか。

今度、美術室に忍び込んで、仲里《なかさと》さん家の芹奈《せりな》さんの「作品」を盗み見てやろうと思った。

なんならスマホで写真撮ってバラ撒《ま》いて、広く喧伝《けんでん》してやってもいい。

「思えば、人生でお姉に勝ったのこんくらいなんよね〜。フラミンゴ、めっちゃ褒《ほ》められたしさ。あんときは漫画家なろ〜、とかアホなこと思ったっけ」

「小一だしなぁ〜」

「小一だもんねぇ〜」

だけど、それは仲里にとって最古の、そしてきっと初めての成功体験。

姉に比べられて、なにをしても勝てなくて、だからなにもする気になんてなれなくて。

それでも、一度も勝てなかったわけじゃない。

嬉しかった、幼い日の記憶。

「最初は、それを思い出したかったから来てたんだろうね、ここ」

仲里は言う。

「この地下道がまだ通学路だった頃は、毎朝、ここでフラミンゴ見るの嬉しくてさ。新しく友達になった子と一緒に通るときとか、『これウチ描いたやつ～！』とか自慢して。で、通学路じゃなくなってからは、ひとりでこっそり来たりして。……そう考えると、ウチ、若干陰キャくさくね？」

「たしかに、やってることド陰だな……」

「まじか」

「そもそも姉貴に対して僻《ひが》みまくってるとことか、お前、性格はキホン陰なんだよな……」

「まーじーかー」

ぐわんぐわんぐわん。と、ショックに頭を抱える仲里。

ふと、俺は思い出した。

あの日、この場所で会った仲里の顔。そのなんの感情も映さない瞳。

きっと、俺も同じような表情をしていたんだろう。あの日の仲里に俺は尋ねられた。

『――どうだった？』

そのひとことで、どうしてだろう？　全部わかった。

目の前の少女が、同じ受験会場にいたことも。彼女が、俺と同じだってことも。

思い返すだに、アレは不思議な時間だった。あの日の俺たちは束の間、まるで幼子に退行していたようで。

でなければ、どうして初めて会った名前も知らない相手に、俺たちはあんなにも胸襟を開いて言葉を交わすことが出来たのか。

落ちこぼれ同士のシンパシー、なんて言葉で片付けたくはない。

それは、砂場で遊ぶ他の子供といつの間にやら一緒になって泥だらけになっていた、あの頃にだけ使えた魔法。年を重ねるにつれ、失われていく神秘。

それが、あの日にだけ、再び自分の手に戻ってきたような。

『――こいつ』

俺は、あのときふと目の前の絵のなかで一際美しい鳥を指した。

ピンクの美しい羽を大きく広げたフラミンゴ。だが、その足は異様に太い。よく見れば、太く見えるのはその足になにかが付いているからだった。

『これ、なんだろ?』

尋ねる俺に仲里《なかさと》が語ったのは、あの寓話《ぐうわ》。

彼女が幼い日に見たという、動物番組のワンシーン。

アフリカの塩田で孵《かえ》るフラミンゴの雛《ひな》たち。海を目指す大移動。群れから置き去りにされた一匹のフラミンゴの子供。

『そのフラミンゴの赤ちゃんは――』

中学生だった仲里の言葉が、遠くあの日から木霊《こだま》となって俺の耳に返ってくる。

『そのフラミンゴの赤ちゃんは、たぶん飛び方を知る前に死んじゃったんだよね――』

『ねぇ、だからこの鳥は――』

『この鳥は、わたしたちだよね――』

「なぁ、仲里」

「んー？」

「結局さ、あのフラミンゴは、最後どうなったんだろうな？」

仲里は憶《おぼ》えているだろうか？　あの日、俺に聞かせてくれたあの寓話を。

ここに描かれたフラミンゴの由来を。そんな心配は杞憂《きゆう》だった。

「……きっと、まだ飛べないでいんだろうね」

返ってきたのは、そんな自信なさげな言葉。それでも、仲里は明るい表情をして。

「だけど、いつかは飛べるかも」

赤、青、緑。鳥たちの群れが、一斉に走り出す。海に向かって。

いつか飛べる。塩の砂漠を越えて、この薄暗い地下を抜けて、青い空へ。

その遥か後方にいる一匹のフラミンゴ。

足に塩の塊をぶらさげて、弱々しく喘《あえ》ぎながら、彼はそれでも――。

「たぶんさ、あのフラミンゴは怖かったんだよ」

仲里《なかさと》は言う。

「もしも、海に出てそれでも飛べなかったらどうしよう？　もし飛べたとしても、思ったより飛べなかったらどうしよう？　って。だったら、飛ばないでいたほうがいいや、って。きっとそう思ったんだよ」

――俺たちが頑張れない理由。それはとても簡単な理由だ。

きっと、俺たちは怖いのだ。

本気でなにかをして、それでもなにも成し遂げられないかもしれないのが。

自分なんて何者でもないと、そんなわかっているはずの当たり前のことを知ってしまうのが、たまらなく怖いのだ。

自分なんてこんなもん。自分の限界はあれくらい。だから、自分の人生はこれくらい。

それを確かめるのが、怖くて怖くて仕方ないのだ。

俺たちは、いつの間にかこんな地獄にいる。こんな荒野を、いまも死ぬる思いで歩かされている。

それでも、いつか飛びたい。いつか変わりたい。昨日のままの明日は嫌だから。

きっと、一番にはなれないけれど。この空の一番高いところまで飛べはしないけれど。どこまで飛べるかさえわからないけれど——。

だから、フラミンゴは駆けだした。

やっぱり上手《うま》くいかなくて、やっと飛べたと思ったら、やっぱりそんなに高くは飛べなくて。

それでも、フラミンゴは思い出した。

自分にはまだ羽があることを。羽があるから、自分は鳥だということを。

それは、まるであの日、ちゃんと敗けると心に決めた仲里のように。

俺たちは飛ぼうとして失敗する。

失敗して、傷ついて、涙を流して、やっと自分の形がわかる。

自分が誰で、どこにいて、本当はどこに行きたいのか。

要するに、これは——。

「コレ。昨日、小野寺《おのでら》さんと一緒に本屋で選んできたんだけどさ」

そう言って、仲里が鞄《かばん》から取り出したのは、一冊の本。そこにはこう記されてある。

令和版　大学受験案内　大学・短大・大学院——と。

「や〜、どこまでやれるかわからんけどねェ〜。つか、進路とか進学先のこととか、まだなんも考えてないし。そもそもウチの頭で入れる大学あんの？　って話だし」

あの日かかった魔法もいまはない。

大人になってしまった俺たちは、素直に心を言葉にすることさえ難しい。それでも、仲里は照れる心を押し殺して。

「でも見てて。明人《あきと》クン。もう逃げたりしないから。そんで、もしダメだったときは――」

そこで、彼女はにっこり笑った。

「そんときは、また一緒に補習受けようね。バカとバカが結ぶ友情、イエスじゃん？」

――要するに、これはそういう話だったらしい。

エピローグ　或《あ》いは、彼らのいささか非効率な戦争

終業式を終えて、放課後。

ついに始まった夏休みに、どこか浮ついた生徒たちで溢《あふ》れる廊下を歩く。

その人混みのなかにおいても、そいつは際立っていた。ひとことで言えばオーラが違う。

こんにちは、と彼女は俺を見て言う。

はぁ。と、俺は曖昧《あいまい》に返して目礼する。そして。

「――それで、考えてくれた？」

そう、副会長さまが言った。

「考える？」

……って、なんだっけ？　と一瞬思って、すぐに思い当たる。

『狭山《さやま》君。そろそろ私と仲直りなど、おひとついかが？』

「私としてはこう、夏休みが始まる前にちゃんと決着つけときたいというか。今学期のことは今学期のうちに済ませておきたいというかそういう感じなんだけど」

「また律儀な……」

そして、存外にしつこい。いいや、ここはお優しいと形容すべきか。

なにせ、これは俺に差し出された二度目のチャンスなのだ。

『大丈夫、狭山《さやま》君は全然ダメ人間なんかじゃないと思う』

そんなことを言って、始業式のあの日、俺に手を差し伸べた副会長さま。

俺はその手を考えもなしに撥《は》ね除《の》けた。それでどうなった？　校内ではしばらくの間、鼻つまみ者として扱われ、未《いま》だ惨《みじ》めな学校生活。

その上、藤崎小夜子《ふじさきさよこ》などというワケのわからんガキに絡《から》まれることにもなった。

だが、この手をとれば、それらはすべてなかったことに出来るかもしれない。

校内に流れた噂も払拭され、友人にも恵まれる可能性もある。常に人に囲まれている副会長さまと交友を結べば、必然的にそういう流れになる。

どころか、副会長さまは俺をいまよりマシな人間へと導いてくれるかもしれない。

誰かに嫉妬《しっと》して、惨めに生きる負け犬。そんな俺でさえ、副会長さまは救ってくれるかもしれない。いまよりマシな人間になれるかもしれない。そうなれば、晴れて藤崎ともおさらばだ。

あいつの目的はそもそも俺を真人間にすることなんだから。

あのとき、どうしてあんなバカなことをしでかしたのかと、何度後悔したか知れない。

それを帳消しに出来る。なにもかも、上手《うま》くいく――。

「……やっぱり、お前は正しいよ。お前を信じるのが正しいなんて、最初っから俺にだってわかってた」

俺は言った。

「他人様《ひとさま》に嫉妬して、僻《ひが》んで、だっていうのにろくすっぽ努力もしねぇで、だから全然救われねえ。正しいお前から見たら、俺の人生、全部間違って見えるんだろうな」

副会長さまは答えない。

ただ、俺を静かに見る。その瞳に浮かぶのは、あの色――。

「努力すんのは素晴らしい。たとえそれで一番にはなれなくても、いまよりマシな自分になれる。それはたぶん幸せなことなんだろう」

だから、こいつは正しい。

努力すること。上を目指すこと。いまよりも優れた自分になること。

それは幸せなことだという倫理が、この世界にはある。

そうして、世界に少しずつ強い人間は増えていく。

世界は、少しずつよくなっていく。

「お前は強い。お前の世界は完璧《かんぺき》だ。だからお前の勝ちでいい。でもさ、実はそこがお前の限界でもあるんだよ」

だって――

「――だって、そこはみんなが救われる世界じゃない」

仲里杏奈《なかさとあんな》は努力すると決めた。それが報われるかどうかはわからない。いつかまた負けてしまうかもしれない。へこたれてしまうかもしれない。諦《あきら》めてしまうかもしれない。

頑張ればみんなが幸せになれるなんて、そんな優しい世界はどこにもない。

あいつは幸せにはなれないかもしれない。たとえ幸せになれたとしても、今度は違う誰かが不幸せになるかもしれない。

世界中の誰もが仲里芹奈《せりな》のように強くあれたとしても、それは変わらない。

「お前は強いよ。だけどな、お前が強くあれるのは、お前に勝てない弱い誰かがいるおかげでもあるんだよ」

勝者がいるから、敗者がいる。

それは同時に、敗者がいなければ勝者は存在し得ないと再定義することも出来る。

弱者がいるから、強者は強者たりうる。

どこかに一を足せば、必ずどこかで一が引かれる。それがこの世界に約束された法則。

世界中の誰もが強者になったとき、そこに生まれるのは新しい弱者だ。

だから、救われない誰かは、絶対にいなくなったりしない。

俺たちが見てきた悲しみは、これからも消えてなくなったりしない。

いつか俺が救われたって、それでも救われない人間はこの世界のどこかで苦しみ続ける。

「だったらさ、俺はせめてそんな負け犬のひとりでいたいって思うんだよ」

理由なんてない。立派な大義名分もない。

たけど、俺はそれを綺麗だと思った。

弱くても惨《みじ》めでも間違ってても、それでも生きていこうとする人の姿は美しいと思った。

そんな悲しみを引き受ける人の弱さを尊いと思った。

俺も、そう生きてみたいと思った。

だから、俺は努力なんかしない。上を目指したりしない。憧《あこが》れたりしない。勝ったりしない。

強くなったりしない。救われたりしない。

仲里芹奈を、認めたりなんかしない。


「――俺は最後のひとりになるまで負け犬であり続ける。それを意味がないことだなんて、俺は誰にも言わせない」


こうして、差し伸べられた手を俺は再び拒絶した。

あの時、選ばなかった選択肢を俺は再び選ばなかった。

「……そっか。ま、狭山《さやま》君はそう言うだろうって思ったけどさ」

さして残念がる風でもなく、手を引っ込めた副会長さまは微笑《ほほえ》んでいた。

次いで、おもむろにスカートのポケットに手を突っ込む。そこに握られていたのは——鉛筆？

「コレ、拾ったときはびっくりしたよ。こんなの、ホントに受験で使う子いないと思ってたし
……あ、てかいい加減、返すねこれ。落とし物」

はい、と手渡されたその鉛筆はどこかで見覚えがあって。

上の端に振られた1〜6の数字と、小さく書かれた『狭山《さやま》』の文字……って、俺？　なにがなんだかわからぬうちに、副会長さまは続けた。

「狭山君を見たときのほうがびっくりしたけどね。狭山君にっていうか、狭山君を見て、悔しいって思っちゃった自分にっていうか」

「………………」

「だって狭山君、全然平気な顔してるんだもん」

必死に勉強して、彼女がテストで満点をとるその横で、狭山明人《あきと》は赤点をとる。

彼女が部活で活躍する横で、狭山明人は怠惰《たいだ》に過ごし続ける。

生徒会での活動に精を出し、友人に恵まれ、異性の気を惹《ひ》き、そうしてなにかを積み上げていくその横で、狭山明人はなにも変わらない。

弱いくせに。惨《みじ》めなくせに。負け犬のくせに。

狭山明人は、彼女に差し伸べられた手を撥《は》ね除《の》けて。

それでも、平気な顔して生きている。

「それって、結構、悔しかったりするんだよ？　頑張り屋さんの私としては。だって、狭山君ほんとは思ってるんでしょう？」

努力して、高見を目指す。そうして、いまよりも優れた自分になる。誰よりも優れた自分になる。

誰かに勝つ。誰かより価値のある人間になる。

そうやって、努力して努力して努力して、そんな彼女を見て、俺は言う。

——そんなことしないと、お前は生きられないの？

彼女だって、わかってる。それを言ったのは俺じゃない。

それは彼女の心のなかに棲む、俺。

その『狭山明人』がこう囁《ささや》く。

努力して、誰かより良い場所に立って、それでやっと自分を肯定し、自分を保ち、自分は幸せだと満足できる彼女に向けて。

——強くなきゃ生きていけないの？

——強い自分でなきゃ受け入れられないの？　弱い自分でいることには耐えられないの？

——それって、弱いのと、なにが違うの？


「君は自分を弱いという。けどね、弱いままで生きていくことは、強くあろうとするのと本当は同じくらい難しい。そして、その生き方はきっと苦しい。そう思ったら、いままで見えてた風景は全部逆さまに見える。努力することは、その痛みから逃げるってことなのかも——君を見てると、そんな風に思ったりする」

だから、彼女の視界から狭山明人《さやまあきと》は消えない。

だから、彼女は狭山明人の間違いを正さなければならない。

だから、彼女は狭山明人を屈服させなければならない。

「ひとつ、予言するよ」

仲里芹奈《なかさとせりな》は言った。

「——狭山君、君の進む先にあるのは破滅だよ」

だろうな、と俺は頷《うなず》く。

「だけどさ、俺は見てみたいんよ」

俺たちがどこに向かおうとしているのかを。

負けて負けて、負け続けた先にある、この世界の一番下からの景色を。そのとき、世界が何色に見えるのかを。

「勝てないなぁ」

そんな俺の答えに、副会長さまは笑った。

「狭山君にどうすれば勝てるのか、もうわかんないなぁ……」

そう、誰に言うでもなく嘯《うそぶ》いた。

ふと、脳裏に過ぎるのは仲里の言葉。地下道で副会長さまの絵を一緒に見た日の帰り道。

『――明人クン。もうひとつ、いいこと教えてあげよっか？　お姉ってね、人のこと嫌ったりしないの。なんでかわかる？』

わからない。そう首を振ると、仲里は言った。

『なんかねェ～、人間関係は先に嫌ったほうが負け！　って思ってるみたいでさァ～』

「なぁ、ずっと聞きたいと思ってたんだけど」

俺は副会長さまの瞳を見る。そこには、いつも同じ色が宿っている。俺を見るとき、必ずそこに浮かぶ、あの色。

微笑《ほほえ》みでは隠しきれない、どす黒い感情。人はそれをこう呼ぶ――。

「お前、本当は俺のこと嫌いだろ？」

「うん。すっごい嫌い」

――憎しみ、と。

まるで憑《つ》きものが落ちたみたいに、晴れやかな顔で副会長さまは言う。

「狭山《さやま》君はさ、生きてるだけで私を否定してる感じがする。だから、無視することも出来なかった。それが、いまわかった気がする」

にっこりと、それはまるで花開くような笑顔。そんな笑顔のまま。

「否定されたら、あとはもう戦争しかないよね？」

「…………」

あれ？　なんだろう。なんか、この人、急にキャラ変わりませんでした？

「いや、別にそんなことはねぇだろ。フツーに、お互いが幸せになれる距離感で生きていくとか……」

それが平和への第一歩だろ。

お互いに相互理解なんて出来ないのなら、せめて領海領空内には立ち入らないでおこうっていう。そういう互いの気遣いが世界に恒久的な平和をもたらすだろ。

が、副会長さまは頑迷だった。

「やだ」

というか、ちょっと幼稚だった。

「だって、私は私のこと嫌いな人許せないもん」

「…………」

あれ？　なんだろう。なんか、この人、際限なくキャラ変わっていきませんか？

〜もん、ってなに？　なんなのその可愛《かわい》い口調？　なんなの？

困惑する俺を置き去りに、ビシッ！　と俺を指差す副会長さま。次いで、高らかにこう宣言した。

「私を認めないなんて許さない。いつか絶対泣かせてやる」

「とうとうガチもんの小学生みたいなこと言い出したな……」

「は？　どこが？　なんで？　どうしていまのが小学生みたいな発言なの？　証拠は？　先生がそう言ったの？　何時何分何秒？　地球が何回まわった日？」

「…………」

衝撃の新事実。

Ms.完璧《かんぺき》と名高い、我が校自慢の生徒会副会長さま。

なにもかもが完璧であるはずの彼女は、しかして、嫌いな相手に対しては小学生のような煽《あお》りをしてしまうという、かなり致命的な欠点があるらしかった。

「いや、だっる！　もうお互い嫌い同士ってハッキリしたんだからそれでよくね!?　マジで今後関わらないようにすればよくね!?」

「やだ。狭山君《さやま》が間違いを認めるまで、わたし絶対ウザ絡《がら》みする」

「ウザ絡みって自分で言っちゃってるしよ……」

「ていうか早く負け認めて。いま謝って。始業式のとき泣かせちゃってごめんね？　って言って。狭山君はそう言うべきだよ。言わなきゃダメ」

「ハ？　ざっけんなよ、あんなもんぶっちゃけ俺そんなに悪くな、」

「はい三つ数えまーす。いーち、にーい……」

「こ、怖……ッ！！！」

目が完全にいっとる。完全にマジの目をしとる。

クソ真面目《まじめ》なやつほど抑圧されているっていうけど、あんないい人ヅラの下にこんな本性隠してたとか、もうやだ。俺、人間が怖い。もう森に帰りたい……。

「というわけで――」

が、そこで副会長さまはいつもの如《ごと》く、笑顔を見せて――それが仮面に過ぎないと知ったいま、その笑顔ほど怖いものもなくて――こう言った。

「――これからはもっと仲良くしようね？　狭山君」

◇　◇　◇

かくして、今日が終わる。一学期最後の今日が。

呼びつけられたので相談室に顔を出してみれば、そこには久々にいつメンどもが勢揃《ぞろ》い。

「や～ごめんね～？　今回はあんま手伝えなくて。ところで、狭山君、夏休み空いてる？　実は心中スポット巡り旅行とかしたいなぁ～って思っててさ？」

と、相田《あいだ》パイセンは夏の計画（生存確率不明）について語り。

「ん～む。はやく登録者50万行かんかのう～。はやくスパチャでセレブになりたいのう～」

なにやら未《いま》だＶｔｕｂｅｒドリームの熱から覚めやらぬ古賀《こが》さんはスマホ片手にＹｏｕＴｕｂｅと睨《にら》めっこ。

その傍《かたわ》らでは、かったるそうにソファに座る小野寺《おのでら》に、仲里《なかさと》が両手をあわせて。

「いやぁ～、ホントあったけぇ～。夏休みまでウチの面倒見てくれるとか、小野寺さんマジあったけぇ～。今後ともよろしくお願いしまままま！」

「……まぁ、乗りかかった船だし」

なるほど、二人はそういう感じに落ち着いたか。未だ友達とは言い切れないけれど、しかして、ただのクラスメイトのひとりでもない。

それは意外に悪くない取り合わせ、なのかもしれない。

そうして、夏休みに早くも想いを馳《は》せ緩み切った空気の流れる相談室に。

「弛《ゆる》むでなーい！」

藤崎《ふじさき》の声が響き渡る。

「夏休みとて、我が特別生徒相談室に休みなど許されんのであるからして！　まずは落ち着いてプールとＢＢＱの予定を組むのであるからして～！」

なにこいつ、めちゃくちゃ夏を満喫しようとしてんじゃん。その健全さが逆に引くわ……。

なんて、俺は思ったりして。

――こうして、俺たちの一学期が終わった。

あとがき

お久しぶりです。境田《さかいだ》・謝罪・吉孝《よしたか》です。ごめんて。

あとがき二行目から問答無用で延期の話をするスピード感でいきますが、本書が発売されるまでには、五年もの長い延期期間がございました。

いやぁ～、五年は半端ないっすよね～、まぁまぁ悪いことして逮捕されたひとがガッツリ更正して刑期終えるくらいの期間っすもんね～――みたいな延期ギャグを言ってる場合ではない。五年はガチで笑えん。エルリック兄弟も母親の人体錬成に失敗してから本編が始まるまでの流れを三年で済ましとる。いい加減にしろ。

斯様《かよう》な事情を鑑《かんが》み、ここからは謝辞&謝罪オンパレで行きます。俺の謝意、見ててくれ。

担当編集の岩浅《いわあさ》様。すみません。もうコレしか言葉がございません。岩浅さんへのご迷惑の掛け方をここでちゃんと振り返るとマジで抗うつ剤が欲しくなるのであまり書きたくありませんが、なんか俺のせいで延期当時は死ぬほど怒られて死ぬほど頭を下げてくれたそうです。そして、そんなご迷惑をおかけしたにも関わらず、五年も音沙汰《さた》のなかった本書を出版へと漕ぎ着けてくださいましたこのご恩、一生忘れません。そもそも、出版業界の内情に明るくない向きには伝わりづらいかもしれませんが、五年もエタっていた作品が世に出るということは大概常識外れなことでして、つまりこうして本書を出版するなどという奇人ムーブをしてしまった岩浅さんが今後おぞましい変人編集者扱いされるであろうことは想像に難《かた》くありません。今頃は編集部内で、さぞキモがられていることでしょう。可哀想《かわいそう》。ガチで涙止まらん。すみません。

イラスト担当のU35《うみこ》様。すみません。本当に。担当編集の岩浅さんにはまだ謝罪にギャグを入れる余地こそあれ、U35さんにはガチ謝罪でいきます。すみません。一巻に引き続き、二巻も素敵なイラストを本当にありがとうございます。この表紙絵は二巻の延期が決まる前に描いて頂いたものなので、発表から何年も死蔵させることになってしまいました。こんな素敵なイラストを頂きながら、このような体たらくで本当に申し訳ないです。反省しております。また、このようなご迷惑をおかけしたにも拘わらず、新しく追加のイラストまで描いて頂きました。大変、ご多忙のなかすみません。本当に本当にありがとうございます。

編集長・星野《ほしの》様。すみません。権力者相手に冗談をかます度胸はないので、こちらもガチ謝罪でいきます。すみません。五年もの長い延期を経て、本書の出版にゴーサインを出してくださったこの大恩、一生忘れません。この方が権力を握って下さってよかったと、毎日のように思っております。ガガガ文庫の編集長が星野さんで僕は嬉しいです。一生ついていきます。死ぬまで他所《よそ》の出版社では書きません。

この長い延期期間に支えて下さった先輩、同期作家の皆様、本当にありがとうございました。なかでも、『俺ガイル』著者であらせられる渡航《わたりわたる》先生にはお世話になりっぱなしで、本書の発売中止後、編集部からの連絡を一切無視して音信不通となっていた僕とレーベルの間を渡先生が取り持ってくれなければ、本書の発売はあり得ませんでした。他にも、業界から遠のく一方だった僕にちょっとしたお仕事をくださったり、俺ガイルアンソロにお誘いくださったり、東京に行けば家に泊めてくださったり、ゲラゲラの舞台に誘ってくださったり、ご飯を奢ってくださったり、そもそも渡《わたり》先生の一番弟子ヅラするだけで作家の飲み会でちょっとデカい顔が出来て気分よかったりと、受けたご恩で家が建ちそうな勢いでございます。金と力を持ってる先輩とのコネって最高だな、爆アドだな、といつも思っています。本当にありがとうございました。

同期作家兼マブ兼『董白伝〜魔王令嬢から始まる三国志〜』著者の伊崎喬助《いざききょうすけ》先生。原稿の相談に何度も乗ってくれて、本当にありがとうございました。伊崎先生がいなかったら、本書は完成しなかったと思います。

最も距離の近い同期に、伊崎さんのような信頼の置ける良い作家がいて、尚且つ相談に乗ってもらえるというのは、僕の作家人生において数少ない、そして大きな資産だと思っています。

また、本書を五年間もの間、待ち続けてくださった読者の皆様にも感謝を。

一度は筆を折り、作家を辞めていた僕がこうしてまた小説を書けたのは、ネットで見かけた皆様のお声と、ファンレターを送ってくれたとある年少の男の子のおかげです。

折角の機会ですので、ここではそのファンレターを送ってくれた彼にも改めてお礼を言わせてください。

素敵なお手紙をありがとう。君のおかげで、もう一度小説を書く気になれました。

実際のところ、五年もの長い断絶を経て続刊が出るというのは、相当な人気作でもなければ本来はあり得ないことです。

翻《ひるがえ》って、本書は普通であれば出版されるはずのない本でした。

この原稿を最後まで書いたとして世には出ないだろうと思いつつ、それでも最後まで書ききったのは、ひとえにその手紙に心を動かされたからだったように思います。

そして、そんな手紙に担当編集である岩浅《いわあさ》さんも心動かされたからこそ、商業的に意義の薄い本書をこうして出版しようと決めてくれたのだと、僕は勝手に思っています。

それほどに、手紙に綴《つづ》られた生の文字から伝わる感情は強烈で、だからこそ出るはずのなかった本書はこうして発刊されました。重ね重ね、本当にありがとう。この恩は忘れません。

最後になりますが、ここでは書き切れなかった、この本に関わってくれたすべての方々に最大限の感謝を。

今後はもうちょっと真面目《まじめ》に作家やります。それでは、またどこかで。

境田吉孝《さかいだよしたか》

AGAGAGAGAGAGAGAGAGAGA

やはり俺の青春ラブコメはまちがっている。

著／渡《わたり》 航《わたる》

イラスト／ぽんかん⑧
定価：本体600円＋税

友情も恋愛もくだらないとのたまうひねくれ男・八幡が連れてこられたのは学園一の美少女・雪乃が所属する「奉仕部」。もしかしてこれはラブコメの予感!?……のはずが、待ち構えるのは嘘だらけで間違った青春模様！

千歳くんはラムネ瓶のなか

著／裕夢《ひろむ》

イラスト／raems《レームズ》

定価：本体 630 円＋税

千歳朔は、陰でヤリチン糞野郎と叩かれながらも学内トップカーストに君臨するリア充である。円滑に新クラスをスタートさせたのも束の間、とある引きこもり生徒の更生を頼まれて……？　青春ラブコメの新風きたる！

弱キャラ友崎くん Lv.1

著／屋久《やく》ユウキ

イラスト／フライ
定価：本体630円＋税

人生はクソゲー。俺はこの言葉を信条に生きている……はずだった。
生まれついての強キャラ、学園のパーフェクトヒロイン・日南葵と会うまでは！
リアル弱キャラが挑む人生攻略論ただし美少女指南つき！

GAGAGAGAGAGAGAGAGAGA

負けヒロインが多すぎる！

著／雨森《あまもり》たきび

イラスト／いみぎむる
定価 704 円（税込）

達観ぼっちの温水和彦は、クラスの人気女子・八奈見杏菜が男子に振られるのを目撃する。「私をお嫁さんにするって言ったのに、ひどくないかな？」これをきっかけに、あれよあれよと負けヒロインたちが現れて――？

GAGAGA

ガガガ文庫

青春絶対つぶすマンな俺に救いはいらない。2

境田吉孝

発行　2022年5月23日　初版第1刷発行

発行人　鳥光 裕

編集人　星野博規

編集　岩浅健太郎

発行所　株式会社小学館
〒101-8001 東京都千代田区一ツ橋2-3-1
[編集]03-3230-9343　[販売]03-5281-3556

カバー印刷　株式会社美松堂

印刷・製本　図書印刷株式会社

Printed in Japan　ISBN978-4-09-451693-7

第17回小学館ライトノベル大賞
応募要項!!!!!!!!!!!!!!!!!!!!!!!!!!!!!

ゲスト審査員は武内 崇氏!!!!!!!!!!!!!!

大賞：200万円＆デビュー確約
ガガガ賞：100万円＆デビュー確約
優秀賞：50万円＆デビュー確約
審査員特別賞：50万円＆デビュー確約

第一次審査通過者全員に、評価シート＆寸評をお送りします

内容 ビジュアルが付くことを意識した、エンターテインメント小説であること。ファンタジー、ミステリー、恋愛、ＳＦなどジャンルは不問。商業的に未発表作品であること。
（同人誌や営利目的でない個人のWEB上での作品掲載は可。その場合は同人誌名またはサイト名を明記のこと）

選考 ガガガ文庫編集部＋ゲスト審査員 武内 崇

資格 プロ・アマ・年齢不問

原稿枚数 ワープロ原稿の規定書式【１枚に42字×34行、縦書きで印刷のこと】で、70〜150枚。
※手書き原稿での応募は不可。

応募方法 次の3点を番号順に重ね合わせ、右上をクリップ等（※紐は不可）で綴じて送ってください。
① 作品タイトル、原稿枚数、郵便番号、住所、氏名（本名、ペンネーム使用の場合はペンネームも併記）、年齢、略歴、電話番号の順に明記した紙
② 800字以内であらすじ
③ 応募作品（必ずページ順に番号をふること）

応募先 〒101-8001 東京都千代田区一ツ橋 2-3-1
小学館　第四コミック局　ライトノベル大賞係

Webでの応募　GAGAGA WIREの小学館ライトノベル大賞ページから専用の作品投稿フォームにアクセス、必要情報を入力の上、ご応募ください。
※データ形式は、テキスト（txt）、ワード（doc、docx）のみとなります。
※Webと郵送で同一作品の応募はしないようにしてください。
※同一回の応募において、改稿版を含め同じ作品は一度しか投稿できません。よく推敲の上、アップロードください。

締め切り 2022年9月末日（当日消印有効）
※Web投稿は日付変更までにアップロード完了。

発表 2023年3月刊『ガ報』、及びガガガ文庫公式WEBサイトGAGAGAWIREにて

注意 ○応募作品は返却致しません。○選考に関するお問い合わせには応じられません。○二重投稿作品はいっさい受け付けません。○受賞作品の出版権及び映像化、コミック化、ゲーム化などの二次使用権はすべて小学館に帰属します。別途、規定の印税をお支払いいたします。○応募された方の個人情報は、本大賞以外の目的に利用することはありません。○事故防止の観点から、追跡サービス等が可能な配送方法を利用されることをおすすめします。○作品を複数応募する場合は、一作品ごとに別々の封筒に入れてご応募ください。